U0134136

苏珊·博伊尔 著

天生达人

狄雯颉 李鸣燕 张悦 译

The Woman I Was Born to Be

Susan Boyle

上海译文出版社

图书在版编目(CIP)数据

天生达人/(英)博伊尔(Boyle,S.)著;狄雯颉,李鸣燕,张悦译.
—上海:上海译文出版社,2011.7
书名原文:The Woman I Was Born to Be

ISBN 978-7-5327-5500-4

Ⅰ.天… Ⅱ.①博…②狄…③李…④张…
Ⅲ.博伊尔,S.—自传 Ⅳ.K835.615.76

中国版本图书馆CIP数据核字(2011)第095071号

SUSAN BOYLE
The Woman I Was Born to Be

封面照片来源 getty/cfp

天生达人
The Woman I Was Born to Be

Susan Boyle
苏珊·博伊尔 著
狄雯颉 李鸣燕 张悦 译

出版统筹 赵武平
责任编辑 陈 姝
装帧设计 柴昊洲

图字:09-2010-674号

上海世纪出版股份有限公司
译文出版社出版、发行
网址:www.yiwen.com.cn
200001 上海福建中路193号 www.ewen.cc
全国新华书店经销
上海书刊印刷有限公司印刷

开本 890×1240 1/32 印张 10 插页 2 字数 153,000
2011年7月第1版 2011年7月第1次印刷

ISBN 978-7-5327-5500-4/K·213
定价:35.00元

献给我的母亲

目　录

前言

我的名字叫苏珊·博伊尔。一年半以前，如果你不是碰巧来自苏格兰西洛锡安区的小镇布莱克本，也就是生我养我的地方，那你基本上肯定从未听说过我的名字。但今天，你应该已经通过各种渠道听说了关于我的方方面面，各种事实，各种揣测，甚至各种胡编乱造，所以我要通过这本书，从我的角度告诉你我的故事，希望你会喜欢。

凡事总有开始，而我的故事，或许就始于四十九年前的婴儿车里。我的母亲注意到，每当她开始放唱片，我都会随着悠扬的旋律轻轻摇摆，伴着欢快的节奏摇头晃脑。或者，我的故事始于她给年幼的我买来玩具班卓琴的那一刻。又或者，是我坐在电视机前看《流行天王》[①]，模仿披头士乐队的保罗·麦卡特尼唱歌的那一刻。不过，我想从我更大一些时说起。

对你们来说，我的故事应该始于二〇〇九年四月十一日，我第一次出现在荧屏上那天。不过，那期节目几个月前就录好了。一月二十一日，《英国达人秀》节目组录制了格拉斯哥地区海选。

打那以后，我经历了许多。事实上，在得到参加海选的机会以前，我就已经历了很多。

海选前夜，我失眠了。那是你明知道需要好好休息却找不到一个舒服姿势的夜晚，那个晚上无比漫长。胃里翻江倒海了一整夜，就在你稍微培养出了一点睡意时，起床时间到了，必须抓紧时间出门。天色未亮，我的卧室里冷飕飕的。换作其他任何一天，我大概都会抵不住睡虫的勾引，干脆钻回被窝赖床。但那一天，我得赶车，而且我一定不能让这个机会从我指缝间溜走。

浴室里冷冷的，光脚站在地毯上梳洗打扮时，我呵出的气在镜子上结成了一层水雾。我的头发老是不听话，梳不成我想要的样子，这一天看起来尤其像一堆乱草。我尝试用吹风机打理，结果却把自己的头吹成了一个大毛球。我能听见窗外淅淅沥沥的雨声，所以，无论如何我都得戴头巾。发型如何也就无所谓了。

起码我还有件不错的连衣裙，尽管早上六点穿成这样显得有点太正式。金色蕾丝配上腰际的金色绸缎蝴蝶结，是我一年前为了参加表亲的婚礼特别添置的。裙子是在利文斯顿附近的小镇的一家店里买的，价格不菲，但是毕竟婚礼是重要的场合，我得让自己美一点。参加婚礼时，我在这条连衣裙外套了一件白色夹克衫，配上白色皮鞋和肉色丝袜。但在去参加海选的这个早晨，我不知道我哪根筋搭错了，决定穿黑色连裤袜。黑丝袜、金色连衣裙、白鞋，我的上帝，苏珊，这算哪门子搭配？但当时我并没发现这有什么问题。

我探头进客厅跟我的猫“鹅卵石”小姐道别，可她在壁炉前明显睡得很香。走出家门前，我摸了摸颈间的金项链，链子上坠着妈

---

① *Top of the Pops*，英国 BBC 流行音乐排行榜节目。

妈的结婚戒指。戴着这条项链能让我觉得妈妈离我很近。

“我们走吧。”我说着，便关上了身后的大门。

有时，当我回忆起那个时刻，总觉得那时应该出现一些暗示我的命运即将发生改变的先兆。可正好相反，那是个再平常不过的、下着雨的、灰蒙蒙的早晨。事实上，那个早上让人感觉这又是个不见天日的阴天。

人们将苏格兰这一带称作“湿谷”，因为阴雨天实在太频繁。有人戏称，这儿下一代的人大概要进化出脚蹼了！白色鱼嘴鞋显然不是最适合冬季雨天的装备，一路上，雨水和积水从各个方向渗进鞋里。

我住的居民区，只有几家人家的楼上亮着灯，太早了，人们大多还没起床呢。有条狗，大概已经在外挨了一夜冻，正缩在一个屋檐下瑟瑟发抖。我见到了几个男子出门上早班，竖着大衣领子，腋下夹着午餐盒。他们完全没有注意到我，幸好如此，因为脚踩刑具一样的我，心情实在够糟糕。

我是彻底疯掉了吗？走在过去上学的必经之路上，前去面对一场前所未有的巨大挑战，所有关于我要做什么的疑惑，一股脑儿占据了我的脑海。就在上个圣诞节，我告诉我的兄弟姐妹我得到了参加《英国达人秀》海选的机会时，他们说的话一直在我脑中盘旋。

“你知道《英国达人秀》是干什么的吗？他们拿你取乐！他们嘲笑你！他们传你的八卦！你能承受这一切吗？”

“如果你得以站在舞台中央，你就得把握机会，不是吗？”我辩解道。

“我的天哪！千万别去！特别是皮尔斯·摩根还在当评委时！”

“你们甭管了。”我对他们说。

“要是你过不了海选，可别意外。”

“谢谢你们对我这么有信心。把我的心都揉碎了！”

表面上，我为自己据理力争，但在内心深处，我一直暗暗想：“我的上帝！我做了什么啊？”

在我努力躲开大小水坑、匆匆赶路的同时，一半的我在偷偷希望自己能回到温暖而安全的家中，另一半的我却心急火燎，担心自己赶不上巴士。等来到主路上时，巴士已经到站了，我只好疯狂地追赶——这大冷天的，尤其是我还踩着三英寸高跟鞋，两脚湿漉漉的，实在不容易。司机为我开了门，我爬上车后，心怦怦直跳，脸颊通红，头巾包裹下的头发成了黏糊糊的一团。

“好吧。”我一边沉沉地坐在位子上，一边暗暗想，“我的忧虑总算是到头了。”

这辆巴士从布莱克本开到格拉斯哥，到了那儿，我得再换一辆车才能抵达市中心克莱德河畔的苏格兰会展中心。那可是个庞大的建筑物。到了格拉斯哥时，正是早高峰时间，巴士的速度可不怎么样。我急得一会儿看表，一会儿望向窗外。离得老远，我已经能看到会展中心的房顶，不过，我感觉它并没有渐渐向我靠近，反而越离越远。我突然意识到自己乘错车了，这才拨开车厢里的人群，跳下车。我坐上了随后开来的第一辆车，但那辆车的方向也不对。

这时我开始惊慌了。“镇定啊，苏珊。”我对自己说，眼下，最符合逻辑的事是去马路对面等车。

“还有时间。”司机对我说。

“没时间啦!”

“世界又不会爆炸。”

“对你来说无所谓，可我赶着参加一场海选呢!”

司机冲我看了一眼。

很幸运，我有张交通卡，因为那天早上我总共换了六辆车才抵达目的地!

场地外排着长长的队，排在我前面的小男生只穿了短袖衬衫，冷得直哆嗦。

“我参加过《英国偶像》(*The X Factor*)。”他说，“但没晋级。”

“唔，没关系啦。”我对他说，“也许这次你会表现得更好。”

这时，大门打开了，人群开始雀跃。大家进场时，我看见门口有一幅标语，上面写着：欢迎参加《英国达人秀》!

我收到的海选通知书上说，海选定在九点半开始。九点半我已经到了，但接待处的小姑娘反复看了她手中的名单后说，九点半这一场海选的名单里没有我。她建议我先回家，下次再来。

“让我再经历一回巴士马拉松吗?”我抗议道，“开什么玩笑?”

“那你得在候场区等着。”她说着，一边警惕地看着我，“我们想想办法，看能不能把你挤进去。可能得等一会儿。”她一边警告我，一边递给我我的编号。

候场大厅温暖明亮，相当热闹。现场聚集了一群群人，就像个大马戏团似的，有人身穿色彩鲜艳、缀饰着羽毛的服装，有歌手、小孩、魔术师、猫猫狗狗，甚至还有兔子。我见到有人在哭泣，有人在喊叫，有人在打闹，还有人在大笑——干吗的都有!我坐在角落里盘算着我的大计。我其实是个非常腼腆羞涩的人，信不信由你，不过，那儿的人对我都挺友好的。现场气氛很不错。我跟一个一身白西装的歌手聊了两句，他很和善，歌声有趣。我记得他后来进入了半决赛。

工作人员时不时地照名单叫人进去表演，被叫到的选手会上前排队。排队的选手离开候场区时，现场的气氛总会霎时变得紧张，轻声交谈的人也会突然默不作声。你会看到他们一个接一个地回来，有些哭泣，有些怒骂，有些欣喜地尖叫！看到在海选中得了“Yes”票的选手晋级，那感觉很棒，但随着时间一点点过去，我开始怀疑，到底有多少人能拿到“Yes”票呢？还会有名额留给我吗？

我出发得太早，而且随身没带吃的，等候中的我越来越饿。我都能感觉到我的胃在翻滚，肚子开始叫唤，但我对自己说，我还是等在原地吧，万一他们叫我了呢？我可不能冒着错过叫号的风险离开去找吃的。一对跳舞的组合离我很近，她们打开了她们的午餐盒，我当时一定忍不住盯着她们的食物看，因为其中一个姑娘问我：“你想来一块三明治吗？”

我说，太感谢了。三明治很好吃，我一口就吞了。我没意识到，我坐着吞食的场景被摄影机拍了下来，镜头不知道为什么对准了我。我还以为我全然被遗忘了。

我看见《英国达人秀》的主持二人组安特与戴克走来走去，开始我很激动，因为我在电视上见过他们主持的节目。他俩真人跟电视上一模一样——事实上，还要更好看一些——这话可别告诉他们！可他们看起来对我并不感兴趣。我看见他们跟白衣男聊天，看见他们采访了好多选手。于是，我开始想，他们并不需要我。但有意思的是，这种被冷落感并没有让我情绪低落，相反，我因此越发斗志昂扬。我想："我才不要现在就回家。我为什么要离开？他们可没那么容易摆脱我！"

终于，轮到我接受采访了。我告诉他们我独居，唯一的伴儿是"鹅卵石"小姐。随后，我不知是哪里着了魔，突然提及我从未跟男人接过吻。正如我当时所说的，那可不是在打广告。不过，这话确实给我带来了不少麻烦——关于这，我在后文会详说。现在，我已经学会了在接受采访时要有所保留。

晚上七点半，我终于听到了工作人员报我的名字。于是我上前排队，将准备好的伴奏CD交了上去。那一整天，我其实都没怎么感到紧张，但现在，我心里突然如小鹿乱撞。等了那么久，突然我就没有时间了。我跟安特、戴克一起站在舞台一侧，他们问我是否紧张，我告诉他们我斗志正旺。但事实上，说这话时我双手直抖，口干舌燥，很想上厕所。这时，他们告诉我该我上台了。

我对自己说："好吧，你要么厚着脸皮表演，要么紧张得在众人面前丢脸，但看在老天的分上，不管怎样，你现在都得上台去！"于是，我大踏步上了台，双手紧贴屁股——这个来自布莱克本的老娘们儿，顶着鸟窝头，穿着金色连衣裙，双膝打着颤就这么登台了。

舞台上灯光很强，一开始我根本看不见台下的评委。当西蒙·考威尔开始跟我说话时，我才发现，他在我右前方，阿曼达·霍尔登在正对面，皮尔斯·摩根在我左前方。西蒙开始按惯例问我个人情况、来自哪里。

"我叫苏珊·博伊尔。"我告诉他，"我四十七岁。"

然后我补充说："这只是我的一方面而已。"

然后，我激动地摇摆了一下，那是冲着皮尔斯去的，因为我很喜欢他。他是我想参加《英国达人秀》选秀的原因之一。皮尔斯却瞪着我，双唇紧锁。

我猜得到，他们一定在想："我的天哪，这个大怪物是谁?"但我希望他们同时也在想，"起码她还挺与众不同的!"

西蒙问我，布莱克本是不是一个大城镇，我脑中突然一片空白。我太紧张了，连"小村"这个词儿都说不出来。我看见他眼珠直转。后来我得知，当时评委们的情绪都不太好，因为他们辛苦了一天，却没见到什么亮点。西蒙准备等我表演完了就去喝杯茶休息休息。

我听见观众群中传来几声嬉笑。我意识到，已经有人开始嘲笑我了，但我这辈子被嘲笑的次数太多了，因此很擅长冷面置之。这几声嘲笑无法伤害到我，我并没有灰溜溜地说："好吧，我下台去。"我当时想的是，我得让他们见识见识我的两下子。

西蒙问我要唱什么歌，我告诉他，我要唱音乐剧《悲惨世界》中的插曲《我曾有梦》（"I Dreamed a Dream"）。之所以选择这首歌，是因为我觉得这首歌说出了我的感受。我刚失去了母亲，仍然面对凄凉孤单的未来无所适从，因为自打我懂事以来，妈妈都陪在我左右。我很寂寞，也很沮丧，因为我觉得我的生活不会改变了。这是一首很有力量的歌曲。

西蒙问："你准备好再唱一首别的歌了吗?"

后来，在电视节目播出时，这句话被剪掉了。

这个小意外，让我有点惊慌。我的第二选择是《爱的力量》（"The Power of Love"），但我觉得这首歌我唱得不及《我曾有梦》

好。我不想错过机会，但《我曾有梦》是我真正想要唱的歌。所以我望着西蒙说："如果有需要，我会唱另外一首歌，但我给节目组提供的伴奏带是《我曾有梦》。"

让我大舒一口气的是，他略带疲态地点头示意我，唱吧。我对安特竖起了大拇指示意。

当前奏响起时，我头一次意识到，我面前的观众竟有这么多！足有成百上千人，坐在评委身后，一排接一排，望不到边际。他们都面带期许地看着我。我知道他们在想什么。"瞧瞧她！屁股大得像个车库，头发乱蓬蓬像个拖把，连牙齿估计也是假的吧？居然还想当歌手？绝对唱不了歌，她怎么可能会唱歌啊！好了，你快唱吧，让我听听！"

于是我张开嘴巴，开始歌唱……

第一部分　童年

欢迎来到博伊尔家

我的故事真正始于一九六一年四月一日，我出生的那天。

如今，不管我何时打那儿经过，班古尔医院看起来总像是一片悲伤、荒凉之地，因为那儿已经关门很久了，医院内的设备和医护人员都转移去了利文斯顿的圣约翰医院。这片维多利亚时期的老建筑，孤零零地伫立着，等着有朝一日当地经济好转，便可以改造成公寓楼。

在一九六一年，班古尔还是一所热闹的医院，建在山坡上，像个小村落。在某些医疗领域，这家医院算得上世界领先，几乎整个西洛锡安区的妇女都选择在这里的妇产科生孩子。当我的母亲挺着大肚子来到这里时，山坡被金色的水仙花装点得明亮活泼，眼前的一片春意令她紧张的情绪得到了暂时的放松。她当然有理由焦虑。过去二十三年里，她生了八个孩子，好多人都告诫她不能再生了，因为会引起很多并发症。可在四十五岁那年，她怀上了在下——我。医生认为这个年纪生孩子太危险，建议她做人流。然而，作为一名虔诚的天主教徒，我母亲是万万不会考虑拿掉孩子这种事的。她希望给这个新生命一次机会。

我的出生比预产期提前了两周，母亲遭受着高血压和水肿的双重困扰，医生不得不紧急执行了剖腹产，生产过程还算迅速。当母亲在麻醉剂效力过后醒来时，医生正严肃地看着她。

“你生了一个女儿。”医生告诉她，“孩子很小，呼吸有点问题，所以我们把她送进保育箱了。”

这一幕，跟料想中太不同了。她本以为医生会说：“祝贺你！博伊尔太太，你生了个漂亮的千金！”

当父亲出现在母亲的病床前时，她马上意识到大事不妙。

“她缺了一阵子氧。”他说。

尽管他尚未来得及说出那个词，我的母亲，作为一位聪明的女子，她明白那意味着什么。

“她有手有脚，像个小青蛙！”父亲微笑着说。

我在保育箱里待了几周后，医生才允许父母带我回家。他们说，围产期缺氧可能会让我的大脑受到点影响，“最好接受这个事实，苏珊可能不会有所成就，所以不要对她期望太高。”

我相信，他们是出于好意，但我认为他们不该那么说，因为没有人能预言未来。

他们不知道，我是个充满斗志的人，我一生都在努力证明他们看错了。

那些日子里，像我父母这样的普通人都认为医生无所不知。对他们，尤其对我那刚刚分娩、身体仍然虚弱的母亲来说，那一定是天大的噩耗。在此之前，他们已经生了八个在他们看来非常“正常”的孩子，尽管二女儿帕特里夏早早夭折。然而，他们生了这个有问题的孩子。这么大年纪了，他们该如何承受这样的打击？

祸不单行的是，尽管当时我还很小，但我的大嗓门足以把大人吓个半死。

他们刚把我从医院带回家时，我的咆哮声能令父亲接连好几个晚上无法入眠。他常冲我喊，让我闭嘴，为此还惊动了邻居来找我父亲谈话。那个可怜人是个矿工，得早起干活。基本上都是父亲负责照顾我，因为母亲有点中风，一度右手麻痹，什么也不能干。白天，他哄我睡觉很有一套，不过，这招只在他穿着他的红毛衣时才管用。我似乎很小的时候就能清楚地区分不同颜色。有趣的是，红色至今仍是我最喜欢的颜色。可我的家人当时都很厌烦那件红毛衣。

每天早上，我那刚刚取得教师资格证的二十三岁的大姐玛丽负责给我洗澡，帮我穿衣。夏天的晚上，她还会推着婴儿车里的我，在布莱克本到处转悠。打点得当时，我是个一头深色卷毛且爱笑的宝宝，邻居看见婴儿车里的我都忍不住夸我是个可爱的卷毛头。可那是因为他们没在晚上领教过我哭声的厉害。

博伊尔一家搬到布莱克本还不久。那是个距离爱丁堡十五英里的小镇，就在 M8 高速公路边上。我的父母来自马瑟韦尔，一个靠近格拉斯哥的稍大些的工业小城。我的父亲帕特里克·博伊尔在二战期间参过军，退役后，他成了个矿工。过去，他常常从马瑟韦尔搭公车去惠特本附近的矿场工作。那个小镇紧邻着布莱克本。

我姐姐布莱迪常常跟我们讲，过去，父亲在晚上哄几个孩子睡觉时会说："你们几个小家伙可以去睡了，爸爸还要去乘冰冷的巴士，去老远的地方……"听到这，她和玛丽就会一起嚷嚷："不要走，爸爸，不要走！"

一九四九年，那条公车线路取消了。要么失业，要么搬去离矿场近一些的地方——父亲必须作出决定。我想母亲并不愿离开她的故乡马瑟韦尔，但她别无选择。

布莱克本像是由一个个小社区组成的。如果这里的墓地中没有安葬着你的某位祖先，那你就不属于这儿。所以我的父母非常希望能融入当地、获得友邻的认可。我母亲的教名是布里奇特，她在马瑟韦尔的朋友们都唤她作布莱迪，但在布莱克本，人们都称她为博伊尔太太。她也总一副淑女打扮。我的父母住在一所崭新的政府救济公屋里，带花园，还有一块爸爸悉心打理的草坪——那可是爸爸的宝，孩子们都不允许在草坪上玩耍。

那时，布莱克本还是一个没有路灯的小村庄，对玛丽、布莱迪，以及她俩那几个在上世纪四五十年代里挨个儿出世的弟弟妹妹乔、凯瑟琳、约翰、詹姆斯、杰拉德来说，那里就是乡村游乐场。他们在附近的田野里玩耍，挖土豆出来烤着吃。这几个孩子十来岁时常常一起回忆他们住在第一所房子里时惬意的田园生活，而我就在一旁入神地听，心想，要是我也能与他们共度那段美好的时光就好了。

母亲怀上我之后，家里的地方就不够大了，所以后来我们一家搬到了尤尔街。自从爸妈用婴儿提篮把我从班古尔医院接回家以后，我就一直生活在这里。那是一座标准的连排别墅，进门处是餐厅，客厅在另一头，楼下还有个小厨房，楼上有三间卧室和一间浴室。我的四个哥哥住在靠后的卧室里，三个姐姐住在靠前的小卧室里。那时是六十年代初，收音机里经常播放猫王的歌。你能想象出家里那吵闹劲儿——而那时还没有我呢！

我是家中的第九个孩子，按照传统，该由一位主教为我施洗，但当时布莱克本的天主教堂还在建，所以当地的牧师迈克尔·麦克努尔蒂主持我的洗礼。我的教名为苏珊·玛德莲娜·博伊尔，教母是我大姐玛丽。

洗礼那天，我的白色婴儿提篮放在客厅的角落里。来照看我的是一个名叫乔奇的当地小孩。我现在当然已经记不得他了，但我妈妈坚持说，这个小伙善于察言观色，判断我是不是要哭了很有一套。一发现我有要哭的迹象，他就摇铃哄我。铃声能分散我的注意力，我会为了寻找声音是从哪儿发出来的而暂时忘记哭泣这回事。你可以说，这是我最早的音乐启蒙课。

家里至今还保留有一幅妈妈抱着我的照片，照片里的我才六个月大。当时，在同龄的小孩里，我算是个子小的。我戴着一顶小棉帽，穿着一件白色上衣，脚上套着小靴子。

照片里的我，非常难得地正在睡觉。妈妈看起来相当瘦弱。看得出，她身体不好，但她有着坚定的眼神。她看起来是个虽然日子过得艰难，但依然有坚持生活下去的动力的女子。她双手紧紧搂着我。对我来说，这张照片恰如其分地反映了我们母女俩的关系。我的妈妈指引着我，而我依赖她。她是我人生的指南针。

发胶与蜂巢

回忆就像点唱机，只要按对一个按钮——一首歌、一张照片，甚至是一种味道，就能马上带你回到过去时空里的某一点。

参加《英国达人秀》之后，我的生活发生了翻天覆地的变化。这其中，一个令人高兴的小变化是，我的头发和妆容有人管了。坐在椅子上等着化妆师在我脸上涂抹，其实是件很令人舒心的事。哪个女人不想习惯于此啊？化妆师对我的发型进行最后加工时，那甜美而黏糊糊的喷发胶味道，总让我回忆起家中女孩房间里那有些让人窒息的“好空气”牌发胶味儿。

我的姐姐布莱迪常常跪在床上，对着梳妆台上的镜子照啊照，把头发往后梳，准备出门。卧室的大小刚好够放一个小衣橱、一个梳妆台和一张双人床。玛丽、布莱迪和凯瑟琳三姐妹晚上都挤在这张床上。布莱迪是典型的六十年代姑娘，穿着粉红色连衣裙，顶着蜂窝头。在那个年代拍的照片里，她看起来就像是个时装模特。尽管她已经长大、开始在普莱赛电器厂上班了，晚上，她还是要请示爸爸是否允许她外出。

“你要去哪儿？”

“不知道。”布莱迪耸耸肩，这样对他说。

其实她当然知道，她要去巴斯盖特的皇宫舞厅跳舞。

“你几点回来？”

“不知道。”

“好吧，那我告诉你必须几点回来。”爸爸说，“你十点前必须回来。”

有时，他干脆不准她出门。以如今的眼光来看，皇宫舞厅还算是个安全的地方，但在当时，当地人都知道，那里经常有人打架，而父亲是个很护着女儿的人。一次，爸爸以为布莱迪乖乖地在楼上卧室里待着，布莱迪却在烤炉上竖起一面镜子，检查自己的妆容，然后迅猛地喷了两下“好空气”发胶，便灵巧地套上迷你裙，从厨房的窗口爬了出去！

至今，我仍记得爸爸发现她不在屋里时，我们几个孩子紧张而又充满期待的心情。我们努力地为她打幌子，帮她扯谎。她进门时被父亲大骂了一顿！还有一天，她不敢回家，于是住在朋友家过夜。爸爸找到她时，她说，她不想回家了，因为她不希望连偶尔出去跳个舞都不行。很少有人敢这么直接顶撞爸爸，因为他生起气来很可怕，但那天，他却告诉她，好吧，你可以外出。他并不是个怪物，也不是个会虐待孩子的父亲，他只是管得比较严，因为他爱他的孩子，希望他们能做正确的事情。

一个接着一个，我的哥哥姐姐们都翅膀硬了，飞离了这个家庭。我出世一年后，大姐玛丽结婚了，搬去了她自己的公寓。后来，她生了五个孩子，还在本地的卢尔德圣母小学当老师。我的大哥乔是博伊尔家最有文化的孩子，他上了大学，结了婚，然后搬走了。他一度也想当老师，可在一所学校实习时，他见到那儿的小学生居然沿着走道把一架钢琴推进了游泳池。那一刻，他意识到，当老师并不适合他。

作为家中最年幼的孩子，我满心好奇地看着哥哥姐姐们一个个成长起来，装扮完毕，走向外面的世界，开始了各自的精彩冒险。在当时的我看来，他们所做的一切都是谜，因为我对家门外的世界知之甚少，与外界交往的经历也不怎么令人愉快。

小时候，我经常被父母带到医院复诊，每当临近下一次体检的预约日期时，家里的气氛都会发生变化。我那过去总是边做家务边唱歌的母亲，开始变得沉默寡言，我向她提问时，她也变得特别有耐心。我想，这也许是因为她担心医生会告诉她一些关于我的坏消息。开始换牙时，我那恼人的尖叫习惯变本加厉。此外，我还受过矫正牙齿之苦，得过热惊厥症。我很晚才学会走路。童年时期，我在爱丁堡皇家儿童医院做过许多身体检查，包括因为疑似脑膜炎而做的腰椎穿刺，还因为癫痫而进行过脑部扫描。

在当时，“爱丁堡”这个词对我来说就意味着一次无声之旅，可以穿上我最漂亮的衣服，乘小轿车去很远的地方。一路上，谁都不敢说话。路上通常都下着雨，我透过车窗，看见一条条小河飞快向后奔去，看见一座座熏黑了的房子打平地升起，然后变成矗立在路两边的“峭壁”。那些房子很高很高，不管我多么努力地仰起脖子，还是看不见天空。

医院里总是有股怪味，还有长长的走廊和吱吱响的地板。

大人们老是对我说：“安静点，苏珊!”“别这样，苏珊!”

我一点也不喜欢那里。

有时，医生们会拿玩具来给我玩，在一旁看着我，然后他们会把玩具拿走。如果他们这么做的目的是为了激我尖叫，那么这招很管用。

一天，在治疗结束后，我们在爱丁堡近郊的波托贝洛海边散步。咸咸的海风，把我们衣服上讨厌的医院味吹走了。爸爸给我买了个泰迪熊玩具。我叫它“布布”，像命根子似的保护它，不让任何人把它从我手中拿走。

我被诊断出有多动症，还有学习困难症，因为我很容易分散注意力。拿今天的话说，这可能叫注意缺陷多动障碍，但在六十年代，人们这方面知识匮乏，多动症往往会被当成精神病那样治疗。我坚信，他们给我打上那样的标签绝对大错特错，因为我父母对这种疾病心有余悸。在那些年月里，学习困难症还被看作是件耻辱的事。我的母亲有个弟弟迈克尔，不但有学习困难症，还有些情绪问题。后来，他被送去特殊学校念书，大半辈子都在疗养院中度过。我猜，我父母认为我长大后会变成他那样，这让他们对我不抱太大希望。

但我并不像迈克尔舅舅——我这话不是说他不是个好人。后文中，我会再细说他。

音乐之声

我们家总有音乐萦绕。母亲做家务时，总会哼两句小曲，前厅的钢琴凳上，也总是搁着厚厚一摞乐谱——主要是爱尔兰民歌，因为母亲的娘家麦克劳林一家来自北爱尔兰德里市附近的一个小村庄。母亲年轻时上过钢琴课，还在马瑟韦尔村里举办过钢琴独奏会，有时，她弹琴伴奏，父亲唱歌。爸爸有一副男高音般的好嗓子，可他没机会当职业歌唱家——这很遗憾，因为我认为唱歌可能是他最热爱的事。那些年月里，出身普通的人可没有多少好机会。二战期间，入伍的父亲还真曾尝试申请到军中的文艺部门——全国军人娱乐协会（ENSA）服役。不过，后来他在皇家工兵部队的指挥官告诉他，战场更需要他，还恐吓他说，如果他胆敢再申请去ENSA，就定他的罪。父亲为此很失望，但他仍以自己的战士身份为傲，后来他还因为表现出色当上了军士长。他的歌声曾有一次在汉堡广播电台里播放，那是在一个部队排演的节目里。之后，他的听众就只有他的家人了。

电影《音乐之声》上映时，我应该是四岁左右。爸爸买来了电影歌曲的唱片，让我们几个孩子跟着唱。我姐姐玛丽有一副好嗓子，现在还在唱诗班里唱歌。几个哥哥也很会唱歌。约翰的嗓音有几分像吉恩·皮特尼（Gene Pitney），杰拉德的嗓音更像尼尔·戴蒙德（Neil Diamond）。博伊尔家的孩子都有这方面的特长。我们就好像《音乐之声》里的冯·特拉普一家。跟电影里的上校父亲一样，我父亲也是个军人。他与冯·特拉普上校唯一的区别是，他没有哨子，当然，他也不需要用那个来召集我们几个孩子，命令我们站队。

我父亲唱歌，说明他心情不错。周六晚上，他通常会坐在客厅里他的专属座椅上唱歌。我们在餐厅里喝茶时，母亲会微笑着告诉我们："看来他要喝上一杯啦！"我们都记得他唱的是《幸福的太阳公公》（"That Lucky Old Sun"），弗兰基·雷恩（Frankie Laine）唱的这首歌在一九四九年很红，我猜那可能是父亲年轻时最喜欢的流行歌之一。我们小的时候，父亲可没有多少闲工夫听流行歌，不过他很喜欢影子乐队（The Shadows），因为他说他们是唯一会玩乐器的流行乐队。父亲曾把他仅有的零花钱都用在买密纹唱片上。他很喜欢约瑟夫·洛克（Josef Locke），也喜欢听卡鲁索（Caruso）和马里奥·兰扎（Mario Lanza）。

我哥哥乔在上大学时买了一把吉他，跟那些典型的大学生一样，他常常在自己的卧室里胡乱弹奏动物乐队（The Animals）的歌曲《旭日之屋》（"House of the Rising Sun"），还尝试自己写歌。约翰、詹姆斯、杰拉德有时也轮流弹吉他，在我们家，男孩子的卧室是禁地。四个十来岁的男孩，弄出的动静可不小，我指的不是音乐。怕袜子熏臭屋子，他们常把袜子放在屋外的窗沿上，可效果也没好多少。每逢周末，布莱迪下班回家，总会径直走到客厅里那台红白相间的伊丽莎白式老唱机前，取下盖子，放上一张她用薪水买来的最新的猫王唱片。布莱迪很迷猫王。

每周四晚上，孩子们都会聚集到电视机前，收看《流行天王》。我记忆中自己收到的第一件礼物，是母亲送给我的一把玩具班卓琴。琴身黄红相间，我曾模仿保罗·麦卡特尼拿琴的样子抱着它，跟随着电视里的乐队胡乱拨弦。对流行音乐的热爱，填补了我们的代沟。当我们聚精会神开始看电视、焦急地期待那位歌手会攀上排行榜榜首时，打闹、矛盾都暂时搁在了一边。那时走红的艺人有希拉·布莱克（Cilla Black）、达斯蒂·斯普林菲尔德（Dusty Springfield），还有两个长得很怪的长发人组成的二人组名叫桑尼与雪儿（Sonny and Cher），他们的代表作是《你是我的宝贝》（“I Got You Babe”）。当时流行的歌曲中，有些直到今天仍是经典，比如加里与和平者（Gerry and the Peacemakers）的歌曲《你永远不会独行》（“You' ll Never Walk Alone”），现在已经成了英超老牌劲旅利物浦的队歌。不过，当时布莱克本的利物浦球迷都把这首歌的歌词改唱成“你永远不能再前行”，因为那是球队表现最差的几年。

我父母身材都不高大。我父亲长得很强壮、敦实，但不高，我母亲是个娇小轻盈的女子。但当他们唱起歌来，全家人都能听见。母亲烧饭、清洁时常常唱音乐剧里的歌曲，夜晚，她会唱一些温柔些的歌曲，类似《梦中情人来了》（“The Dream Man Cometh”），来哄我睡觉。我最常听到的歌是《林中的宝贝》（“Babes in the Wood”）：

噢，你不记得了吗？

很久很久以前
有两个可怜的小宝贝

我不知道他们的名字
他们迷路了，走得很远
在一个明媚的夏日
这两个小宝贝
迷路了吗？

夜幕降临时
可怜的他们孤立无援
太阳下山了
月儿也黯淡无光
他们抽泣，他们叹息
他们悲伤地哭泣
离早晨还有很远
他们躺在地上死去了

他们死去之后
红色的歌鸲衔来了草莓叶
覆盖在他们身上
一整天过去了
枝叶积成一大堆
这是它们的歌：

可怜的林中宝贝

可怜的林中宝贝

噢，你不记得了吗

那些林中的宝贝！

这是一首非常悲伤的歌，但我的母亲有种古怪的幽默感，她给她的孩子唱这首歌，后来，还给她孩子的孩子唱同一首歌，为的就是看孩子们当中谁最先哭出来。

我没哭，但也没听着歌入睡，反而是从床上坐起来，问妈妈："他们发生了什么？他们为什么要到树林里去？他们是怎么死的？就因为他们不乖吗？"

听到我这么问，母亲总是无可奈何地叹气，另想办法安抚我入睡。

打我出生一直到三岁，我好像都拒绝睡觉——弄得我周围的人都身心俱疲，我却仍无睡意。为了能让我顺利入睡，母亲几乎什么招都使过了，就差拿把锄头砸晕我。一次，她给我唱摇篮曲时突然意识到房间竟然奇迹般的十分安静。我的双眼闭上了，呼吸很平顺。她小心翼翼地从床边站起来，蹑手蹑脚地离开了漆黑一片的房间。离门还有几英寸远时，她开始庆幸总算能得到几小时的清静了，可就在这时，她踩到了我的玩具羊——我叫它羔羊拉里，"吱"的一声……我坐了起来。

"我还要听另一首歌！"

卷发女孩

从前有个小女孩，有一头小卷毛……

她乖起来时，很乖很乖。

她调皮起来，也很烦人。

我小时候是个一头卷发的瘦小女孩。像很多小孩子一样，我活在自己的小世界里。我有心爱的玩具，还有一个忠实的玩伴儿，我叫它布布。这就是我所知道的一切。我没有意识到，我跟其他小孩有点不一样。作为一个小不点，我所知道的我跟别人的唯一区别是，我的父母不允许我做哥哥姐姐们都能做的事，比如晚上床睡觉，这点让我很气愤。

每家每户，最小的小孩总是要被戏弄，我跟所有小孩一样容易上当。我的哥哥们编造了一个名叫彼得·诺迪的人，他们告诉我他在屋子背后等我。我曾溜达到门外找这位彼得·诺迪，这时，我的哥哥就会从暗处跳出来冲着我大喊。我每次都中计，每次都被吓得半死。

每当哥哥姐姐们聊他们去过哪里，做过什么，我都不知道他们究竟在聊什么，这让我觉得自己与这个世界格格不入。

当一个小房子里挤着十个人时，你要让人听见你的声音，实在不容易。但我找到了好办法。我喊。这样人们就会注意到我了。

一般小孩两岁前都很难带，这是个必经的阶段，但后来就好了，可不幸的是，我这个阶段一直持续到三岁、四岁。

“再不住声，就把你送到墙屋去!”

我的母亲曾这么威胁我。

“墙屋是什么?”

“那是个孤儿院，人们会把小孩送进去。”

每每听到这些，我就会喊叫得更撕心裂肺。

我的哥哥姐姐会告诉你，父母对我比对他们纵容得多，一部分原因是我是最小的孩子，另一部分原因是他们把我的行为归结为出生时大脑损伤的后遗症。这一点，招来了哥哥姐姐们的怨恨，因为他们眼见我总是能逃脱责罚，能做不许他们做的事，而如果他们为此指责我，妈妈准会教训他们一顿。

“你安静点。你知道她控制不住自己。”

有时，哥哥姐姐们还利用我的喊叫声让自己得益。

哥哥们都很喜欢滚石乐队，我的父母却很不以为然。每到周四晚上，我们都会坐在一起看《流行天王》，上了一天班回来的父亲，很不喜欢满屋子的噪音。他会穿过房间，把电视音量调小。这时，我就会开始哭喊。等父亲走到厨房去时，哥哥就来刺激我说：“继续喊，这样，我们就能好好看电视了!”

长此以往，我的父亲便会认为《流行天王》这个节目的动静再难听，也比听我制造的噪音强。

我只有在一个地方从不喊叫，那就是教堂。我的父母都是虔诚的天主教徒。母亲一度每天早晚都要去教堂。每晚我们上床睡觉前，都要跪下来祷告。我母亲相信，一家人只要一起祈祷，就能永远在一起不分开。每到礼拜天，我们全家都要步行去卢尔德圣母教堂赶上午九点的弥撒。过去一定有过刮风和下雨的礼拜天，但在我记忆中，礼拜天都是大晴天，天空蓝蓝的，空气中充满鸟语花香。

没人会用“漂亮”来形容布莱克本的市政建筑。房屋朴实无华，外墙都用灰泥刷成灰褐色。有些人家会精心打理他们门前的花园，但一般人家的花园不过是一片破烂草坪，要么干脆成了垃圾筒的专属用地。但阳光的照耀能让灰褐色变成可爱的蜂蜜色，让窗台上的天竺葵变得像彩色玻璃那样夺目。

父亲去教堂时，一般都打扮得很得体，穿西装、打领带。母亲则穿连衣裙，外面罩着小披风。她身材很娇小，所以什么衣服穿在她身上都很好看。我们几个孩子们也要打扮一番才出门。我很幸运，因为哥哥姐姐们基本都要穿老大穿过的旧衣服，但我比他们小太多了，没法穿他们的旧衣服，所以我一直有新衣服穿。我最喜欢的是一条蓝底白波点的连衣裙，通常我会配一件带棕色花纹的白羊毛衫穿。这身打扮，配上我的小卷毛和白色高统袜，让我看起来就像是秀兰·邓波儿的翻版。

天主教对于苏格兰的天主教徒而言，不仅是一个宗教，更是身份的象征，领着家人上街去教堂做弥撒时，父亲非常骄傲。我的哥哥姐姐中有两位后来跟非天主教徒结了婚，这令我的父母很失望，家里因此没少吵架，一度气氛相当紧张——不过那时我太小，完全不理解发生了什么。

布莱克本的卢尔德圣母教堂是在我出生那年建成的。在我看来，教堂内部十分恢弘。阳光透过屋顶的窗倾泻在我身上，教堂内的空气凉飕飕的，有一股混合着花香、地板蜡的香气、圣诗歌本味道的独特芳香。当我们步入教堂时，尘世的一切喧嚣似乎都突然停滞了。天花板高高在上，做弥撒时，空中会传来阵阵回声，仿佛我们的祈祷传到了耶稣所在的天堂，而他向我们作出回答。我觉得弥撒上的仪式和吟诵很能抚慰心灵，我很喜欢管风琴乐手开始弹奏赞美诗，而台下的教众开始歌唱的那一刻。父亲在教堂里唱歌比在家唱歌温柔得多——尽管那时我还很小，但我明白，这是他在上帝面前的谦卑心理在起作用，当然，那时我还无法用言语形容这种感受。

圣坛右边的神龛上，有一尊圣母像，木雕的，非常慈祥美丽。母亲是圣母的忠实信徒，她向我解释说，圣母就是耶稣的母亲。

“圣母喜欢大笑吗？圣母跟耶稣也会像我们一样一起玩吗？”我问她。

“我相信她一定是这样。”母亲回答我。

“圣母和耶稣吵架吗？”我问。

“不会的，因为耶稣很乖！”

母亲努力向我解释，圣母本是个普通的女人，但被上天选中成了耶稣的母亲，这让她与众不同，她因此成为所有人的信念和慈善的象征。

“对我也如此？”我问。

“当然。”我母亲说，“如果你向圣母祈祷，她就会帮助你。”

我非常爱我的母亲，我信任她超过任何人。但当我知道，除了母亲之外还有一个母亲般的存在，也能够照顾我时，我觉得这也不错。我想，我的信仰就是从这一点认识开始渐渐形成的。

做完弥撒后，我们一家人会一起步行回家，母亲会料理我们的星期天午餐。到了下午，我们有时会开车外出转转。父亲在当时位于巴斯盖特的英国雷兰工厂上班，他买了辆带滑门的二手贝德福德面包车。车身漆成了绿松石色，座椅包着红色皮面，坐在车厢里可以喝茶。尽管车的引擎不怎么争气，经常熄火或者抛锚，但这辆车载着我们去过很多地方。一旦车子出了问题，爸爸便会打开前盖检查一番，然后问我们谁有口香糖。男孩中总有一个会负责吐出口香糖，让爸爸拿去堵引擎上的小洞，直到故障排除。星期天的下午，我们通常会开车去马瑟韦尔，看望妈妈的弟弟迈克尔。他住在一家名叫哈特伍德的大医院的一个小房间里。

到了夏天，有时我们会去海滩。我们一家很少外出度假，因为经济条件不允许，所以，去海边度过的下午时光便弥足珍贵。与大多数孩子一样，我爱海滩。我记得我踩水玩时，细沙和冰冷的海水拂过趾缝的感觉，而此时，爸爸总会一把抓住我，防止我一屁股坐在水里，弄湿我的圆点连衣裙。

周日晚上，父亲经常演唱他的派对保留曲目《红丝带》（“Scarlet Ribbons”）。尽管这首歌听起来像爱尔兰民歌，而且很多知名音乐人都曾演绎过，比如富里兄弟（The Fureys）、辛妮德·奥康纳（Sinead O’Connor），以及我父亲最爱的歌手吉姆·里夫斯（Jim Reeves），但事实上这首歌是一首创作于一九四九年的美国歌曲。

如今每当唱起这首歌，我总会想起他的虔诚和他对孩子的爱。

有时，我也很好奇父亲在唱这首歌时是否也带入了自己的感情，因为这首歌讲的是一个睡着的小女孩身上发生了一个小奇迹的故事。

棍棒和石头

我稍微长大了点后，开始发现有个地方叫做学校，我的哥哥们和姐姐凯瑟琳每天白天都会从家里消失，跑去那个地方。我倒挺乐意他们离开的，这样家里就只有我和母亲两个人了。这时，她总是忙着打扫房间，边干活边唱着歌，我则玩我那个红色屋顶已经掉下来的娃娃屋。母亲每周都会带我去一次图书馆，每次去那里，她会借四本厚厚的书，然后在一周后还回去换新书看。我不知道她如此忙碌，到底是怎么挤出时间来看这么多书的，但她确实是一个书痴，特别喜欢历史、传记类读物，还有小说。我很小就开始阅读了，因为母亲给我买了本名叫《从前》的杂志，杂志里有许多好故事，有插图，还能学到不少历史知识。其中我最喜欢的，就是爱捉弄人的兔子布勒的故事。

母亲也很喜欢讲故事。她一辈子过得不容易，一战夺走了她的父亲，她亲爱的母亲在她十九岁那年就患癌症去世了。后来，她找了份打字员的工作，没干多久，二十岁的她就嫁给了我的父亲。他们是同学。父亲老开玩笑说，他是被绑架着才娶了我母亲。可在他们的结婚照上，我美丽的母亲身穿浅蓝色的婚纱，头上的“帽子”

其实是张画片，父亲站在她身边，看起来就像老鼠掉进了米缸里一般开心。他们那代人不流行度蜜月，因为没钱，所以他们在新婚之夜去拍了结婚照，仅此而已。这可不像是个童话的开头。

我的父母是一九三六年结婚的，没过多久，二战就打响了。父亲离家去参军，留下母亲一人在马瑟韦尔照料尚在襁褓中的玛丽和布莱迪。空袭开始时，她肯定吓坏了，但在她的故事里的人们总是那么乐观积极。有个有趣故事讲的是一个女邻居，在空袭开始时想要奔回家去拿假牙。“拜托，敌机投的是炸弹，又不是馅饼!”人们冲她嚷嚷。母亲带着两个女儿躲在厨房的餐桌下，听得见屋外惊慌失措的马，挣脱了缰绳后四处乱跑，马蹄踩在鹅卵石路面上，发出嘚嘚的响声。为了让女儿们别太害怕，她唱起《莉莉·玛琳》，歌声跟玛琳·黛德丽并无二致。

我想，我是从她身上继承到了善于模仿的能力。每到下午，儿童节目的播放时间到了，我总会站到电视机前，对着荧屏上的角色模仿一番。在《花盆人》的结尾，我总会跟着电视唱：“啵啵，比尔！啵啵，本！啵啵，小草！草……”到了《安迪宝宝》的播放时间，我就会跟着电视唱《噜比噜》，尽管我那“舞蹈”看起来更像笨笨熊，而非沙皮狗噜比噜。节目结尾，开始唱《安迪宝宝说再会》时，我总会坐得笔直，对着荧屏挥手道别，而妈妈会在我身后笑个不停。

我印象中最傻的节目是《木娃娃一家》，很明显，木娃娃一家都是木偶，因为电视上都能看见木偶身上的每一根提线！点点狗的耳朵会上下动，斯克鲁比特太太手上黏了个鸡毛掸子，所以也许她晚上睡觉时也得握着它。这些角色操着一种母亲称之为“女王式英语”的口音，跟我们说话的方式很不一样。每当我开始模仿他们，母亲总会在一边笑得流出泪来。

我母亲也很有幽默感。人们老是说，连猫都能被她逗笑了。后来，布莱迪带回来一只名叫“小勾勾”的黑白相间的小母猫，我老是观察它，可从未看它笑过。

要是能和母亲、小勾勾，还有我的玩具们一直生活在一起，我一定会很快乐，可有一天，我却不得不跟家人一起去皇家儿童医院，以便做所谓的“评估”。

“‘评估’是什么啊?”我问。

尽管母亲很保护我，可她从不逼迫我做任何事，所以我很小就会说大人话了。

“是一个测试，看看你适合去上哪种学校?”她告诉我。

我很不喜欢这种说法。所谓的测试，无非是大人们给你一些玩具，再从你手中拿走。这一次，他们让我把各种形状的积木对号入座，塞进一个有各种形状镂空的立方体盒子里。一宿没睡的我，那天觉得很累，把这些积木全塞进盒子里，花了很长很长时间。整个过程中，一直有个秃老头盯着我，时不时还做笔记，这对我可一点帮助也没有。

后来，我听见他跟母亲谈了一会儿。谈话间，“边界线”这个词不断从他口中迸出来。后来，他跟母亲握了握手说：“我打赌苏珊将来能和正常人一样。她只不过是累了。”

听了这话后，母亲看起来挺高兴。她紧锁的眉头终于舒展了，回家路上，还给我买了糖果——从一个大糖罐里拿出了四分之一磅的草莓糖，糖果外面沾了一层粉色的糖粉，把我的手指弄得黏糊糊的。那天晚上，父亲下班回家后，母亲告诉了他这个好消息，他高兴得把我抱起来，还轻轻地搂了搂我。

“边界线是什么意思啊？”那天夜里，母亲跟我道晚安时，我问她。

“意思是你可以跟你哥哥杰拉德上一样的学校了。”她说，“你不用去特殊学校。”

换句话说，我通过了测试。但直到很久以后，我才明白这一点。

到了九月，我四岁半，母亲给我穿上一件小小的灰色连衣裙，把我的头发梳成两个辫子，紧紧地拉着我的手，送我去上学。杰拉德跟在我们身后。

卢尔德圣母小学离我家不远，但当母亲放开我的手，把我留在学校里时，我觉得好像来到了另一个国度。操场上非常吵闹，孩子们追逐奔跑。我不太习惯跟同龄的孩子们相处——虽然我有好多哥哥姐姐，可他们都比我大得多，我在家里就像个独生女一样被养大。我不知道该在学校里做什么。

“不许吵闹，不许大叫。学校里不允许这样。”母亲和姐姐玛丽之前警告过我很多次。

我当时也想不到吵闹，或者以任何方式吸引大家的注意。我只希望大家都看不见我。可有时，你越是想要消失，你就越醒目。渐渐地，孩子们都停下了各自的游戏，开始盯着我看。我傻站着，就像是野生动物节目里一头被狮群包围的小羚羊。

这时，上课铃响了。其他的孩子们都排队站好了，我却一直站在原地，直到我们的老师莫纳汉太太过来拉着我的手，带我走进教室。她是个一头红发的高个女子。我一句话也不敢说，一直埋头坐着，双眼盯着地板。保持一动不动很痛苦。我盯着黑板上方的钟看，拼命回想妈妈说过的“大针小针”的意义。当大针和小针都指向正上方时，我就能回家吃饭了，但它们一动也不动。最终，教室外的走廊里响起一阵丁当声，我们都望向门的方向，一个人捧着一大箱牛奶进来了。莫纳汉太太给我们一人发了一根吸管，让我们插进牛奶盒顶部的小洞喝。

“我不渴。”我尽可能礼貌地对她说。

我讨厌牛奶的味道。母亲晚上一直努力让我喝牛奶，好让我快些入睡，但这招不管用，因为牛奶让我觉得恶心。学校里发的牛奶更难喝，有点温热，还有点变味，好像是在太阳底下晒了半天似的。

“你必须得喝牛奶，这样才能长大啊，苏珊。”莫纳汉太太说。

小孩听到一个声音带着怒意的老师说话时，总会觉得很恐惧。所以我开始大哭，不过，这时一个男孩用吸管戳开了牛奶盒顶上的小洞，弄得牛奶像喷泉一样洒满了他的衣服，这场面很好笑。

在操场上，其他孩子的叫嚷和嘶喊像漩涡一样围绕着我。好像不管我站在哪里，都会挡住别人的道。一个男孩用手臂重重地捶我，对我嚷嚷：“别碍事！”

我只好跑到操场边，紧贴着栏杆站着，这样就不会挡住别人了。校门并没有锁。瞅准一个机会，我就偷偷溜了出去，走到大街上，一路跑回了家。

母亲开门看见我时，想做出发怒的表情，可看见我那副模样，她还是忍不住大笑起来。

“哇，你个小捣蛋！”她惊叫着。

“我不想去学校！”我告诉她。

“你想成为大姑娘，对吗？”

我摇摇头。

“人人都要上学，苏珊。”她说。

当她这样念我的名字，我就知道，这下不能随我的意了。

当妈妈带我回到学校里时，孩子们越发好奇地盯着我看，但因为妈妈在场，我并没觉得特别害怕。我们穿过操场，走进学校大楼，去见校长。

我现在才意识到，她是想让校长知道，竟然没有人发现我偷偷溜回家。可当时，我以为我要挨训了。

校长是乔丹先生，他并没有对我发火，反而慈祥地对着我微笑。“要是我家也住得这么近，我肯定也会溜回家了。”他说。

后来，我经常试图早退，但总有人告诉老师。

“坐好，苏珊！还没到回家时间呢！”

上学的最初几年，不知怎么的，我经常被安排坐在教室最后，也许是因为我的淘气行为，也许是因为我总是最后到。我的学习方法跟其他孩子有些不同。

阅读不成问题。我很小就识字了，很早，爸妈就发现我能念出商店招牌上的单词。

“我想要冰淇淋！”我说。

“这里没有冰淇淋店。”妈妈像所有家长一样，试图糊弄我。

“有的！”我指着一个醒目的黄色招牌说，“看——上面写着，

‘和路雪冰淇淋！’”

我觉得最难的是写字。我的手指笨拙，我经常把字母写得挤在一起。我也不知道为什么。我的作业本上总是一团糟。好像我的手、脑配合不太协调，我总是班上写字最慢的。我花了很长时间才学会写字。

同时，我还患有心理学家所谓的“诵读困难症”。从小，我就有个毛病——明明知道问题的答案，可就是说不出口。我知道我想要说什么，但就是说不出来。好像有个屏障，把我的思想圈起来了，我一直没有足够的时间，去突破这个屏障。这个毛病很令人灰心丧气，在我胸中积累着怨气。这股怨气有时会借着怒火，更多情况下是随着眼泪释放出来。

在自由活动时间，我不太理解操场上所谓的等级制度。我天生就是直来直去的性格，不知道为什么别的孩子都不愿跟我做朋友。学校里有个男孩，如果他不让你参加游戏，你就不能玩。如果我带一本书到学校去，他会告诉我该把书借给谁，不能借给谁。如果我搞错了，他们游戏就不带我玩了。我一直跟我妈妈相处学来的大人措辞，在学校里可没什么帮助。当我试图模仿儿童电视节目里的角色逗大家时，他们并没被我逗笑，反而会嘲笑我。我一直不知道该怎样表达我的需求，或者用别的孩子能接受的方式与他们交流。如果我高兴，我的笑声会变得有点吵闹。如果我生气难过，我会忍不住大哭或暴怒。小孩就是小孩。他们很快能发现你的弱点，拿你的弱点取乐，所以他们总是嘲笑我，给我起难听的绰号。不幸的是，这段经历让我不再相信任何人，也变成了一个非常害羞的人。

后来，一些小毛病更让我与班上的同学隔离开来。我的头皮很干燥，有头屑，所以检查头虱的护士，在给我做检查时，花的时间特别长。其他孩子都聚到一起，盯着我看，怀疑我有头虱。当我回家告诉母亲这一切时，她径直冲到学校里，对着那个护士就是一番指责。“我希望你没说过她有头虱，因为我家可干净了。”

注射小儿麻痹症疫苗时，我出现了不良反应，进了医院。我老是跟其他孩子不一样。

更糟糕的是，为了治疗多动症，医生给我开了一种药，让我整天昏昏欲睡，反应变得更慢。于是，孩子们又有了一个取笑我的理由。服药的副作用很快显现出来，我的呼吸出了问题，医生马上给我停了药，但孩子们并没有停止欺负我，因为欺负我很有效果。我会大哭，会反击，而这些折磨我的孩子们就能趁机对我恶语相加。

小时候，大人总对我们说：“棍棒和石头能打断你的骨头，但言语伤不了人。”他们总这么说，好像这话像咒语一样能保护你。可我从来没看出这有什么道理。伤口和瘀青很快会消退，你便不记得了。可嘲笑辱骂所造成的心灵创伤，却能令人伤得很深。即使是现在，我还是不愿去回想那段时光，生怕揭开了旧伤疤，又是一阵剧痛，让我再一次觉得自己一无是处。

当然，我这种情况并不是没人管。我的老师们也曾极尽所能地帮我。我三年级的老师斯坦太太看出我并不笨，她对我非常有耐心，给我补课。每到星期三的中午，母亲会到学校去接我。我们会一起喝汤，或是吃我最爱的意大利面加烤面包片。然后父亲会开车带我们去爱丁堡，造访一位儿童心理医生。父亲要工作时，就由哥哥约翰来开车。这位心理医生告诉母亲，我之所以会这样，是因为我意识到自己跟其他孩子有些不一样，而且很内疚给别人造成不便。我想他肯定是个很聪明的人，因为我现在对他的话很有体会，尽管当时我还太小，不太理解这话的意思。

我的父母对心理学一窍不通。他们听说我有学习困难症，是因为出生时遭受了轻微的脑损伤，所以他们认为我不能控制自己的行为，老是护着我。家里的其他人则认为，对我不需要那么同情，只要好好调教，一定能出奇迹——这就是有个当老师的姐姐的坏处！

里斯本雄狮和一只名叫布鲁诺的熊

如今，光是递送寄给我的信件，就需要一个专职邮递员。可在一年前，我还很少收到信，顶多每过几周收一次账单。如今，世界各地的好心人每天都给我寄来信件和礼物。每天早上，我都要收好几次鲜花，或是一束彩色气球，还带着一张写有贴心祝福的卡片。每次拆包裹，我都非常兴奋，迫不及待地想知道里面有什么。我收到过诗、画，还有祷文，这些都对我意义非凡。有很多人十分细心。最近，一个美国朋友给我寄来一只玩具猫，让我在不能把“鹅卵石”小姐带在身边时也有个伴儿。那是一只蓝眼睛、灰白相间的猫，非常柔软，而且比“鹅卵石”小姐乖多了！我的沙发上还有好多泰迪熊，都快没地方坐了。

我很喜欢抚摸绒毛玩具的感觉，小时候，我都会抱着我的娃娃“撅嘴小可爱”入睡——那是妈妈送我的圣诞礼物，如果头朝下抱着它，她会嘴角向下，绷起脸来。我一直想要一种名叫“笑笑”的娃娃，我见过这种娃娃，只要一按它的肚皮，它就会发出笑声。如今，我明白了为什么我的要求一直未能得到满足。因为我在家里已经够吵的了。即使是抱着我的玩具们，我也很难入睡，更何况，我不是一个人睡。布莱迪搬出去之后，我搬出了父母的卧室，跟凯瑟琳一起睡一张双人床。

没有几个女孩愿意跟有多动症、还老抱着一堆玩具睡觉的小妹妹分享一张床，但凯瑟琳是个例外。布莱迪遗传了母亲雪白的皮肤，而凯瑟琳的头发颜色更深一些，还有一双典型的爱尔兰人的蓝眼睛，跟母亲简直是一个模子里刻出来的，性格也跟她一样。她非常温柔，很有爱心，在九个孩子中，她正好是最中间的老五，因而也成为我们一家的中心。

我的其他几个哥哥姐姐，老是觉得他们有资格对我指手画脚，因为我是家里的老幺，但凯瑟琳从不命令我做任何事，更不会责骂我。如果我生气了，凯瑟琳会轻声跟我说话，微笑着，劝我不要生气。

“你怎么啦？生气可就不好看了哟！”

像母亲一样，凯瑟琳似乎总能设身处地地为我着想，而且她永远有时间跟我谈心。

然而，有一天，当又有一只新的泰迪熊加入我的床上玩具大军时，就连凯瑟琳这样有耐心的人也受不了了。

那是一九六七年，对全世界来说，那都是个多事的年份。第一例心脏移植成功，比夫拉战争打响，堕胎在英国被合法化，英镑贬值，桑迪·肖（Sandie Shaw）光着脚唱《提线木偶》（“Puppet on String”）赢得了欧洲电视网歌唱大赛，披头士乐队的专辑《佩珀军士的孤心俱乐部》（“Sgt. Pepper’s Lonely Hearts Club Band”）发行，美国的年轻人开始戴上花朵，呼唤和平与爱情……但对我家来说，最重大的事件发生于一九六七年五月二十五日，一个星期四。

我爸爸是苏格兰足球俱乐部凯尔特人的球迷，那一年，他们打进了欧洲杯的决赛，在里斯本国家体育场对决意大利老牌劲旅国际米兰。全家人都聚集在客厅里，围坐在那台小小的黑白电视机前。凯尔特人是那一年的黑马，除了我爸爸这样的死忠球迷，没人相信他们会赢得比赛。

凯尔特人的教练乔克·斯坦在赛前的指示很明确："享受比赛!"但刚一开场，凯尔特人就被判了一个点球，国际米兰主罚命中，取得领先。客厅里的气氛很紧张，一旦国际米兰的防守球员破坏了凯尔特人的进攻，屋里便鸦雀无声。爸爸有好几次激动得从椅子上起身站起来，然后又扫兴地坐回去。连家具都跟我们作对。爸爸冲着电视机直嚷嚷，骂裁判，给球员们鼓劲。差不多一小时后，汤米·格梅尔的战靴将比分扳平。那之后，凯尔特人一鼓作气，将比分反超，以二比一的比分拿下了比赛。

乔克·斯坦后来总结出半数苏格兰人此时的心情："此时此刻，地球上再没有人比我更自豪了!"突然间，我们一家人，还有邻居们都自发地冲出家门庆祝胜利。街上突然站满了欢庆的人群。每家的窗前都挂起了象征着凯尔特人的绿白条纹围巾。汽车鸣笛呼啸着飞驰。人人都乐疯了。爸爸出门去酒吧庆祝。我想他肯定用啤酒灌醉了那儿的每个人!

通常，爸爸喝多了时，我们都不敢靠近他，因为他会一个人坐着，闷闷不乐。有时，妈妈实在受不了他这样，甚至会赶他出门，让他直接睡到马路上去。但那天晚上他开心的模样，是我从来没见过的。我们在屋里就能听到他欢呼、歌唱着回家来，当母亲去开门时，我们看见他带回来一个新朋友——一只巨大的粉红色泰迪熊。

“给！这是给你的！”他把熊递给我。

我的生日已经过了，而且离圣诞节还有很长很长时间。

“别管啦！”爸爸说，“这是个特别的日子！”

从那天开始，我就成了凯尔特人的支持者。

我给那只熊起名为布鲁诺，从那时开始，布鲁诺就得跟我和布布，还有其他的玩具动物和娃娃们一起睡了。我很讲规矩，每天晚上会把所有玩具排成一排，放在床中间，然后才爬上床。凯瑟琳会晚一点爬上来。有时，她半夜醒过来，就发现布鲁诺的一双玻璃珠眼睛正盯着她。

有一天，砰的一声，我从睡梦中惊醒。原来，我被她从床上踢下来了。

“哦，对不起，苏珊——我以为你是布鲁诺呢！”凯瑟琳一边把我拉上床，一边说。

至少这是她的借口！

快活

一九六七年夏天，我们一家人都很兴奋。因为和克利夫·理查[①]一样，我们要一起去过暑假了。这是我有生以来第一次外出度假，不知道会发生什么总会令人特别兴奋。我知道我们会去母亲的故乡爱尔兰，我们会去造访那里的亲戚。所以，尽管那是我从未去过的地方，但我们在那儿有很多熟人，母亲向我保证，我丝毫不必感到害怕。我们收拾好行李，放进后备厢，便上了车。当时我家的车是一辆车身上有一道白条纹的灰色奥斯丁剑桥。父亲开车，母亲坐在副驾驶座上，后座坐着我们四个孩子：凯瑟琳、我、詹姆斯和杰拉德。

旅途的第一段是开车到斯特兰拉尔，搭轮渡去拉恩。此前我从未坐过船，但我在电视上见过著名航海家弗朗西斯·奇切斯特独自驾驶游艇环球航行之后驶回港口的情景，所以我以为船都是那个样子的——有一面帆，大家都站在船上，任海风吹得我们的头发在空中飘扬。但我们乘的船跟我想象中完全不同。事实上，直到爸爸叫我们下车时，我才知道，原来我们已经在船上了。轮渡上停车的区域有一股汽油味，看起来就跟车库没什么两样。上楼来到甲板上时，风很大，脚下的地板在左右摇晃，我感觉怪怪的。那时，船还没起锚。轮渡离港后，我头晕恶心，很不舒服，觉得自己快要死了。我所有那些对于度假的紧张期待，仿佛都在肚子里翻江倒海，胆汁掺和着当日的早饭都流到了喉咙口。幸运的是，我们一下轮渡，我就觉得很困。父亲开车带我们穿越北爱尔兰的一路上，我都在睡觉。

待我醒来时，我感觉好多了，只是觉得口中有一股酸味儿，提醒我想起自己在船上所遭的罪。有人打开了车窗，我能感到一阵微风拂过我的脸。我们抵达了波特拉什，那是一个半岛上的小镇，绵延一英里，三面环海。在港口，有着五彩船身的渔船和带风帆的快艇一艘接一艘停在波光粼粼的水面上。空中回荡着海鸥的叫声，还有一股我一定不会搞错的诱人香味——炸鱼和薯条，我最喜欢的食物!

小镇两侧都有海滩，海滩边有一排排漆成各种颜色的房子，天蓝色的，玫瑰粉色的，柠檬黄色的—看起来就像一个大颜料盒，一个个小方格都装了不同颜色的颜料。我们就住在其中一所叫邓格文屋的房子里，房东是慈祥的多克蒂太太。卧室里，有一股海边的房子特有的潮湿味。

“看!”爸爸边说边抱起我，好让我透过窗子看到外面。

窗外除了一望无际的大海，什么都没有。布莱克本没什么风景可看。如果望向窗外，只能看到马路对面房子的前门，长得跟我家的前门一模一样。如果朝另一个方向望出去，能看见屋外有个小院

① Cliff Richard（1940— ），英国流行歌星，有首成名曲叫《暑假》（“Summer Holiday”）。

子，还有爸爸的车库，然后就是另一家人家的后院——也跟我家后院一模一样。此时此刻，眼前无边无际的蓝色让我分外激动，仿佛这个世界拥有各种可能性。

“看那群白马!”爸爸指着某个方向说道。

我没看见什么马。

“苏格兰在那边。”他指向蓝色大海的远处。

“如果天气好，你就能看得一清二楚。”

我眯着眼睛努力向远方看，但只看见一片浅蓝色。

天气好的时候，我们会在沙滩上玩，也就是爱尔兰人口中的“海岸”。当你靠近大海时，它看起来如此有力量，如此危险，白色海浪卷起，向你和你脚下的沙滩扑来，咸咸的海风则迎面吹来。

海岸上也有其他像我们一样的家庭，孩子们在捡漂亮的石头和海草，用来装点他们搭建的沙堡。父亲平时一般不跟我玩，但这一次，他帮我装了一桶沙子，教我迅速把桶翻过来、建成圆柱形城堡塔楼的技巧。他建的沙堡总是比我的好。我的两个哥哥在沙滩上挖坑，有的深得足够能藏下他俩，浅坑里则被灌上海水，好让我踩水玩。有时，别家的孩子也会加入我们，跟我一起踩水玩。在海滩上，学校里的那套规则不适用了，没有哪个孩子能规定我是否可以参加游戏。

来度假的人中，敢下海的人不多。有时，海边会有人竖起白旗，警告大家现在浪大，下海很危险。然而，一天早上，杰拉德在吃早饭时宣布他要下海。

“看，那是他!”我们隔着窗户看他下海时，妈妈指着他所在的方向说。我们看见一个人影自信满满地穿过沙滩。这时已经退潮了，海水离岸边很远。我们看着他走了老远，像个小木棍似的，一点点试探着，踏入冰冷的海水中。突然，他转过身，开始拼命地向岸上奔跑，身后有一个大浪仿佛正追逐着他。

一天下午，我们开车去安特里姆，看那儿壮观的海岸景色。爸爸和两个哥哥爬上了巨人海堤大道的玄武岩石桩，我们三位女士在旁边看着，妈妈紧紧拉着我的一只手，凯瑟琳拉着另一只。我的平衡感不太好，在平地上跳跃都不太稳，更别提爬上海边高高的石桩了。

“那是巨人造的台阶。”母亲告诉我，“这样他就能一路走到苏格兰去了。”

“那是什么巨人啊?”我一边满腹狐疑地朝四周望去，一边问。

“那是很久以前的事了。”凯瑟琳很快回答我。

在回波特拉什的路上，爸爸把车停下，让我们下来看看悬崖上的邓卢斯城堡遗址。

“那就是巨人住的地方吧。”我这样想，城堡的黑影吓得我瑟瑟发抖。

正如母亲在行前所承诺的，我们去爱尔兰德里郡附近的小村克劳迪，拜访了她的亲戚。那家人姓麦克劳林，跟妈妈的娘家姓一样。家里有好多比我还小的孩子。大人谈话时，母亲叫我出去跟小孩们一起玩。

我很喜欢在一群小孩子中当老大的感觉。这意味着，我能指使孩子们做任何事，而没有人来使唤我。既然成了老大，我决定要为表弟表妹们上演一台电视节目。我让他们都乖乖坐下，开始讲一个公主被巨人追逐着穿越大海回到苏格兰的故事。所有的角色都由我扮演，我变换着嗓音，以不同的身份说话。表弟表妹们看着我，被我逗得直笑。他们的反馈鼓舞了我，我在表演公主恐惧的尖叫时，大声地喊了出来，屋里的母亲还以为我出了什么事，赶紧跑出来看看。

“小声点！”她说道，但给了我一个微笑。

每到晚上，房东多克蒂太太都会为我们准备一顿很有当地特色的爱尔兰晚餐，有煮火腿和土豆卷心菜泥，或是煎鱼配荷兰芹酱和土豆。饭后，收拾完桌子，我们会上演一场歌唱秀。大人们轮流唱歌，可唱得最好的总是我爸爸。已经在楼上睡觉的我们，仍能听到他用那男高音一般的洪亮嗓音唱着爱尔兰民歌，唱完大家为他鼓掌喝彩时，我们感觉木地板都在跟着震动。

爱尔兰人形容玩得很愉快时，会用“快活（Craic）”这个词。爱尔兰话里，好多词都跟我们苏格兰人的用法不一样，比如他们不说“唉（aye)”，而是说“是的（it is)”，但没过多久，我们说话都带着爱尔兰味了。我们感觉一点都不像在度假，仿佛就属于那里似的。

卢尔德圣母小学

回到学校之后，我觉得自己在操场上越发孤单了，因为杰拉德转去了更大的学校圣玛丽学校读书。班上的女孩邀请我加入她们的跳长绳游戏时，我拒绝了，因为我对跳绳的时机总是把握不好，我觉得我肯定会被绳子绊倒，大家又会因此嘲笑我一番。

学校里又来了一些新同学，他们穿着大了几号的灰色短裤和连衣裙，有些看起来很有自信，有些看起来很迷茫。这时，我想起了在爱尔兰带表弟表妹玩的事。跟我同龄的孩子们不喜欢我的表演和怪腔怪调，但小孩子们喜欢，所以，从那时开始，我就跟他们一起玩。

尽管快乐的记忆短暂而痛苦的记忆漫长，但我对学校生活仍有一些美好的回忆。卢尔德圣母小学是一所严格的天主教会学校，宗教是课程中很重要的一部分。每天早上，我们都有教义问答的课程。牧师麦克努尔蒂神父每周都会来学校查看我们的进度。有一本教科书名叫《世界之光》，书中有不少故事和祷文，我很喜欢上那门课，因为它提醒我想起上帝永远保护着我。

我知道这点，因为母亲告诉过我，上帝给了我一条道路，我会慢慢找到它的。这种沿着上帝为我安排的特别道路前行的想法，很是让我高兴。我时刻提醒自己牢记，别人怎么看你并不重要，重要的是上帝为我铺的路。

在学校，一天中我最快乐的时光就是听耶稣的故事时。有时，老师会在一些特别的日子给我们讲跟这一天有关的圣人的故事。我最喜欢的一个是名叫伯纳黛特的小女孩，她住在一个叫做卢尔德的地方，我们的学校和教堂的名字就来源于此。

伯纳黛特生活在很久很久以前，是个磨坊主的女儿。她家里有九个孩子，跟博伊尔家一样，只不过她家的孩子都在很小的时候就夭折了，像我的姐姐帕特里夏一样。

与博伊尔家不同的是，伯纳黛特家很穷，他们一家人挤在一间小房子里住。到了冬天，一家人都瑟瑟发抖，伯纳黛特和姐姐以及一个朋友外出拾柴火，遇到了一个卡在石缝中的女子。“看!”她朝另外两个女孩叫起来。

可她们什么都没看见。

第二天，伯纳黛特又回到了这个地方，再次看见了那个女子。她很美，戴着白色的面纱，系着蓝色的腰带，每只脚下都有一朵金色的玫瑰。

她是我们的圣母!

我听到这里马上就意识到这一点，因为我们的教堂里有一尊圣母像。可伯纳黛特并不知道她就是圣母。当她把她所见到的一切告诉村里人时，有些人认为这全是她编的，还有些人认为她疯了，应该送她去疯人院。每天，伯纳黛特都会按圣母所说的，去山洞那儿看看，到了第十三天，圣母告诉她：“去找牧师来，让他们在这里建一座教堂。”

于是，伯纳黛特去找当地教区的牧师，但就连他也不相信她所说的。他让伯纳黛特去叫那个女子显示一个奇迹，来证明她就是圣母，伯纳黛特照做了。

圣母叫她喝下石缝中流出来的泉水。伯纳黛特被弄糊涂了，因为石缝间根本没有泉水，但她朝着圣母所指的方向挖下去，竟然真的挖出了几滴水，可试图喝水时，她却只弄得自己满脸是泥。回到村里后，人们都嘲笑她脏兮兮的脸，但过了几天，石缝间真的出现了泉水，而且泉水还有治疗的功效。

人们终于相信了伯纳黛特的话，在那里建造了一个教堂，从此以后，朝圣者便纷纷赶来造访卢尔德，他们所患的疾病都被治愈了。

我想我如此喜欢这个故事，是因为我觉得故事中的那个女孩让我很有认同感，人们都爱嘲笑我们。她的故事证明了母亲告诉我的话：有时，要理解上帝为何这样安排很难，但只要你心存信念，答案自会清楚。

老师告诉我们，如果够幸运的话，未来我们会有机会亲自造访卢尔德。我便在每晚跟母亲一起祷告时加上了这个愿望。

我并不想让你们认为我是个小天使，因为我很肯定我并不是，我也和所有孩子一样淘气。

麦克努尔蒂神父让我们为第一次领圣餐的仪式作好准备。他是一位非常严格、说一不二的神父，当他在班上说我们都得为我们的罪过向他忏悔时，我们都很害怕。可即使是这样，我还是忍不住要犯错。我可犯过不小的错！

每个小女孩都为将要第一次领圣餐而心潮澎湃，因为那是一个特别的日子，可以穿上漂亮的白裙子。我的裙子及膝长，里面有衬裙，能把裙摆撑开来，腰上还围着缎带。裙子在我父母卧室的衣橱里，外面用纸包着，挂在一个特别用粉红色丝绸包裹的衣架上。父母不许我靠近那条连衣裙。

一个星期六，我听见一辆冰淇淋车朝我家的方向开来，车上发出的清脆丁当声越来越响。想到脆皮蛋筒上冰凉好吃的冰淇淋，我就馋得直流口水。我的父母正在客厅跟回家来看看的布莱迪谈话。我知道如果我问妈妈能否吃个冰淇淋，她肯定会说不行。如果她给我买了一个，那就得给所有孩子都买，我们家可没那么多钱。

我们家钱不多。我知道这一点，因为我最近看电视时，妈妈经常会进来拔掉电视背后的天线。

"怎么啦?"我大哭着问，因为我是电视迷。

"我这么做是有原因的，苏珊。"母亲坚定地说，"街上有辆探测车，我们没有付无线信号的钱。"

我看见布莱迪的手提包挂在楼梯下，她的钱包露出一个角。现在，我已经能听到冰淇淋车就在街角。一分钟后，车就会开走。冰淇淋的诱惑太大了，实在难以抗拒。最后我嘴边的白色"小胡子"泄了密。

"钱是从哪儿来的?"母亲问我。

"我捡到的!"

我不会撒谎。

"你不能穿那条白裙子了!"父亲恐吓我说。

"那条裙子是用特殊材料做的。"布莱迪补充说，"它知道你是否做过坏事，它会让你的皮肤烂掉!”

我很羞愧。

当然，我最后还是穿上了那条裙子。但我再也不敢偷拿家人的钱了。

我的第一次领圣餐礼安排在六月举行，我们走去教堂的一路上，天气非常好。班上的同学都在教堂外排队站好了，女孩们都穿着白色的裙子，男孩们都穿着有白腰带的西装。我们一起像排练时一样唱着《马利亚亲爱的圣母》走进了教堂。阳光透过彩色玻璃照射进来，感觉非常特别。在教堂里，我小心翼翼，表现得很乖，我看到我的父母和同时是我教母的姐姐玛丽的眼中都闪烁着自豪的光芒。

我穿着我的白裙、白鞋，头戴花环，花环底下还连着一块白色的头纱，看起来一定很漂亮。我的头发很长，妈妈帮我卷成了一根根古典式卷发。

不幸的是，这个场面没有照片为证，因为我不喜欢拍照。然而，那是一个非常特别的场合，我的父母特意约了一位摄影师几天后到我家里来补拍照片。

“你又能穿上漂亮的裙子啦，很高兴吧?”玛丽用一种听起来更像是命令的口吻对我说。

“才不呢!”我回答。

摄影师开始还好言相劝。

我却对着镜头一个劲儿做鬼脸。

摄影师被我激怒了。

我则变本加厉，鬼脸做得更起劲了。

爸爸进来教训了我一顿。

我号啕大哭。

故事便到此结束了。

四十年后，关于那天的回忆让我对着另一个相机镜头微笑起来。当时，我在温莎堡附近的高级酒店克莱夫登庄园为《时尚芭莎》杂志拍照。我刚美餐了一顿，然后化好妆，做好头发，穿上一件漂亮的礼服。

“看着镜头！很漂亮！再来！微笑！”

摄影师说的话都一样，可这一次，我很高兴地宣布，我不再需要任何人进屋来对我说：“看在上帝分上，苏珊，乖乖坐好，照大人说的做！”

特别

我小学四年级夏季学期的成绩册很有意思。那是一九七〇年，我九岁。我的英语口语成绩为“优”，同样得了“优”的科目还有历史、地理、自然和科学。数学、美术、手工三门课得了“良”。我的老师是拜恩太太。她有一副人人都害怕的嗓子，但人很好。她知道何时应该严厉，何时需要温柔，显然，她看到我身上有潜力可挖，因此经常帮我补课。我并不喜欢被区别对待，然而，几周后，我自信心大增，补课也收到了成效，我的成绩赶上班上的其他孩子了。那一年，我上学的出勤率为百分之百，行为品德评分得到了“满意”——意思是还有进步空间，不过，嘿，人无完人嘛！

校长在我的评语上写道“值得表扬”，并签下了大名“格林先生”。他是新来的校长，日后在我的生命中扮演了至关重要的角色。

那年夏天，我们一家又去了爱尔兰，这一次的目的地是多尼戈尔郡。我们在位于邓格洛镇附近一家名叫城堡大门的招待所住。我母亲有娘家亲戚在这里。我们造访了一处小村舍，那是母亲的祖父祖母住过的地方，之后又去了一个名叫杜恩维尔的神龛。那儿有一泓清泉，母亲说，那里的泉水有神奇的功效。泉水附近的灌木丛里的树枝上挂着旧绷带，树丛底下有弃用的拐杖——病人和伤号被这里的泉水治愈后，把绷带和拐杖留在了这里。我们一家人中没有人生病也没有人受伤，所以我不知道为什么我们要费劲走到泉水边，灌上一瓶泉水带走，但我仍记得光脚踩在湿漉漉的草地上的感觉。

之后，我们走了很久，最后来到梅奥郡一处名叫诺克的地方。

为了这次旅程，母亲在邓格洛为我添置了新衣服：在我原有的衣服外面套上一件橘红色的披风，那在当时很是时髦，还配上了一顶奶白色的小帽子。那时我就猜我们会去造访一个特别的地方。母亲向我解释说，诺克是大约一百年前圣母出现过的地方。

“就像她与圣伯纳黛特见面一样吗？”我马上好奇地问道。

“差不多吧。”

“我们是要去朝圣吗？”我问。

我知道，朝圣一般都要走相当远的路，而这一回我们的汽车之旅显得尤为漫长，因为爸爸不适应斯莱戈郡的单行道系统，老是走错路。

母亲只是笑了笑。

我们接近傍晚才抵达目的地。诺克周边的乡下很平常，一点看不出来和一般的小村落有什么不同，直到我见到了刚刚建成的圣母大教堂。那是我所见过的最现代的教堂。远远望去，教堂就像三个巨大的白色立方体，上方有一个高高的尖顶。教堂内部足可以容纳一万人。过去，我时常惊叹卢尔德圣母教堂内部的高大感远远超出从外面看它的样子，而现在我眼前的这个教堂实在太巨大了，牧师的声音需经扬声器放大才能令教堂里的每一个人听清楚，扬声器有回声，我感觉不仅听到了牧师的话，而且他的话正从四面八方向我包围而来。

因为机场尚未投入使用，当时的诺克不像如今这般热闹，但那儿仍有不少人跟我们一起做弥撒。之后，我们又造访了另一座教堂。远远看去，那像是一座普通的灰色石头教堂。教堂南侧的山形墙正是圣母降临之地，它的旁边建了一座礼拜堂，上方有一块斜坡式的玻璃屋顶，阳光可以从这里倾泻下来，正好照亮了三尊白色圣像——圣约瑟夫、圣约翰和圣母。

曾有十五个人目睹了圣母显灵的盛况，其中有一些是和我差不多大的小孩。他们说，圣洁的圣母马利亚非常美丽，悬浮在空中，有几英尺高。她身穿白色长袍，头戴闪闪发亮的十字架组成的花环，双眼望向天堂所在的方向。尽管当时下着雨，但圣母脚下的地面却一滴雨水也没沾上。夜幕降临时，她闪耀着洁白的光辉。

我们在圣母像面前跪下，我闭上了双眼，虔诚地祈祷，希望美丽的圣母也会微笑着降临在我的面前。等我长大些后，我开始明白，尽管我没能像那些幸运儿一样亲眼目睹圣母，但她一直在指引着我。当时我才九岁，还没意识到母亲带我去诺克，是希望圣母能"治愈"我。医生在我出生时对我下的诊断结果一直令她担惊受怕，她相信，只有在圣母的帮助下，我才能痊愈。

以后知之明去回想当时的事儿，你会发现，所有事情的发生都是有因果联系的。我回想我们一家人去诺克的旅程时，突然想到，不久之后，我就第一次当众唱歌了。

卢尔德圣母小学的校长格林先生有一个关于教育改革的想法。

他认为在鼓励孩子们努力学习的同时，也应该鼓励他们发挥自己的创造力，让他们有机会展示各自不同的天赋。

小学生经常一起唱歌，尤其是圣诞节期间，大家会合唱圣诞颂歌，但格林先生要求大家每个学期都举行一场音乐会，有些孩子还被选中独唱。我记忆中自己的第一首独唱歌曲是在一场耶稣诞生记的戏剧表演中唱的圣诗《马槽里的婴儿》（“Child in the Manger”）。我用《破晓》（“Morning Has Broken”）的曲子演绎了这首圣诗。第一次当众独唱，我非常紧张，所以我在台上躲在其他唱诗班孩子们的身后。当我张开口唱歌时，紧张不安的情绪突然不见了，演唱每一个音符时，我都非常镇静。

唱完后，现场保持着久久的寂静。我意识到其他孩子都转过身来看我，嘴巴张得大大的。然后，老师们开始集体鼓掌，并对我报以微笑。我见过其他孩子因为表现得好而受到表扬，但我从来不知道擅长某件事的感觉到底是怎样的。我感觉自己好像一个吹得鼓鼓的气球，飘到了空中。观众席上的家长们也在热烈鼓掌。后来，不断有人告诉我，我很有天赋。我知道这一定是一种可贵的天赋，因为它能让所有人会心地微笑。

我的朋友洛琳·坎贝尔记得第一次听我唱歌时的情景，而我当时甚至都不认识她！她当时上四年级，而我上五年级。格林先生带着几位校外的评委来学校举行纪念苏格兰诗人罗伯特·彭斯的歌唱大赛。老师们选出几位歌唱得好的同学参赛。比赛在学校的礼堂内举行，为了让所有学生都能听到，校内广播在每个教室里播出比赛实况。

那天早上，当格林先生来到我们的教室，报出我的名字时，我十分高兴，因为我知道我可以不用做算术题了。当我把椅子推到课桌下，大摇大摆地穿过教室，跟着校长走出去时，我忍不住一路傻笑。

共有十来个来自不同班级的孩子参加比赛。与平时坐满人的礼堂相比，这一天，这里显得空荡荡的，而且非常旧。这时，我开始紧张了。之前我跟音乐老师一起排练过，还回家练习过要演唱的曲目，但在现场，我却一点也想不起来我该唱什么。我张开嘴，喉咙里觉得干得很，一个音也发不出来。歌词到底是什么？上课时，我就经常忘东西。有时，我举起手准备答题，可当老师叫我起来时，我却不记得答案了。我非常害怕，当听到有人报出我的名字时，我所能做的就是尽量不让自己在台上吓得尿裤子。我站在一张桌子面前，对面坐着三位素未谋面的人。

“你的名字是？”

“苏珊·博伊尔。”我紧张得双膝直发抖。

“你多大了？”

“我十岁。”

“你要唱什么歌？”

“《景色怡人的河畔》（“Ye Banks and Braes”）。”

“那你就好好努力吧。”

在三位评委身后，透过礼堂大门上的小窗口，我看到几个男孩子的笑脸时不时地出现，他们是被赶出课堂的调皮孩子，想偷看礼堂里的情况。如果此时我吓得溜走了，他们一定会把我的丑事到处宣扬，说我是个胆小鬼。而如果我唱得不好，班上的同学就能通过教室里的喇叭听得一清二楚。不管是哪种情况，等我回到教室时，大家都会嘲笑我。

这时，音乐老师对我点了点头，将双手放到钢琴的琴键上，准备开始弹琴。我偷偷瞄了一眼格林先生，他此时不能跟我说话，但他朝我直点头，还露出鼓励的神情，好像在对我说："来吧，表现一把!"

我不想让他失望，所以张开了嘴。

美丽的杜恩，景色怡人的河畔
你怎能开满鲜花，如此美丽、生机勃勃?
你怎能让鸟儿如此欢快歌唱?
我是如此疲倦，满心烦恼
歌唱的鸟儿啊，你伤了我的心
穿过花丛的那个姑娘
你让我想起了过去的快乐时光
但它已经逝去，不再回来
我经常回到美丽的杜恩来
来看看玫瑰和紫藤
每只鸟儿都歌唱着它的爱情
我也曾快乐地如此这般
我曾轻轻摘下一朵玫瑰
那带刺的荆棘上，挂满爱意
但我那狠心的恋人偷走了我的玫瑰
啊哈！他只留给我带刺的荆棘

在四年级的小教室里，洛琳听到我的歌声从教室门旁那堵墙上的喇叭里传出来，她想：“这个苏珊·博伊尔……她真有一副好嗓子！”

我唱完后，一位评委对我说谢谢，另两位在笔记本上写着什么，但我能看到格林先生非常高兴。

最后，一个名叫查尔斯·凯利的男孩赢得了歌唱比赛的冠军。他的声音很好听，我有时会忍不住想，后来他是否当了歌手。我得了亚军，但当我回到教室里时，老师说：“唱得好啊，苏珊！”然后便开始鼓掌。

然后，全班同学都跟着鼓掌，就连最调皮的那几个男孩也如此！

在学期末的复活节特别音乐会上，我作为唱诗班的一员，演唱了一首欢快的歌曲《麦克纳马拉之队》（“McNamara's Band”）。但我姐姐玛丽说，她能听到我一个人的声音盖过了唱诗班里的所有人。在夏季音乐会里，我又一次独自登台表演，唱了《音乐之声》里的《山之灵性》（“The Hills are Alive”），演唱时，我像电影里的朱莉·安德鲁斯一样，高举起双手。

当众表演之前的紧张和恐惧总是一样的，但只要我能找到开始演唱的勇气，痛苦、折磨人的紧张情绪就会得到放松，唱歌就成了最重要的事，我便再也不会忘词了。歌唱的过程中，我很“特别”。这里的“特别”，不是人们在提到麻烦事、讨厌人时的婉转用语，这里的“特别”是褒义词。

我唱歌的本事，让我在学校里不再受欺负，更棒的是，这本事还赶走了我心中的阴霾。如果你受到过取笑、戏弄，曾被训斥要“闭嘴”、“坐好”、“别犯傻”，你的脑中就会有一种噪音久久盘旋。但当我歌唱时，世界便清静了。

迈克尔舅舅

姐姐凯瑟琳结婚那一年，我十岁。母亲给我买了一顶有宽檐的时髦帽子，还有一条专为出席大场合准备的粉红色蕾丝连衣裙。婚礼那天，阳光明媚，一身白色婚纱的凯瑟琳美极了。她的丈夫乔出身于一个天主教家庭，他们在卢尔德圣母教堂举行了婚礼。爸爸自豪地挽着她踏入圣殿。婚礼之后，我们在教堂附近的保龄球俱乐部里招待亲朋，每个人都很高兴，可我回家后却忍不住一个劲儿地哭。我与凯瑟琳过去分享的床上仍然堆满了玩具，但如今没了姐姐，床变得冷冰冰、空荡荡。

凯瑟琳是我的启蒙老师和最亲密的朋友。她在感情上和精神上一直支持着我。她是我的坚振圣事的见证人，当我等待着红衣主教约瑟夫·格雷为我施礼时，她的双手温柔地放在我的肩膀上，帮我赶走了紧张的情绪。

凯瑟琳嫁到了邻近的小村落惠特本，她和乔搬进了一所市建公屋。房子虽不大，但那儿永远向我们敞开大门，欢迎大家去做客。如果家里有人过生日或者有别的什么需要庆祝的场合，凯瑟琳家总会成为大伙的据点。她家是我们一家人的社交枢纽。我长大了一点后，经常去凯瑟琳家照看她的女儿帕梅拉，凯瑟琳也经常回到娘家来看我们。她就像是一股吹进家门的清风，每次她到访后离开，家里感觉就像是被谁关了灯一样漆黑、冷清。

凯瑟琳是我几个姐姐中最后一个离开家的。哥哥乔结婚后有了两个女儿格温德林和柯尔丝蒂；詹姆斯结了婚，当上了精密工具制造员，约翰在巴斯盖特的赫普沃思裁缝店里找到了一份工作；杰拉德和我成了家中仅剩的两个小孩。杰拉德当时已经是个十几岁的大孩子了，因此也很少在家待着。

每天放学回家后，我都会打开电视机独自看电视，我对动画片情有独钟，喜欢《猫老大》、《怪车大赛》、《蓝色彼得》，但最喜欢的节目还是每周五播出的《大力水手杰克》。以这种方式结束一周的生活，实在是很棒，因为节目中有许多游戏，比如，让三个孩子站在台上的三个盒子上，然后主持人莱斯利·克劳瑟问他们问题。如果答对了，他们能赢得一大堆礼物，尽可能多地抱住，但如果答错了，他们便会得到一棵卷心菜——捧着卷心菜很难掌握平衡，因此已经得到的那些礼物会掉下来。有时，母亲会站在我身后的门边，听我对着电视机大笑。如果我猜对了答案，母亲会说“礼物”，如果我答错了，她会说“菜”。有一次我一连答对了很多道题，于是问母亲：“我能参加《大力水手杰克》吗？”

节目是在一个剧院里录制的，观众都是孩子，节目过程中，他们不断在看台上尖叫、呼喊。我想，能上电视感觉肯定很不错。吸引我的并不是那些礼物，我其实是想亲眼见见莱斯利·克劳瑟和他的搭档彼得·格雷兹，因为他俩太逗了。

“那节目可是在伦敦录的呢。”母亲告诉我。

"伦敦在哪里啊?"

"在很远很远的地方。"

我母亲自己就很擅长玩答题节目，因为她读过很多书，懂得多。她好像海绵一样，能无穷无尽地吸收信息。她喜欢看《大学挑战赛》，当时是由一个名字古怪叫班伯·加斯科因的人主持的，他戴眼镜，一看就很有学问。

"我看你是喜欢他吧?"爸爸曾这样问妈妈。

妈妈总是回答："嘘!"

参加比赛的都是大学生，个个都应该很聪明。有时，我连问题也听不懂，但妈妈总能报出正确答案，爸爸则在一边震惊地望着她。母亲没上过大学，甚至从未到过靠近任何大学的地方。她天生就很聪明，年轻时曾立志当老师，然而家里没有钱，不能负担她的学费——那时只有上层阶级的女子才有机会上大学。

有一天，我无意中听到父母在讨论要重新布置餐厅。

"怎么啦?"我问。

"你舅舅迈克尔要来跟我们一起住，苏珊。"母亲说。

"棒极了!"我说，得知放学后家里能多一个人跟我聊天，我很是兴奋。我认识迈克尔舅舅，因为我经常在周末去看他。他住在马瑟韦尔一幢名叫哈特伍德的维多利亚式建筑里。那幢大楼非常宏伟，当我们一家坐在车里向它驶去时，看着它在我头顶变得越来越高大，我老感觉胆战心惊的。在大楼内部，我们得穿过长长的走道，经过许多不同人居住的病房，与很多护士擦肩而过。那里弥漫着医院里特有的、可怕的消毒水味。迈克尔舅舅与一个话也说不清楚的人同住一间病房，所以，迈克尔舅舅不习惯说话，每次总要适应一阵子，才开始跟我们聊天。尽管他跟我的父母年纪相仿，但他仍像个孩子，每次我们去看他，他都要问我们是否给他带了糖果。他喜欢糖果。

每次我们探望完他，迈克尔总要目送我们穿过长长的走道，尽管医院里还有很多其他病人，但我总觉得他看起来非常孤单，总是一个人孤零零地站在那儿。我看得出，他很愿意过来跟我们住在一起。探望完迈克尔舅舅回家的路上，母亲总是很沉默，我知道她也不愿把迈克尔一个人留在那里，所以我觉得能让他住在我们家，是个很棒的主意。

迈克尔是我母亲的弟弟，他的童年过得很艰辛。一九一七年，我的外祖父约翰·麦克劳林参加了一战，在伊普雷战役中丧生。他的死讯刚一传来，我的外祖母就发现她怀上了迈克尔。丧夫的震惊和悲痛，也许影响了她腹中的胎儿，迈克尔天生就有学习困难症和情绪问题。据大家所说，他是个顽皮的小孩。在他蹒跚学步时，有一天，外祖母在做弥撒时突然发现，迈克尔不在她身边了。于是，她发疯似的四处找他，但怎么都找不到，一转眼，他的小脸蛋却突然出现在讲道坛上！

迈克尔是在特殊学校里上的学，十八岁那年，外祖母去世了。于是，他被送到了哈特伍德，那是一家精神病院。当时，人们认为将有认知和情感缺陷的人与正常人隔离开来是对他们好。直到一九五九年，这条法律才得到了修改，尽管如此，又过了四十年，哈特伍德精神病院才正式关闭。

我们几个孩子都不知道迈克尔舅舅去哈特伍德精神病院前到底出了什么问题，只是经常听说，可怜的迈克尔因为“砸了几扇窗户而被关了二十年”。我的母亲想尽力帮他，但她有正在服兵役的丈夫，还要养育九个孩子，已经有够多事要操心了。

我们在楼下的餐厅旁边为迈克尔舅舅腾出了一个卧室。他花了一段时间才适应我们家的生活，因为独自生活了太久，他不太习惯与别人一起正常生活。一开始，他经常独自在自己的卧室里待着，我能听见他自言自语。他有点难相处，而且过了很长时间后，他才明白，我父亲是这房子里的一家之主。

有时，他会挑衅父亲。迈克尔舅舅的房间就在我卧室的正下方，我能听见他开始变得激动，然后冲出房间，重重地关上门，走进客厅，对着正在看电视的父亲就是一顿嚷嚷。

“出来我们打一架啊，你个胆小鬼!”

父亲开始会装作什么也没看到，但如果迈克尔还是不肯罢休，父亲便会重重地叹一口气，放下手中的报纸，站起来，卷起袖子，假装准备打架。这时，迈克尔准会一溜烟逃得无影无踪。

大多数情况下，迈克尔很温顺，他经常和我一起聊天。我们俩相处得很不错，迈克尔还经常对我父亲说：“这孩子都能对我这么好，为什么你就不行?”

他无法理解，父亲能让他住在家里，已经对他很好了。有时，母亲夹在当中很有压力。

迈克尔渐渐重拾了信心。母亲会给他一些零用钱，让他出门去买糖果吃。像母亲一样，他也很爱看书，经常从图书馆借回来许多书看，尤其喜欢看阿利斯泰尔·麦克莱恩写的冒险故事。他开始独自出门散步，风雨无阻，因此附近乘车来上学的孩子们都称他为“散步男”。很多次，开始下倾盆大雨时，我们家有人开车路过，都会叫他上车，载他回家，但他就是不肯。他一点也不喜欢被带回家。相反，他总是浑身湿漉漉地回家。

“看看你，都湿透了！”母亲总会责怪他。

“我喜欢。”迈克尔说，炫耀着他重新找回的自由之感。

后来，我们一家人在周日开车外出时，车上总是我们四个，妈妈、爸爸、迈克尔，还有我。晚上，我们一起看电视。父亲总要看新闻，他在工会里是个工人代表，新闻里总是播工会的消息。新闻里还总是播关于北爱尔兰局势的报道，母亲总是为她在克劳迪的亲戚们担忧，因为那儿经常爆发暴力冲突。她也喜欢看电视剧，比如《楼上楼下》和《科蒂兹堡大逃亡》。杰拉德则很喜欢看《巨蟒剧团之飞翔的马戏团》，但他得在父母外出时偷偷看，因为父母觉得这种搞笑方式不适合孩子。

总是与年长者相处，让我与同龄小孩的兴趣点有很大的不同。我天生擅长模仿，经常学着母亲的口气说话，可同学们对此一点也不感兴趣。十二岁时，父亲专门给我买了一台收音机，这样我就能在卧室里听广播了。其他孩子们都听播流行音乐的 BBC 广播一台，可我喜欢主打语言类节目的广播二台，尤其是主持人特里·沃根。我不知道是他柔软的爱尔兰口音打动了我，或是他语带双关并且喜欢给人起绰号的说话方式吸引我，总之，这个人身上就是有些东西我特别喜欢。所以，当学校里的孩子们讨论塔马拉唱片和魔堂唱片时，我却一直在说特里·沃根。

“特里·沃根是谁？”

“他是个黑头发的男人，爱尔兰人，我喜欢他在广播里放的歌，比如弗兰克·辛纳屈（Frank Sinatra）……”

“你不能喜欢弗兰克·辛纳屈，他过时了！”

“我觉得他很棒啊！”

我因此老是被嘲笑说“老掉牙”。

“特里·沃根也太老了，你不能喜欢他！”

“我觉得他很逗。他称查尔斯·阿兹纳武尔（Charles Aznavour）为‘查尔斯·丫是哑炮’！”

“查尔斯什么？”

这种鸡同鸭讲的对话，显然不会让我在班上受欢迎，但我并不孤独，因为后来书籍变成了我的好伙伴。在房间里，我经常沉浸在从图书馆里借来的小说中，比如《凯蒂做了什么》、《小妇人》、《洛娜·杜恩》，享受女主人公们的成就，也为她们的悲剧哭泣。

我也常自己编故事，借用从电视剧或者书里看来的角色，对着梳妆台上的镜子表演一番。我在学校里表演时，总能逼得大家发疯。她又来了！以我现在的眼光来看，当时我那种即兴表演，对于一个十岁的孩子来说是相当不错了，但这一点是我后来上了表演学校才意识到的。

我开始自己写一些故事，还把我写的故事带到学校里去。英语老师给了我一个A，但她观察到一点：“（你的故事里）总有一个叫做苏的角色，性格非常外向。你是在隐藏什么吗？”

我回答：“也许吧……”

如果你性格内向，你会把自己想象成截然不同的人。我在故事里安排一个叫苏的角色，可以弥补没人能理解我的现实。这是一种逃避的方式。

有一次，老师叫我在全班同学面前读出我写的鬼故事。结果，这个故事把教室里的所有人都吓得屁滚尿流，包括我自己！

这个故事的主人公叫特里·沃根。

“特里·沃根？”老师问我，“对你而言，他是不是太老了？”

我想，可能人人都觉得我的写作风格有点古怪，但是从其他任何角度来看，我都只是一个穿着天蓝色背带短裤和粉色上衣的、头发梳成一根马尾的普通青春期少女。

一个星期四的晚上，我在收看《流行天王》节目时，镜头切到一个坐在高脚凳上的年轻歌手，看起来和我年纪相仿，然后，我与全国千千万万的女孩子一样，生平头一次萌生了爱情。

初恋

说实话，我头一次在《流行天王》里看到唐尼·奥斯蒙德时，他那闪闪发亮的长发和他的高音，让我把他错当成了一个女孩。

别担心，唐尼，我很快发现你其实是个男孩！

也许，唐尼如此吸引我这样的年轻女孩的部分原因，是对他一见钟情，其实跟希望与他交朋友没什么两样。当我想象与唐尼见面的场景时，我所能想到的最亲密的行为，不过握着他的手而已。他那干净、整洁、健康的形象，让我的父母并不反对我把能找到的他的海报和照片全部贴在卧室墙上。

“只要别把墙纸弄得千疮百孔就行！”爸爸警告我说。

“不会的，爸爸，我会小心的。”我保证道，一边努力地遮盖住我弄出来的满墙的小洞。

我当时的零花钱全都用在了类似《流行情报》、《当红208》这样的杂志上，因为它们会刊载关于奥斯蒙德一家的报道。奥斯蒙德家的男孩我都喜欢，尤其是韦恩，还有小杰米·奥斯蒙德，但只有唐尼令我心旌荡漾。我一页页地检索杂志，寻找那些捕风捉影的小文章，诸如唐尼会是怎样的男友（不用说，一定是敏感而害羞，但很友好那种!)；唐尼喜欢穿什么样衣服的女孩（一定是飘逸浪漫的长裙，但爸爸肯定不让我穿!）……

如果哪本杂志用唐尼做封面，我肯定会买下来。如果学校里跟我一样迷奥斯蒙德一家的女孩安娜告诉我，有一本新出的杂志叫《奥斯蒙德的世界》，我会马上冲到报亭去。

“你为什么要把零花钱浪费在这些愚蠢的杂志上?”母亲经常无奈地朝我大喊。

但在我要求参加奥斯蒙德歌迷会这件事上，她没有袖手旁观。尽管父母坚决不让我参加，但安娜加入了，所以我可以从她那儿获知唐尼的消息。对于奥斯蒙德一家的迷恋，让我们有了共同之处，但我知道，如果奥斯蒙德一家会出现在布莱克本的话，我得对安娜有所防备——尽管这种可能性微乎其微，我们却经常幻想这个场景。我喜欢唐尼那深色的眼睛，喜欢他友好的、露出两排洁白牙齿的笑容。在托尼·布莱克本主持《流行天王》时，他曾说，如果你调暗电视机的亮度，荧屏上就会只剩下他的两排白牙齿了——他还真没说错！但我最喜欢唐尼的一点还是他的嗓音。每次我听他唱《初恋》（“Puppy Love”）时，都觉得他是在对我一个人歌唱。

我记得曾在《杰基》杂志上看过一则连环画，描绘一个女孩对唐尼一见钟情，然后像我一样，在梦中遇见了他。而当一个长得很像唐尼的男人搬到了她所在的街区后，她便爱上了那个男人。我觉得这个故事很蠢。长得像不像唐尼并不是问题的关键，能跟唐尼唱歌唱得一样好才是正经的！不过，没人能唱得和唐尼一样好。

如今，每天早上我醒来后，总有那么一刻，我会望着打我出生以来就一直挂在屋顶上的旧灯罩，默默地想：“当然了，那不过是梦而已。否则呢？”

有时，在我倍感失望之余，还是会感到些许的安慰。然后，当我的目光向下游移到地板上时，我会看到我那裱了镜框的三白金唱片斜靠在壁脚板上。我曾无数次地试图掐醒我自己，看看我究竟是不是在做梦，直到我的手臂变得青一块紫一块的。

过去一年里，我做了一些了不起的事，造访了许多美丽的地方，遇见了许多杰出的人。幸运的是，我无需从中挑出一个最值得我纪念的瞬间——但如果真要我选，我会说是在洛杉矶遇到唐尼·奥斯蒙德本人的那一刻。他跟我想象中一模一样，仿佛时间从未流逝过。我又变回了那个小女孩，胸中小鹿乱撞，一句正常的话也说不出来，因为我忍不住格格直笑。

我已经很久没见过安娜了，但我仍忍不住想：“我的上帝！要是你看到现在的我，你该作何感想？”

圣诞节的早上对所有孩子来说都是神奇的时刻。在学校里，我们会编纸环，唱圣诞歌，听最好听的故事——耶稣诞生的故事。在家里，母亲会在客厅里放上一株装饰着亮片和彩灯的圣诞树，用栅栏围上。当冬日的阳光从窗口照进来时，亮片会在墙上打出各种形状和颜色的漂亮光斑。夜幕降临后，彩灯则会闪烁着营造出另一派仙境般的奇景。

当我还是个小孩时，圣诞节一早我醒过来的头一个念头就是礼物，然后我会忙不迭跳下床。长大了些后，我开始和父母一起做午夜弥撒。到了早上，我会精神奕奕地醒来，等待下楼去拆礼物的那美好一刻。

我们的客厅里弥漫着柑橘的香气，一夜过去，这里好像突然神奇地变成了圣诞老人的储藏室。母亲从不包礼物，我觉得当时人们并不太讲究包装，又或者是因为我们买不起包装纸，但我们每个人都能得到属于自己的一小堆礼物，上面还装点着橘子或者小蜜橘。我的礼物总在左边靠窗的角落里，我小的时候，必须得费劲地拨开哥哥姐姐的礼物堆，才能来到我的礼物面前。哥哥姐姐们离开家之后，都要在各自的小家中组织自己的圣诞节弥撒了，所以，我家的圣诞节不像往日那般热闹、嘈杂、欢腾，但仍然激动人心。

我记忆中最棒的圣诞节是在我十三岁的那年。凯瑟琳和她的丈夫带着他们孩子帕梅拉到访时，我还没穿好衣服。凯瑟琳很爱家人，所以每到圣诞节的早晨都会回娘家看看，跟父母喝一杯姜酒，给我一个圣诞节的拥抱。孩子们如果要求，可以稍微喝一两口酒，或者喝点我更喜欢的黑加仑果汁。母亲不喝酒，不过有一次她因为不知深浅，在朋友家喝了几杯苏格兰威士忌甜酒，结果一个劲儿傻笑个不停。从那以后，她再也没喝过酒。

然后，杰拉德终于打着哈欠从卧室里出来了。当时，他已经不上学了，开始在约翰上班的那个赫普沃思裁缝店里工作，但他仍然住在家里。

大人们都会看着我拆礼物。在妈妈和爸爸送给我的一堆书籍和玩具底下，有杰拉德送给我的两张唱片。第一张是《唐尼的画像》(*Portrait of Donny*)，其中收录了《初恋》这首歌；第二张是奥斯蒙德一家的专辑《计划》(*The Plan*)。

“谢谢！”

站起来拆开唱片后，我走向了家里那台老式唱机，打开盖子。

“等等。”杰拉德说，“看看下面有什么？”

“什么啊？”我问，然后再一次跪下，拽出来一个大纸盒。

“现在我们不用听奥斯蒙德一家的歌了！”杰拉德开玩笑说。

两张唱片已经是非常慷慨的馈赠了，但我发现我的哥哥竟然还送了我一台便携式唱机，我简直乐疯了。唱机有两种转速，分别是每分钟 33 转和每分钟 45 转，所以既能播放密纹唱片，也能播放单曲唱片。还可以将一张张单曲唱片叠放上去，然后唱机就会一张接一张地播放。在当时，这可是高科技产品。

这是我收到过的最棒的礼物。然而，有了这台唱机以后，全家人也没少听奥斯蒙德一家的歌，因为打那以后，只要你走进我家大门，你不但能听到奥斯蒙德一家的歌，还能听到我在一边跟着唱。我家房子的隔音效果不怎么好。爸爸经常上来敲我的门，然后我便会调低音量，但几分钟后便又调回来。星期天的早晨，还会有另一种噪音。那是杰拉德在大喊：“看在上帝分上，你把你那宝贝唱机开轻点吧！我要多睡一会儿呢！”

或者类似的话。

卧室里有了唱机后，我就能对着梳妆台上布莱迪过去对着梳妆打扮的那面镜子，观赏自己的表演了。梳子成了我的麦克风，我曾一连好几个小时，模仿着从《流行天王》里看来的歌星动作，假装面前有一群观众，一点点纠正我演唱时的姿态。

如今人们经常说起六十年代的流行音乐是多么富于创新，但在七十年代，也有很多流派，既有黎明乐队（Dawn）的《黄丝带》（“Tie a Yellow Ribbon”），又有 T · 雷克斯（T. Rex）乐队的《金属宗师》（“Metal Guru”）。我经常买 K-tel 唱片公司出的歌曲合集，里面会收录所有好歌。我经常在家里连唱泥巴乐队（Mud）的《虎爪》（Tiger Feet）、纸蕾丝乐队（Paper Lace）的《比利，别做英雄》（“Billy Don't Be A Hero”），以及唐·麦克林（Don Mclean）的《文森特》（“Vincent”）。我不知道是唱片总是循环播放的关系，还是小时候记忆力特别好，但只要给我个七十年代流行歌曲的名字，我至今仍能一字不漏地唱出来。过去，我能唱得跟唱片一模一样。我姐姐玛丽听觉很敏锐，但她说，她回家来时，仔细听也很难分清是我在唱，还是在放唱片。前一秒，我还是新探索者乐队（New Seekers），在教全世界歌唱，下一秒，我又成了迈克尔·杰克逊，唱着我这辈子最爱的歌曲《本》（“Ben”）。那时，我还没找到属于我的独一无二的声音，但在唱那首歌的几分钟里，我就是歌星。

圣肯蒂格恩学院

二〇〇九年圣诞节前的一个早上，我在尤尔街附近转悠时，电话突然响了。

“你好，请问是苏珊·博伊尔吗?”

“你是?”

我不得不学着在接电话时言语谨慎，因为你永远不知道是谁得到了你的电话号码。

“我是斯蒂芬·坎贝尔。圣肯蒂格恩学院的校长。”

你知道有时你并不知道自己犯了什么错但就是有一种负罪感的感觉吗? 这就是我接到校长电话时的感受。我等待着他继续往下说。

“我们学校下周举行扩建奠基仪式。”他接着说，“红衣主教基思·帕特里克·奥布赖恩会来参加，我们希望你也能来……”

我并不需要被问第二次。红衣主教大人对我一向非常照顾，我很幸运曾遇见过他本人几次。

当天主教教堂请求你做些什么时，你责无旁贷。

“当然，我一定来!”我说。

到了那天，校长亲自开车来接我。为了该穿什么的问题，我想了好久，我希望看上去时髦点，但不想太正式，所以最后我决定穿一件印花连衣裙，外面再套上一件剪裁讲究的黑色夹克。当我抵达学校，看到穿着统一的黑色上衣的孩子们时，我才发现，我竟无意识地又穿上了校服！

在学校的礼堂里，斯蒂芬·坎贝尔念出了前来参加学校扩建奠基仪式的嘉宾的名字，那语气就好像在念新生报名表。最后，他说道："还有，当然就是苏珊·玛德莲娜·博伊尔……"

于是我走上台前。

学生们都乐疯了。直到我上台前，我的到场仍是一个秘密。在红衣主教为奠基仪式剪彩之后，我们去四处看了看，发现学生们都冲上台前，端着作业本要我签名。

站在这个曾经有过不少绝望回忆的地方，竟能受到这般拥戴，对我来说真是超现实。

圣肯蒂格恩学院是一所位于布莱克本市郊的大型综合学校，在这里就读的学生来自布莱克本及其周边的各个村落。学校于一九七三年落成，我是第一批在此就读的学生之一。离开我所熟悉的卢尔德圣母小学，转学到完全陌生的圣肯蒂格恩学院，对我来说是一段痛苦的经历。步行到学校的距离远得多，学校也大得多。这里有数以百计的陌生面孔。每天，为了上不同科目的课程，我们不能待在同一间教室里，而是要在几个不同的教室里来回奔波。光是为了记住几个教室分别在哪里、该怎么走，我就几乎花了大半的时间。等我终于找对地方，我还得努力地让大脑的思维模式从历史切换到数理，或者任何其他科目上去。在这种模式下，我觉得自己很难集中精神，而好不容易等我终于集中了注意力，便又到了下课时间，我们还要赶去另一堂课。

在去圣肯蒂格恩学院上学前，我把我的长卷发剪成了成熟些的短发。当时，这里的校服跟现在一样，是一件时髦的黑色上衣。而我又成了学校里最小的一批学生之一。这里没有我能照顾的低年级生，也没人能跟我玩了。圣肯蒂格恩学院似乎没人对我感兴趣，也没人喜欢我的那些笑话和表演。有时，我感觉再也不会有人对我感兴趣了。在小学里，如果我不开心，别人会察觉到，因为我会大声嚷嚷，引起别人的注意。但如今我十二岁了，不再随意发脾气，变得有自制力了。因此我看起来更加安静、内向。

学校里有个戏剧社，但我不敢参加，因为我不善与人相处，我知道学生们会嘲笑我。我参加了唱诗班，因为成为唱诗班的一员让我感觉很安全。然而，这里并不像卢尔德圣母小学那样每学期都举行音乐会，因此我也没有了表现的舞台。

在课余时间里，男孩子们都踢足球。大孩子们几乎个个拥有健壮的大腿，所以你一定不想成为挡道的。女孩们都围在一起讨论化妆，或者做杂志里关于接吻及其他我一无所知的话题的测试。我只能一个人站在操场上。过去的经验告诉我，如果我太过强求要融入别人，只会招来嘲笑，所以我决定不费心了。我并不介意孤单，因为一个人在旁观察他人也很有意思。上学的日子里，我唯一害怕的是回家的那一段长路。

上小学时，母亲会来接我，不然我就等在学校里当老师的大姐玛丽下班后送我回家。可在中学里，我只能自己走回家。学生中有一种我不理解的、不成文的选择机制，孩子们会分成小帮派，聚在一起一边聊天，一边走回家。如果我跟在一个小群体后面一路走回家，他们从不会转过头来和我说话。我相信，即使我鼓足勇气上前去问是否能让我加入他们，他们也只会回答："不行，我们不想要你，苏珊·博伊尔。你很蠢!"

当你一个人独自行走，而你的身后又有一群孩子在说笑、叫嚷时，你总觉得他们是在嘲笑你。我会总是忍不住环顾四周，然后加快脚步前行。走到我家的路口时，我会一口气跑上几百码，以最快的速度冲回家。每当我冲进家门然后牢牢地关上门后，站在前厅里的我总能感觉到在白色校服衬衫底下，我正大颗大颗地流着汗，心怦怦直跳，我的恐惧感这才慢慢消失。

在楼上的卧室里播放唱片，是我逃避现实的方式。当我唱歌时，我会忘记身为苏珊·博伊尔的一切痛苦，想象自己拥有了一个新身份。七十年代初涌现了不少有创新精神的音乐剧，比如《耶稣基督万世巨星》（*Jesus Christ Superstar*）和《神咒》（*Godspell*）。我的父母和所有传统的天主教徒一样，担心有关耶稣的流行歌曲会有亵渎神明之嫌。但我十分欢迎这些音乐人的作品，我认为这是表达我的信仰的一种特别方式。

在我的点唱机记录中，我播放次数最多的歌曲是《我不知该如何爱他》（"I Don't Know How To Love Him"）。

"你没去过年轻人的俱乐部或是迪厅吗?"姐姐布莱迪问我。

在我九岁那年，布莱迪就搬去了英格兰。她的丈夫来自马瑟韦尔，他们结婚后一起在考文垂开了一家名叫"帽子"的苏格兰酒吧。每到复活节，他们总会包一辆大巴，载着所有工作人员从考文垂一路开到马瑟韦尔，在杉木公园俱乐部里举行一场歌唱聚会。每次回到苏格兰，布莱迪都会带着她的女儿、我亲爱的金发小外甥女乔安娜来看看父母。

像布莱迪这样热爱社交的人，肯定不理解，一个十来岁的少女为什么不出去和朋友们一起玩。

“我也去迪厅。”我反击式地回答道。

学校里每年都会举行一次迪斯科舞会。我去过几次，都是坐在一边，握着一杯柠檬水。我喜欢听音乐。

“你都有哪些朋友啊？”布莱迪很好奇。

“我不需要朋友。”我告诉她，“我喜欢独处。”

我知道，像我这个年纪的年轻人晚上都会在社区中心碰面，或者在嘉年华会行经布莱克本时赶到穆雷菲尔德去凑凑热闹。但我从未参加过这种活动。我十四岁时，海湾城市摇滚客乐队（Bay City Rollers）在布莱克本走红。我跟班上的女孩们一样喜欢他们的歌，还经常在我的房间里唱他们的名曲“Shang-A-Lang”，但我从不奢望父母同意我穿上漂亮的格子裤，跟班上的女孩们一起去格拉斯哥看他们的演唱会。他们肯定不会同意。

在小学里受欺负的经历，让我一直跟同龄人保持着距离。好像我的人生中缺了关于如何建立友谊的一课，日后也再没能有机会补上。我所能信任的，就只有大人，在学校里，就只有老师。

圣肯蒂格恩学院的一些老师只喜欢聪明的孩子，但另外一些对我非常和善，我也爱和他们谈话。有一些老师知道如何应付我的小脾气，但另一些却只知道对我提心吊胆，怕我出乱子。一次，一位男老师把我的游戏老师叫到一边，问我之所以有这种反应，是不是青春期的性冲动所致。

“当然不是了!”我对她说，尴尬得满脸通红。

“我这么小，哪里来的性冲动?”

我的生理知识有些贫乏。当圣肯蒂格恩学院的生物老师在课堂上问我们中有谁已经来月经了时，我说我不知道“月经”是什么意思，结果班上的同学都嘲笑我。

我在老师面前寻求关注的做法，也引起了一部分同学的注意。我想，他们可能认为我在打小报告，但我并没有，我只是想要与人交谈。

一天下午，一群男孩女孩突然开始追着我跑。我撒腿就逃，竭尽所能地朝着主路跑去，心想着沿着这条路，我就能一路跑回家，到了那里我就安全了。然而，跑着跑着，他们却把我往左边的小路上撵。后来我才意识到，我太傻了，因为在这条路的前方，我要先过一座窄桥，还要穿过一片荒地，才能见到我家所在的村落。而这一路是上坡路，以我的体力，是肯定跑不到家的。如果回到主路上去，会更安全些，但我现在已经不能回头了，因为他们就在我身后。我呼吸困难，感觉肺在胸中烧起来，双脚开始不听使唤，就像噩梦里经常遇到的被追逐的场景，你越是急，越是迈不开步子。跑到窄桥上时，他们追上了我，抢走了我的书包。我又抢了回来。尽管个子小，但我遗传了爸爸的强壮体格，而且当时我心里想的就是：我得拼命了！我好不容易跑下桥，但追上来的孩子太多了，这一次，他们拽着我的书包，弄得我团团转，结果摔倒在河岸边，脸向下栽在一片荨麻地里。带头的孩子——在这里我不想提她的名字——上前几步，将叼着的烟头对着我的后背捻了几圈。

“看你还敢拍老师马屁，苏珊·博伊尔！”

我双手抱头，躺在一片污泥之中，毫无知觉，害怕得一声也不敢吱，听着他们的脚步声越走越远，祈祷着他们就这样一直走别回头。很长时间之后，我都不能确定他们的讥笑声是仍在耳边，还是在我脑中一遍遍重播。

最终，我确信他们走远了，慢慢恢复了知觉。我能听到主路上汽车开过的声音；能感觉到荨麻的刺穿过袜子扎痛了我的脚。我坐起来，脱下外衣，检查后背被烟头烫出的洞。那时，我的眼泪才忍不住掉下来。那个圆形的小洞成为了一切的注脚——我顶多就是一个给人用来掐灭烟头的烟灰缸，再无他用。

烫出这么一个洞，不让母亲发现是不可能的。她极其重视我的打扮，经常让我在离开家门前在她面前转个圈，像电视游戏节目《两代人大比拼》里的安锡·雷德弗恩似的，她好打量我的衣着有什么不得体之处。母亲肯定很生气，不是冲我，而是冲学校，她肯定会去找校长抱怨一番，让问题变得更复杂。我也不能去向老师告状，因为这一切的起因恰是“告状”。

都是我的错。

但我什么都没做！

突然间，我又委屈又恼怒，泪水湿润了眼眶。

真不公平！

我从泥巴地里起身时满面愁容，抽泣着，然后转化为恼羞成怒的一声哭喊：“我会找你们算账的！一定会！你们等着瞧！我一定找你们算账！”

后来的好几年，我都努力地埋葬了那段回忆，但几个月前，当我在为新专辑录歌时，那段往事又在我脑中重演。在我年少时未能发泄出来的怒火积累在我心中，最终似乎融入了我的歌声。

我录的是一首麦当娜的歌，名叫《等着瞧》（“You’ll See”）。当我在录音棚里唱这首歌时，我发现我终于为童年时代所遭受的欺负报了仇。

如今，圣肯蒂格恩学院早已经物是人非，有新的教职员工和新的大楼，学院还为提高当地青少年文化教育程度，在学术、人格培养和宗教上作出了很多努力。学院添置了许多培养学生音乐、舞蹈才华的教学设施，还为鼓励学生社交开辟了专门的区域。在我上学时，这些可都不存在。如今，学院给人感觉非常安全，环境非常人性化，学院内的每一位成员都能体现出自己的价值。借学院扩建大楼揭幕仪式的机会，我在那里待了几个小时，感觉受到了热烈的欢迎。有人特别带着我参观了新校园，我很高兴地看到，如今，学校也在努力让有学习障碍的孩子与普通学生打成一片，这样，再对他们多一些耐心，他们就能发挥出各自的潜力。不能让有学习障碍的儿童感觉他们与其他孩子格格不入，因为如果他们能在公平的环境下成长，他们也能非常“正常”地成长，管他“正常”是什么意思。

在揭幕仪式后的自助餐会上，我看见了一位年迈的牧师，便走向他。“我认识你，劳森先生，你曾经教过我历史。”

“是吗？”他微笑着说。

“是啊，你肯定是个好老师，因为我那门课的成绩过了普通等级考试标准。”我告诉他。

历史是我仅有的两门过了普通等级考试标准的课程之一，另一门是英语。我喜欢阅读，特别是经典名著，比如《呼啸山庄》和《弗罗斯河上的磨坊》，这种故事能让你忘记现实，全身心投入进去；还有奥斯汀的小说，故事里的女主人公总能和她心爱的男子走到一起。我骨子里是个浪漫主义者！

但我的问题是，我不擅长考试。尽管我不笨也不懒，可我就是无法承受面对考卷、在有限的时间内将所学的知识倾倒而出的巨大压力。这一点，我整个学生时代都深受其害：我的大脑明明知道答案，却无法表达出来。好像我的面前永远有一座无形的高墙，无法穿透。

多年来饱受欺负，让我的自尊心受到了极大的伤害，普通等级考试成绩出来之后，情况变得更糟。距离我不得不离开学校的时间越来越短。像所有的孩子一样，我开始思考自己长大后要做什么。有时，我想我希望当老师，像姐姐玛丽那样，帮助那些后进生。有时，我想应该好好利用我的写作能力，当个记者，看着自己的名字被印成铅字。我找到了一个开设新闻专业的学校，但起码要有四门课得到“优”才行。我知道那对我来说是不可能的。我开始意识到，我为自己规划的那些未来，完全没有意义。我已经身陷进退两难之地，向四处张望，却找不到前进的方向。

我似乎没有普通人都具备的那种处理焦虑的能力，所以，忧虑很快累积起来，变成一种强烈的不安全感，我的大脑开始超负荷了。我开始时不时地晕倒，开始时，大家把这种现象归结为青春期的荷尔蒙分泌过剩。后来，这种情况越来越常见，我又被送进医院接受癫痫检查。医生排除了癫痫的可能后，将我送去接受心理学专家菲尔太太的诊断。她给我做了智商测试，后来，她告诉我母亲："她的智力没问题。她在音乐方面的问题中回答得最好。我认为我们的苏珊将来适合从事与音乐相关的职业。"不知道谁更疯狂，是我还是那位心理学专家。我根本不会任何乐器！我的音准很不错，但我家里人人如此。光是音准，可没法帮你找到一份可以养家糊口的工作。

当时，杰拉德也在努力往文艺界发展，想成为电视晚间节目的主持人。他不仅有一副好嗓子，还是一位有才华的喜剧演员。他用保罗·布鲁克斯这个艺名，在当地的酒馆和俱乐部里表演。要在这种环境里生存，一边对付酒鬼，一边应付时常有人打架的环境，你得特别外向并且擅长虚张声势。杰拉德符合所有要求。他有时还得应付家里人的说三道四。当时，他留一头长长的卷发，还留着小山羊胡，我为了取笑他，一度称他为"佩德罗"。有一天，他穿着一件带浅黄色流苏的奶油色的天鹅绒夹克衫准备出门，爸爸却不许他这样见人，他说他看起来像个卖冰淇淋的，或者类似的什么话。

杰拉德可以对这些闲言碎语不屑一顾，但这种工人阶级的酒馆的俱乐部绝对不适合我这种害羞的小姑娘。我母亲是那种从来不去酒馆的人，她更不会允许我去。

所有人都不知道我将来该怎么办，但显然，我已经不适合继续上学了，所以我狼狈地离开了圣肯蒂格恩学院，只有两门课合格。

挫折的滋味

那年夏天，最流行的一首歌是电影《油脂》里的插曲《夏夜》（“Summer Nights”）。我在布莱克本离家不远的一个托儿所里帮工。那儿的孩子们都爱跟着这首歌的旋律跳舞。我喜欢跟小孩相处，他们也喜欢我，因为我自己在某种意义上仍是个大小孩。我们反反复复地播放那首歌，令我吃惊的是，唱片居然没有因此磨坏。这首歌的合唱部分很上口，孩子们总是能跟着音乐大声喊出来。他们也都会模仿电影中角色的动作。在我记忆中，《夏夜》的旋律总是伴随着孩子们快乐地跳舞的画面，他们的快乐离我那么遥远。

每天夜里，我睡着之后都会哭醒过来。医生曾让我服安定，但妈妈一直不支持我吃治疗多动症的药，因为副作用太大了。她认为我年纪太小，还不能服用任何镇静剂类药物。

她觉得，我真正需要的是一段美好的假期，好出去呼吸呼吸新鲜空气。我们在爱尔兰度过的假期向来美好难忘，所以，我们又重新整理好行李，开着小车出发了。同行的有爸爸妈妈，迈克尔舅舅和我。我们的目的地是一个叫做班克拉纳的地方，在多尼戈尔郡伊尼什欧文海岸一带的洛夫·斯维利海湾。

爱尔兰西北海岸的光线尤为迷人和鼓舞人心，那儿的空气，清新之余带着咸味。我们开车兜风，欣赏海边美景。班克拉纳是一座海边小镇，有不少门口立着明信片旋转架的小店，还有漆成明亮颜色的风车，在海风的推动下旋转着。到处都是卖冰淇淋的小店，有淋着草莓酱的甜筒，还有华夫筒，里面堆的彩色冰淇淋球看上去摇摇欲坠，以及为迈克尔舅舅准备的彩色糖豆。到了晚上，空气里总是弥漫着炸鱼和薯条的诱人香味，沿着石子路一路走向海湾，总能听到附近的小酒馆里传来一阵阵爱尔兰民乐的旋律，夹杂着香烟和啤酒的气味。

我能感知这一切，却无法去享受。我能看到眼前的风景，却没有心旷神怡之感；我能咀嚼食物，却得不到味觉上的满足；我听得到音乐声，但却没有歌唱的欲望。在我们住的小屋附近有一家电影院。迈克尔舅舅喜欢看动作片，当时，电影院里正在上映《星球大战》。那时电影院有连映场，他看了好几遍。一天晚上，我跟他一起去看，但在哈里森·福特念出他那一句句的冷幽默台词时，我却完全没有笑，看到出乎意料的情节发展，也一点不感到吃惊。到了周六，小镇上有热闹的花车游行活动。我看着乐队演出，看着孩子们跟着游行的队伍快乐地玩闹，脸上却挤不出一丝笑容。

回到布莱克本后，我在青年职业介绍所登记，成了所谓的“待业青年”——在当时，这对年轻人来说可是最不体面的称呼。我曾在利文斯顿的西洛锡安大学的厨房里当过厨房助手。那是一份类似佣人的差事，做点清洁工作，烧烧饭，但我都不擅长，因为在家妈妈一手包办了所有家务——清扫、烹饪、洗碗。老实说，我有点被惯坏了。尽管我把食物打翻在地的次数比成功端菜上桌的次数还要多，但这份工作却让我有机会不再像以前那样，坐在家里当寄生虫了，哪怕这并非我想要从事的工作。

我想，我一定把不满意挂在了脸上，因为每天坐车回家的路上，人们都会对我说："振作点。没什么大不了的！"

如果我有足够的自信，我会当场回应说："是的，可这就是问题所在。"

然而，我所做的只是愁眉不展。

那年冬天，全英国都弥漫着一股沉重的气息，因为经济遭遇了大萧条。一九七九年五月，一股新的政治势力抬头，大力鼓吹"工党不行了"的口号。不幸的是，在以撒切尔夫人为首的新政府领导下，失业率更高，而我就是第一批受害者之一。我的工作并不算好，但多少能让我有点闲钱去买唱片。现在，我身无分文，也看不到未来。我感觉好像人生中缺了什么，其他人在离开学校后都找到了工作。我究竟出了什么问题？

遭受过抑郁症困扰的人都知道，抑郁跟不高兴是很不同的。当你不高兴时，你仍能感受到爱和支持，并因此受到鼓舞，可当你抑郁时，就好像和外面的世界切断了联系。独自待在房间里，我总是隐隐啜泣。我不再唱歌了。没有什么能给我带来安慰，就连音乐也不行。

我好像被囚禁在一个冰冷、黑暗的牢笼之中，能看到上帝之爱照耀着外面的一切，但却感觉不到光芒洒在我身上的温度。

这对我和我的父母来说，肯定都很可怕。他们的生活已经不易，遭受了不少痛苦。他们已经竭尽所能地接受我所有的先天不足，但他们从未见我像现在这样不堪。有时，妈妈看着我时，会紧紧皱起眉头，好像完全不认识我似的。

我不知道用“情绪崩溃”这样的词语来形容我当时的遭遇是否准确。我一向觉得给人或物打上标签没什么意义。

后来，我转去另一位心理学家那儿看病。

最初，我对她心存怀疑。多年来，我见过许许多多心理学家，为我做这样那样的测试，当着我的面却视我为无物般跟我母亲谈话，而我一边假装自己玩，一边一直认真地听着他们的谈话。现在，我却要独自去见贝基小姐。在最初的几次会面中，我始终保持沉默。

我如此执着、不肯配合是因为我不敢相信别人，我从未跟人倾诉过我的烦恼，更没有感受过倾诉之后的快感。我从不知道，人类是需要跟别人建立感情的。如果你不向他人敞开心扉，他们就不能伤害你——但同时，他们也不能帮助你。

更重要的是，如果你将自己与外面的世界隔绝开来，你就不会允许自己，也不会有机会去帮助别人——可这是最好的心理治疗方式。

“去一趟班古尔医院怎么样？”

贝基小姐问我。

“你这话是什么意思？”我满腹狐疑地反问。

班古尔医院就是我出生的地方，但班古尔村却是以精神病院闻名的。在维多利亚时代末期，班古尔医院最早建立的时候，就是一所精神病院。我一点也不想去那里。但后来，贝基小姐向我解释说，她并没有建议我以病人的身份去那里，而是让我参加那里的志愿者工作。我目前首先需要跨过的障碍就是跟别人交谈。她认为，如果我能与那里的问题青年聊聊，不失为一种心理治疗。在一个天主教家庭中长大，我一直视尽可能帮助他人为己任。但直到那时，我才开始意识到，助人为乐不仅仅是一种无私的奉献，更是我们生命价值的体现。

第二部分　微风中的一曲歌

治愈

那些有着心智或生理缺陷的人，虽然无法过上传统意义的“完整人生”，但是却经常因此能够获得某些特别的品质，比如，他们知道什么是坦诚的、纯洁的、满怀渴望的挚爱，他们也懂得什么叫做饱含爱意的无私关怀。而这些东西，常常被普通人视为理所当然，甚至被这个物质社会扭曲。在这点上，《福音书》里耶稣和病人之间那爱的纽带总能予我们以借鉴。我们看到他如何施与，如何向他们传递伟大的信念，如何“用他身上散发的能量”去救助这些人。

选自教皇保罗二世在圣约翰圣式上的演讲，
于苏格兰罗斯威尔，一九八二年

太阳已经升了起来，可时间还早得很。大家在教堂停车场里轻声交谈时，寒冷的空气让呼吸都凝成了白气。我们组里的成员大多是老师，姐姐玛丽也在其中。收到邀请的是母亲，她叫我也跟她一同前去。当大巴离开主道向我们驶来时，大家都发出了小小的雀跃。我站在母亲身边，五脏六腑因为紧张不安都搅在了一起。我之前可是连伦敦都没去过，更别提再远的地方了。

“等我们到了那儿，你就会发觉一切都是值得的。”母亲在我耳边轻轻地安慰道。她有设身处地想人所想的能力，似乎一直能感知到我的想法，有时甚至比我自己都要发现得早。

我们在高速公路加油站的便利店里停了一小会，吃了些东西。到达伦敦的时候已经是晚上。我们的酒店是一座位于克伦威尔路上的高楼。我躺在床上，耳朵里传来母亲均匀的呼吸声和外面街道的嘈杂声，因为这城市通宵不灭的橙色灯光而久久无法入睡。

第二天一早，我们拖上行李，沿着伦敦喧闹的街道，一脚深一脚浅地来到了地铁站。我从来没有见过站台上站着那么多人，他们看起来都有些睡意朦胧，嘴巴随时都会突然张大打出一个哈欠来。我们站在地铁上，眼睛不离自己的大包小包，把它们奋力地拖下车，又努力地在维多利亚站把它们拽上台阶……

当驳船列车终于带着我们驶出车站的时候，大家都微微松了口气，至少，我们总算成功地完成了旅程的第一段。但是眼下要面对的，还有整整一天一夜的舟车劳顿。看着伦敦南面那些灰头土脸的街道快速地消失在窗口前，我想起了十年前坐车去诺克的那次旅行，可那同这一次朝圣完全无法相提并论。

我们终于到达了卢尔德，这个火车站看起来同我们一路经过的那些车站没有丝毫不同。去往旅店的时候，天已经黑得什么都看不清，而我也早已疲惫不堪，但是心里却充满着期盼。

我一直想要来这个地方，因为就是在这里，出身贫寒、没有一件像样的袍子、没有任何资助的伯纳黛特被选中去传递上帝的福音，并且见到了圣母马利亚。而现在，我们到了这儿，我以为我会激动得睡不着，但实际上在脑袋沾到枕头的那一刹那，我就彻底睡了过去。

卢尔德是一个漂亮的集市小镇，四周郁郁葱葱，早晨的空气里有着高海拔地带特有的清冷，但南方阳光洒在我脸上的时候还是令人颇为愉快。法国闻起来同苏格兰有很大的不同。早餐红茶里的牛奶尝起来有些奇怪，吐司面包则从头至尾都是硬邦邦的，好像是放过了头。街道上，甜点店橱窗里有各种装扮得漂漂亮亮的蛋糕，我们经过的时候，似乎可以闻到那种香喷喷的杏仁味。

那时已经快到复活节。当我们准备过桥去到马萨比勒，也就是圣殿所在的地方时，发现周围全都是跟我们前往一个目的地的人，其中不少都推着坐在轮椅上的病人或是受了伤的人。你能感觉到空气里充满着期盼的味道，好像四周都有人在难抑兴奋地低语。人们为了自己的信仰，跋山涉水来到这里，而现在，这种等待终于快要到头了。我看了一眼母亲，发现她也在看我，她的脸上有一种似乎不明白我在想些什么的神情。我突然意识到，我们来到这里也是为了治愈，于是我对她微微笑了一下。她的眼睛里闪过了一丝惊讶，我这才发现，这竟然是我这么长时间来第一次微笑。

弥撒在一个颇具现代感的大教堂里进行。我之前从未同那么多人一起做过弥撒。很多穿着白袍的牧师，坐着轮椅的人们都排在前排。不断重复着的各种祷告语言在大喇叭里听起来特别有感染力，而人们的回应好像巨大洞穴里的回声在教堂里穿荡。当你听到熟悉的祷告词从千万张嘴里仿佛用同一个声音发出时，那种感觉似乎直达你的灵魂深处，让你深感自己的卑微。

之后，我们排成一列去参观那个圣母马利亚为伯纳黛特现身的小石洞。建于之上的圣母感孕天主教堂特别华美，但是这个洞穴却是个异常简单自然的岩石小教堂。

在外面排队的时候人人都压低了嗓子，只能听到他们各自轻轻耳语，而一旦进入了洞穴之后，就只能感到空气里的宁静。当我闭上眼睛时，我能听到的只有伯纳黛特掘出的那股山泉的潺潺声。我周围有很多很多人，但是心里只感觉到静谧，好像只剩下我一个人，圣母正聆听着我的祈祷。

妈妈和我很幸运地得以进入浴池。她告诉我："你出来的时候，千万不要擦干身上的水。"

我问："为什么?"

"因为这是神奇的水。"

当水分从我的皮肤上自然蒸发之后，我感到一种难以言喻的温暖，从身体，到心理，再到灵魂，好像被圣灵拥抱过一般。

当我回顾自己的生活时，我能看到很多生命中的转折点，但当时，也许我并没有意识到。对我来说，这次卢尔德之旅显然是这样一个时刻。

心理学家建议的志愿者工作是解决我当时问题的实质性一步，可是妈妈安排的卢尔德之行却真正开始使我的灵魂得到了重生，让我重新体会到了人生的意义。

我母亲是第一个发现这点的。她说我变得更加容易交流，也更加自信了，我越来越愿意去尝试一些新的东西。

我一直想成为一名老师，但是又发现其实自己不擅长考试。可那并不意味着我没法为这个社会作出点贡献，于是我开始为布莱克本社区中心的年轻人做义工。那个中心经常会组织体育活动，有时我们也会在那里跳跳迪斯科。对于大部分年轻人来说，那里也就是个与朋友在夜晚约会碰头的地方。

在青少年时期，父母从来不让我去那里玩，因为他们担心我会交上不合适的朋友。那时正是朋克开始盛行的时代。八十年代是垫肩和雅皮士的岁月，但是在布莱克本这样的人并不多见。去那个社区中心的孩子一般都留着莫希干人的发式，染成青绿色或是荧光粉红，撕裂的T恤，皮夹克，鼻环……我不知道他们的父母怎么会允许他们就这样出门。不过这些孩子的内心并不像他们的外表看起来这般坚硬，而且，因为比他们年龄大些的关系，我就好像是他们的一个大姐姐。

因为我并不是主管，而只是负责监督他们，我想这些孩子都觉得和我比较容易沟通。他们经常会过来跟我谈自己的各种问题，倾吐自己的忧虑。最后我发现，我其实很擅长安慰人，而在帮助他们的过程中，我也感到了莫大的满足。我开始想，也许这是一个机会，也许我真的合适社会工作。

我四处打听了一下，发现爱丁堡大学的默里教育学院提供这方面的正规课程培训。要去大学读书这个想法令我有点畏惧，但是我想起了自己十六岁时在参加普通等级考试前与老师卡瓦纳先生的对话。他当时把我带到一边，问了我一个问题。

“苏珊，你知道什么是害怕吗？”

“我不知道，先生。什么是害怕？”

“害怕就是徒劳。”

“对您来说这不算什么吧，先生，”我说，“您那么聪明。”

“你眼前的这个人，曾经在学校里挂过科，”他告诉我，“我上的是夜校，我并不一直是老师。”

卡瓦纳先生找到了另外一条路。也许我也可以。

但是我的眼前还有另外一个大障碍。我从来没有独自一个人去过爱丁堡。孩童时期对于那里的全部印象就是阴冷和黑暗，这种形象至今挥之不去。

有一天，我对自己说：“别这样，苏珊。你都去过伦敦了，你在那里也生活了下来。爱丁堡总不会比这个更坏吧。”

于是，我跳上去巴斯盖特的大巴，在那里坐上了去爱丁堡的火车。当我到达韦弗利火车站的时候，完全没有认出这个地方来。我的面前是一个漂亮的公园，右手边是遍布各种高档百货商店的王子街，街旁还精心点缀着花床和花篮；左手边则是老城。当我开始爬坡往市中心走时，那些高大的人字形屋顶的中世纪建筑看起来如画一般美，就好像是童话书里的插画一样——而在我的童年时期，它们曾经显得是那样狰狞。

皇家英里大道上到处是街头艺人和打扮得好像皇家小丑似的耍把戏人，还有一群群观光游客。这样一个生机勃勃的音乐和表演世界，就离我过去住的地方大概半小时路程，而我之前却从未发现过。我走在鹅卵石路上，步伐轻快，就像是你知道自己终于来到了一处注定属于你的地方。我有种强烈的感觉，我会在这里掀开生命中的一个新篇章。

如果我当时没有鼓起勇气，那么我永远不会有机会在教皇约翰·保罗二世访问爱丁堡的时候与他身处同一个城市。我们所有年轻的苏格兰天主教徒都觉得他专程为我们而来，因为他做的第一件事情就是在默里菲尔德向苏格兰青年致辞。我专程赶到蒙德去看他的宗教游行。那里人山人海，即使我拼命踮着脚尖，个头依然不够高，压根儿觉得自己没有希望看到他一眼。但不知怎么回事，我突然发现自己站在一个角落里，正对着白色教皇车经过的位置。当他转过来时，有那么一个瞬间，他与我目光对视。我感到自己幸运极了，情不自禁地对他鞠了个躬。

我那时并不知道教皇是在去访问罗斯威尔圣约翰教堂的路上，那里是圣文森特·德·保罗修女会管理的残疾智障人士之家。他在那里会见了一个叫做弗兰克·奎因的人——而弗兰克后来成为了我的良师益友，但我会晚些再告诉你我们究竟是如何相遇的。

欢乐谷

“我随便出去走走。”我边开门边大声嚷了一句。

爸妈正在里面房间里看电视，我能听到那儿隐隐传出的欢笑声。

妈妈回嚷了一句：“天黑前你能回来吧？”

我经常独自出门散步，妈妈早已经习惯了。布莱克本的人都熟悉我，没人会来动我一根指头。有时候，迈克尔舅舅会跟我同行，但他总是走得飞快，好像是一列动车在地面上突突地疾驰。不过那天晚上，《老妈不是半点辣》把他们都牢牢地钉在电视机前，根本挪不动半步。他们都特别爱那个剧，因为爸爸曾经是军队里的准尉副官，他们可以借此随便嘲弄他的严肃，而不至于让他动怒。

我把门关上，如释重负地吐了一口气。今天晚上我可不想迈克尔舅舅跟我一块儿。当我说要出门散散步的时候，也并没有撒谎，但是我只打算走到“欢乐谷”酒吧而已。我当然晓得一旦妈妈知道了会怎么想。对我的家庭而言，酒吧是个仅限男性涉足的地方。爸爸会在每个周六跟他的朋友们去喝上那么一杯，再吞云吐雾一番。妈妈则从来没去过酒吧，那儿对于淑女来说，可算不上什么好地方。

欢乐谷是布莱克本主街上的一个小客栈。每次去买东西，或是上教堂的时候，我都会经过这个地方，大概总有上千次吧，可从来没有进去过。而现在，我就站在人行道上，看着窗口灯光倒映出的人影，听着从里面传出断断续续的嘈杂声和笑声。如果我就这样推开门，走进去，是不是所有的声音都会刹那消失，是不是所有的人都会转过头瞪着我？

“苏珊，你到底要不要进去？”

如果当时不是吉姆·墨菲正好从里面走出来想要呼吸点新鲜空气并看到了我，我想我大概永远都没有勇气推开那扇门。我跟吉姆是从小就认识的朋友。他出生于布莱克本的一个音乐世家。他哥哥曾经在学校里上过布莱迪的课，并且加入了当地的一个乐队。每周四晚上，吉姆都会在欢乐谷主持即兴演唱节目，他还总问我要不要一块去。

“那儿很有趣，你一定会喜欢的！”

我惴惴不安地跟着他走进了大厅，但似乎根本没有人注意到我。有一两个人对着我说：“苏珊你好啊。”好像我在那儿出现是件再自然不过的事情。

吉姆给我找了把椅子，然后问我想来点什么喝的。

“请给我一杯柠檬汁吧。”

“我想你肯定不想再加点酒精在里面吧，苏珊？”

我摇摇头。我二十三岁了，完全可以喝点酒，但是没让妈妈知道我来了酒吧这件事情已经足以让我觉得愧疚。

在那个年代，所有的人都抽烟。我几乎希望我也会，这样我就有些事情可做，因为我实在不擅长与人搭讪。当别人问我问题的时候，我要么回答是，要么回答不是，永远会忘记回问他们一些什么。而每次当我总算想起些可以继续的话题时，他们早已走开去同别人聊天了。

幸好，当吉姆打开麦克风开始向大家介绍今晚将要献唱的歌手时，大多数人都停止了交谈，转头看向他。

大家的曲目从民歌到流行，什么都有，中间还夹杂着些音乐剧里的热门歌。有些人跑调跑得厉害，有些人则还不错，但所有想要亮一嗓子的人都有机会上台。我听得很高兴。那气氛就好似我们家每次新年在马瑟韦尔团聚的时候，每个家族成员都会凑上去搞点热闹的助兴节目。

“苏珊，你要不要也来唱点什么？”吉姆问我。

走向麦克风的时候，我清楚地感觉到大家都颇有点惊讶。那里的大部分人都认识我，但是他们大概从未见过我独自出现，身边破天荒没有跟着母亲。我知道他们都有些无所适从，不知道接下来会发生什么。

我闭上双眼，开始想象：我独自一人在卧室里，听着《耶稣基督万世巨星》的音乐响起。

“我不知该如何来爱他……”

小酒吧里的窃窃私语在那一刹那消失了，所有的人都安静下来，以至于我发现身体开始不断颤抖。如果我当时就这么突然停下歌声的话，大概会看起来更加像个傻子。于是我拼命让自己把所有的意识都集中在歌词上，这令我的声音听起来更稳了些，清晰有力。当我结束整首歌的时候，我觉得自己已经彻底沉浸在歌曲情绪里，甚至忘记了周围还有那么多人看着我。

然后，我睁开了双眼。

房间里一片寂静。接着，有个人发出了一声欢呼，又有个人吹了一声口哨。再紧接着，周围爆发出了雷鸣般的掌声。这可真是个意外的惊喜！

我把麦克风递还给吉姆。他眼睛闪闪发亮，看起来好像我的小学老师格林先生。

“苏珊，你难道不为我们再来一曲吗？”他问。

“来一个！”有人尖叫。

大家开始鼓掌，跺地板。

我又把麦克风拿了回来，开始唱《别给我那样的表情》（“Take That Look Off My Face”），这是安德鲁·洛伊·韦伯（Andrew Lloyd Webber）作品《星期天再告诉我》（*Tell Me on a Sunday*）里的一首歌。但这不是一首你能闭着眼睛唱的曲子。在家里的时候，我会对着梳妆台的镜子练习这首歌，假装自己是穿着蓝色闪光连身裤的玛蒂·韦伯（Marti Webb），直视摄像机，就好像我看到她在电视里做的那样。我从来没有在任何有听众的情形下唱过这首歌。好吧，也许曾经有亲戚在场，但是我从不与他们作任何眼神交流。而现在，我发现自己竟然在挑选着台下的面孔，为他们歌唱。叫我吃惊的是，他们对我报以微笑，好像还挺喜欢我的样子。

我终于发现了一种与人沟通的方式。那真是美好的一天，因为我给人们带去了快乐！那感觉，就仿佛是你找到了一把能打开之前从未能开启的宝箱的钥匙，然后你翻开盖子，眼前金光闪烁，照亮你的脸。

唱完之后，我在一把椅子上坐了下来，但是我的灵魂飘得好像风筝那么高。我从没嗑过药，但那感觉让人沉迷。

从此，每个周四晚上，我都会从家里偷偷溜出去。

我爸妈开始感觉到有些不对劲，因为好几次我“散步”回来，身上满是烟味，脸上还总是挂着发自内心的微笑。

一天晚上，爸爸跟踪了我。当我正要跨进欢乐谷的时候，他冲出来阻止了我。

“你是打算一个人进那酒吧吗？”他叫起来。

“没关系，他们都认识我。”我有些愧疚。

“你不该那样。”他说。

“我没做什么坏事。我只不过自己坐在那儿喝杯柠檬汁而已。”

“你应该找个人跟你一块去。”我爸爸说。

“那要不然你跟我一起进去？”

他跟我一起进去了。当麦克风传到他手里的时候，他忍不住站起来唱了一首《红丝带》。

之后，他就同意我一个人去那儿了，因为他搞清楚了是怎么一回事，也知道在那里我不会碰到什么问题。爸爸是男人中的男人，他才不愿意和一个女孩儿一起去酒吧。

个人形成论

歌唱为我带来了一个全新的自己。我从那个曾经被人偷偷指着说“你记得吗？那是以前在学校里有点怪怪的苏珊·博伊尔”，变成了“看，那是唱歌还挺有两下子的苏珊·博伊尔！”除了欢乐谷以外，我也会经常到布莱克本的保龄俱乐部一展歌喉。晚上，我把歌唱当成是自己的社交生活，而白天，我则会每周去爱丁堡大学上一次课。

在课程规定的阅读书目里，有一本是卡尔·罗杰斯的《个人形成论》，写的是如何帮助人们找到各自的成长之路。读着读着，我开始慢慢意识到自己的潜力、自己的弱项和别人眼中的自己。对我而言，那好像是推开了一扇帮助我渐渐把自己看清的窗。我们还学习了荣格心理学，学会了把生活看作是一段旅程，这一切都似乎与当时我的状态息息相关。

我发现社区中心招聘一个青年领袖时，便决定去应聘，可是有关负责人却希望能招一个年纪更大点儿的。于是，我依然做着义工，因为我已经明白，生活并不在于能够即刻解决所有人的问题，而更应是一个过程。我正处于一段旅程中，也依然还在探索自己未知的目的地。

八十年代可以说是我不断犯错又不断探索的岁月。我孜孜不倦地尝试着各种新的人生道路，其间也走上过各种歧路。我那时相信，如果你想要成为成功人士，就得有个文凭证书啥的，所以我疯狂地参加了各种培训课程，想向世界证明我并不是个蠢人。事实上我还挺擅长写写小论文什么的，可如果遇上考试，就总恨不能去撞墙。

与布莱克本社区中心的义工合约结束以后，我决定去试试开放式大学。吸引我的是在家学习这个想法，因为那样我就不用再顶着和一大群人一块上课的压力，可以自己在家随时学习。我注册了一门本科生级别的社会工作课，分别要通过三项考试：社会科学基础、心理学和社会心理学。当我看到有人因为挂了两科被劝退学后，心里暗暗为自己全部通过而自豪起来。

一九八五年的夏天，我生平第一次离开了家，去斯特灵大学的暑假开放式课堂学习。爸爸妈妈把我送到火车站，在站台上同我告别。好吧，现在只剩下我一个了。我记得自己穿着一条粉红色的粗布工装裤，裤腿被我卷了边，自以为很有点学生味，可现在想起来，大概活生生就是一根棒棒糖吧……

课程气氛非常不错，我在那儿碰上了各种各样的人，什么年龄什么背景都有。接下来那年，我又去了更遥远的基尔大学上了为期一周的暑期课程。在那里，我修了英国文学、艺术史、音乐与戏剧。有时，躺在学生宿舍里，我会因为无所事事而开始想象如果成为一名正式的全日制学生，生活会是什么样，但又想到长期离家一定会让爸妈担忧，于是不得不断了这个念头，不敢再继续往下想。

我知道他们并不会强烈阻止我，可我也不希望让他们太过操心。尽管他们从未提过，但我知道自己一直是父母的一大累赘。现在他们年纪慢慢老了，母亲也总被疾病困扰，我实在不想再给他们多添些什么麻烦。

姐姐们都觉得我的生活非常轻松。在她们看来，我东修一门课，西修一门课，想去爱丁堡的时候就去一去，在家里也用不着干什么活。

“我可不想逼她当个女仆。”妈妈异常坚定地告诉姐姐们。

作为家中最小的女儿，又是一副看起来一辈子都会是“剩女”的样子，其实让我来负担家务是再寻常不过的事情了，但母亲并不希望如此。老实说，我觉得姐姐们是对的，我确实有些被宠坏了。

很多人都觉得我应该是照顾母亲的那个女儿，但事实上，却是母亲照顾了我人生的大半辈子，她是我的守护者，就像磐石一般给我依靠。她把我看作是一只折了翼的小鸟，小心翼翼地将我包裹在襁褓里，看护着我，而尽管有时，也许让我自己独立去闯一闯才会真正让我受益。

有时候我会想，因为“这个女儿似乎有些问题”而对我网开一面的做法其实是弊大于利。因为被保护过度，人反而难以施展自己的全部潜能。我慢慢开始意识到，你应该更多地去关注人们能够做些什么，而不是他们不能做什么。但话又说回来，母亲从来没有阻止我去探索自己感兴趣的事情，我也从未感觉过自己的翅膀被捆住而无法飞翔。妈妈鼓励我去做一切能让自己感到快乐的事情，反而是我，总想要躲在小巢里，因为在这里我感到安全舒适。

母亲从不会让我穿错衣服出门，爸爸也管得很多。有一次，我穿着一双裤袜、一件长衬衫，披了件皮夹克想下楼。

“我的老天爷哪！这简直就是只该死的虎皮鹦鹉！”爸爸这么评价道。

“哪里不好看了？”我问他。

“这根本就不是裤子，这是棉毛裤！你不许穿这样出门！”他叫嚷道。

可惜有时我根本是个反叛的人，比如有一次我决定要把头发染成个古怪但好看的颜色，就好像时装设计师桑德拉·罗德斯那种。我买了一罐粉红色的头发喷雾，嗖嗖地就喷了上去，可结果看起来就像个小丑，可笑极了，我只好用梳子拼命把颜色全部梳掉。不幸的是，晚些时候妈妈用了同一把梳子，她原本白色的头发于是看起来就像一支棉花糖。

还有一次，我想要开始学习抽烟，却被爸爸抓了个正着。

“你在干吗哪！”

“我想抽根烟。”我告诉他。

“好吧，我不管你。但是这包烟是我的，你要抽就自己买去！”

我的父亲用这样的方法保护我。

我在二十多岁的时候，曾经有过一个叫约翰的男朋友。我们的关系持续了七周。我们在一个婚礼上相遇，那是我第一次陷入一段感情，因为我总觉得男人令我惊恐，但是他是一个非常好的人。那是一段非常纯洁的恋情，除了牵手和偶尔在脸颊上吻上一下之外，别的什么都没有做过。牵住他手的时候，有一种与握着母亲的手完全不一样的感觉。他亲吻我的脸颊时，与哥哥们亲吻我的感觉也完全不同，因为恋人嘴唇的触感会久久地停留在你的皮肤上。我们在一起的日子里，所有的感觉都是全新的，知道彼此爱慕，这让我成天都浮现着微笑。等待他的电话时五脏六腑会紧张地搅在一起，而听到他声音的那一刹那，一切不安又会全部释然。他会给我讲笑话，有时我也会说点滑稽的事情给他听。

有一次，约翰把我带到他家。他母亲兴奋又自豪地向我展示了她新买的那个冰箱。

"你们结婚的时候，就可以用这个。"她告诉我。

"你想让我们住在这个冰箱里？不会太冷了点吧？"我笨拙地想了个笑话，掩饰自己的尴尬。

我还不知道，与一个男人共同生活究竟是会令你每天心花怒放，还是会忐忑不安。

有一天，我在楼上自己的房间里。楼下电话响了起来，爸爸先我一步接了起来。

"她不想同你说话。"他对着听筒说，并且挂断了电话。

"是谁啊？"我走下楼，困惑地问。

"你还不合适谈恋爱呢！"爸爸对我说。

我想，爸爸也许是对的，我还没有成熟到可以开始一段恋情。我在易受影响的年纪里读了《德伯家的苔丝》，知道了《往日情怀》里的芭芭拉·史翠珊和罗伯特·雷德福的故事。我以为，爱情就是两个人无法厮守，无论他们再怎么相配。爸爸只是想要保护我不受到伤害，但是，当我们结束这段感情时，我的心依然被伤到了。唯一能填补我心中空白的方法便是在楼上唱歌。我因此学会了用歌声来表达自己的痛苦。

眼见过去一年发生的这些事情以后，显然我是时候在歌唱事业上努力发展一下了。但事实上，一直到快三十岁的时候，我才严肃地开始考虑这个想法。我依然在欢乐谷和保龄俱乐部唱歌，偶尔也会去考文垂的帽子酒吧看望下布莱迪。杰拉德经常会到台上去炫几曲，但我从来都没有想过要加入。直到有一天晚上，布莱迪的丈夫吉米大概是多喝了几杯，坚持要我上去唱首歌。

那晚的乐队表演已经结束了，但是酒吧依然人满为患。还在看着电视的我被吉米硬拖下楼，脚上还穿着一双拖鞋。他大声对整个房间里的人们说，“我要你们都听听她的歌！”

当时至少有上千人在场。那是个周六晚上，人人都已经灌了一肚子酒精，酒吧里人声鼎沸。我不觉得会有任何人想要听我唱歌，即使他们真的想，也恐怕根本听不见。但是吉米非常坚持，所以我不得不唱了一首《红丝带》。唱完的时候，现场安静得仿佛连一根针掉在地上都能听见。

此后，我就时不时会在各种唱歌比赛里被拉上去充个数捧个场。有人还给我拍了段视频，是我在唱《往日情怀》。人们常会告诉我说，我的歌声美妙得能让最铁石心肠的人都流下泪来。当我唱完一曲坐下来时，还会有人说：“你在这里唱真是太可惜了！”或者“你没有想过在歌唱上好好发展一番吗？”但是我从未觉得大家认真地考虑过我可以成为职业歌手。在那段视频里，我看起来依然是个腼腆的小姑娘。我那时长得倒不算太坏，卷卷的头发垂到肩膀，用发夹服服帖帖地别好，只是身上还穿着颇为保守老式的裙子和上衣——那是妈妈为我挑选的款式。我知道，我看起来实在不怎么合适做个歌手。

欢庆节是苏格兰西洛锡安各个小镇村庄的传统夏日节庆，每个人都会参与。六月的每个周六，不同的村庄会轮流“坐庄”，每次都有个不同的主题，比如马戏团，或是动物园什么的，学校和妈妈会还给参加大游行的村民制作服装。大家在街道上挂起彩旗，整个社区都聚拢到一块来看乐队游行。我们一家人总会在凯瑟琳家里集合，因为大游行会在她家门口那条街道前经过。

在小镇的公园里，停着一辆出售“欢庆节宝箱券”的大篷车。欢庆节那天，只要交上这张券，你就能得到满满一袋好吃的：比如果汁、薯片，还有腾诺克的茶点。公园里会组织孩子们参加各种比赛，如果天气不错的话，所有的人都会到那里去野餐。晚上，青少年们爱去看流动演出——各种艺人会在每个镇的欢庆节那天前去表演。总之这就是个不折不扣的家庭联欢，也是所有人每年的盼头。

欢庆节的预备项目叫做“公民周”，在公民周里，人们每天晚上会组织不同的活动来为欢庆节筹备委员会募款，以确保明年大家还有欢庆节可过。活动内容包括智力问答、足球赛，还有唱歌竞赛，来自当地酒吧和俱乐部的歌手们会各自组队参加，轮流主持每晚的比赛。

“惠特本矿工福利”是一家现场音乐赫赫有名的工人俱乐部。六十年代，奇想乐队（The Kinks）和其他一些著名乐队都曾在此演出。凯瑟琳八十年代时也在这里的吧台干过，有一年，他们决定组个队去参加唱歌比赛的时候，她把我的名字放在了其中。

轮到我上台比赛的时候，我比过去任何时候都觉得紧张，这可是一场竞赛，观众没准不会都站在我这边为我加油。凯瑟琳鼓励般地捏了捏我的手，我不想让她失望，于是深吸一口气，扒拉开熙熙攘攘的人群走了上去。

我唱的是伊娃·卡茜迪（Eva Cassidy）版本的《彩虹之上》（“Somewhere Over the Rainbow”）。当我唱完时，有一刹那，空气里有屏息静气的宁静，然后，全场所有的人都欢呼起来——包括我们的对手！我下台走回自己的桌子时，不断有人过来拍我的肩，或是同我握手。

“太棒了!”

“真不可思议!”

“瞧你这嗓子，可以啊!”

“你想过要进一步发展发展吗?”

我微笑着摇摇头，知道自己无法面对陌生听众。可是我突然意识到，我刚刚做到了。我在一个职业歌手每周被邀请演出的地方唱了歌，而观众们似乎都喜欢我！

机会来敲门

每个年代都会有走红的电视达人秀。六十年代里最有名的是休·格林主持的《机会来敲门》(*Opportunity Knocks*)。摄影棚里的观众靠掌声测量仪来投票，但真正的结果还是握在电视机前的观众手里，他们可以把自己最喜欢的艺人名字写下来，然后寄给工作组人员。有时，靠这种投票方法得出的结果会令人大跌眼镜，比如说，喜剧演员苏·波拉德输给了一条能唱歌的狗。那个节目捧红了很多相当棒的艺人。我依然清晰记得看着玛丽·霍普金(Mary Hopkin)弹着吉他唱着《那些日子》("Those Were the Days")，还有莱娜·扎瓦罗尼(Lena Zavaroni)那个格拉斯哥小妞痞痞的声音，尽管她童话般的故事最后以悲剧收场。

每周的这一天，我们全家都会围聚在电视机前，为那些怪人捧腹大笑，也为我们喜欢的那些人加油鼓劲。的确，就像你猜到的那样，我们可都是有意见有偏好的人，而且从来不惮于表达自己!

七十年代有个节目叫《新面孔》(*New Faces*)，评委是一群专业人士。有些评委会经常鼓励人，比如DJ埃德·斯图尔特和诺埃尔·埃德蒙兹；有些则非常刻薄，比如托尼·哈奇。要我提醒你那个节目里出了些什么人么？有个获胜者，高高的，顶着一头红发，叫做马蒂·凯恩，最后成了这个节目的主持人。这些节目最棒的地方莫过于为想要成名的普通人打开了一扇门。

对我来说，这是当时我知道的唯一一条能够成名的道路。对于音乐界如何运作我是一点也不懂。所以当八十年代末期 BBC 电视台宣布他们将要重新包装推出之前在 ITV 播出的《机会来敲门》时，我决定去那儿试试。海选前，我对自己说："你有什么可输掉的？反正根本也没有人会知道嘛。"

那个去参加海选的上午，我在浴室里磨蹭了大约有一个世纪，在镜子前试了各种各样的打扮。我希望自己能受到重视，所以最后我挑选了一条黑色的裙子。为了看起来更迷人，我还在脖子上裹了一条银色的丝巾。那时候最流行的是大背头发式——人人都把头发梳得又高又大又蓬松。我的头发虽然比别人看起来都大，却并不怎么好看。它们永远都不听话，没法好好地束到脑后变成服帖的波浪，所以我只好把头发全部盘在脑后。自以为看起来很优雅的我下楼去给妈妈看这身打扮，她却说，你还是不系丝巾看起来更好些。我只好取下了它，但又偷偷塞到手提包里，想着到了那边，再把它系上。

我从来没有独自一人去过格拉斯哥，妈妈也不希望我迷路，所以杰拉德和他的朋友载我去了那里。

节目的制作人问我，打算唱首什么歌。

"《万世巨星》里的《我不知该如何爱他》。"我告诉他。

之所以选这首歌，是因为我觉得它似乎是我的幸运星。我在欢乐谷第一次献唱时唱的是它，在我父母金婚派对上，唱的也是这首。

我那时根本不懂音区音域之类技术性的东西，我只知道这首歌似乎能充分发挥我的音色，而歌词对我而言也有很重要的意义。听过我唱这首歌的人曾告诉我，我把他们唱得手臂上汗毛都竖起来了。

制作人对于我的曲目选择流露出了根本不想掩饰的厌烦。“你知道你只有三分钟吧。”他说，“看到绿灯的时候，你就开始唱。”

我按照他们的指示站到了麦克风前。红灯亮着，这表示我们正在录音，之后，绿灯亮了起来。我闭上眼睛，找到了自己的第一个音，之后我想起有人还在替我录影，于是又睁开眼睛，看着摄像机，全身心唱了起来。

制作人并没有告诉我的是，当绿灯灭掉的时候，我应该停下。当时，我正唱到第二段的一半。工作人员已经开始准备下一个人的试唱，而我却还在继续唱着，直到歌毕。

“谢谢你。”制作人有些遥不可及的声音从摄像机背后的黑暗中传来。他甚至懒得说一句：“不用打电话给我们，我们会联系你。”

就这样结束了。

杰拉德说除了那绿灯的事，其他一切我都做得不错。不过我知道那都是没有意义的废话。

回家的路上，因为闹着情绪，我几乎没开口说话。

这是怎样一个苍白的结尾啊！我拼命打扮，我努力唱歌，而且我明明唱得不错。什么狗屁三分钟规则！下一次，我会叫他们好好看看！我一定会！我要叫他们好好看看！

如果要我百分百诚实说的话，每周去爱丁堡时，最吸引我的不是上那些学术课，而是通向校园的街道上的那种气氛。总有些东西让我驻足观看，从穿着苏格兰裙的风笛手到小丑表演。在爱丁堡艺术节的时候，人们会打扮成三明治，分发各种关于边缘艺术节活动的传单，你连步子都没法挪动。尽管我每次都从他们手中拿些传单，还跟他们说非常感谢，可我从来没有去过一家剧院或是酒吧看看那些演出。

因为家境不那么富裕，我其实是个从未进过剧院大门的人，所以我并不知道应该去做些什么，可是我越来越喜欢在类似“会议厅剧院”这些地方门口转悠，看着人们进进出出，幻想着里面该是什么样。

“我打算在边缘艺术节的时候去看场演出。”有一天晚上，我向妈妈吐露了这个想法，“主持人是《这就是生活》里那个人。”

《这就是生活》是我们当时都非常喜欢的一个电视节目，其中既包括消费者传媒的内容，又不乏幽默有趣的观察。西蒙·范肖是其中一位主持人，我觉得要是能亲眼看到他就太棒了！

“那要几点结束？”妈妈问我。

“我不知道。”我坦率地说。

“只要你能赶上十一点的火车回来就好。”她说。

就这么简单地成了。

西蒙·范肖在他的秀里讲了各种以头条新闻为背景的笑话。他那年被毕雷奖提名，两年之后他获得了这个奖。那个秀的内容比《这就是生活》要低俗得多，但是我觉得很好笑。之后，我看见有几个人走上去跟他打招呼，于是我想，不如我也去。当我跟他握手的时候，他说：“他们没法让你闭嘴，不是吗？”

我笑得气都喘不上了。我们小小地拥抱了一下，因为我看到排在我前面那个人也是这么做的。

在生活中碰到个你经常在电视里看到的人感觉很奇妙。离十一点的火车出发时间还绰绰有余，我甚至还得空去吃了个汉堡。

自此之后，再也没有什么能阻止我了。我好像对剧场着了魔一般，看了一场又一场演出。我本以为父母也许不会支持我，但事实上，他们挺高兴我有件事情可以沉迷。有时，如果有些演出结束得太晚，我赶不上回巴斯盖特的火车，他们甚至会到爱丁堡来接我回家。父母觉得这是我宣泄情绪的一个好出口，也是与人交往比较安全的方式。

“当你还是个孩子的时候，你一直都很喜欢演戏。”我妈妈回忆道。

就跟过去一样，她又似乎比我自己更早知道我在想些什么。我喜欢坐在观众席里看演出，可是看得越多，我就越开始幻想，如果自己能站到那个舞台上，该是什么样？

边缘艺术节的活动据点之一是位于普莱森斯的爱丁堡大学，我发现那里还是爱丁堡演艺学校的所在地。我递了份申请，被一个叫做阿曼达的女士邀请去面试，她毕业于爱丁堡玛格丽特女王大学。她录取了我，告诉我说应该从最基础的开始学起，慢慢积累。于是，我开始了每周一次的艺术课程，那里的同学也都是成年人。训练的部分内容是在学校的节目里参与演出，但首先，我们都要参加试镜。

我试演的第一个角色是小精灵帕克。理论上，他是个娇小玲珑的孩子。我虽然也很矮，可跟“纤细轻盈”实在是搭不上什么边。

“砰！砰！砰！”

我这样上了舞台。

导演把我叫出来说，“你不能踮起脚尖走路吗？”

“我已经踮脚了！”我辩解道。

“你要演的是个精灵，不是一头愤怒的马！”他说。

“我不要穿这些蠢得要死的丝袜了！还有，我也绝不会飞！”我告诉他。

“好吧好吧，”他说，“我们还是换人吧。”

之后，他告诉我说，“你是我见过的第一个能把地板戳出个洞来的精灵。”

我发现自己还挺擅长即兴表演，这一定是因为小学里那些在操场上积累起来的经验。我模仿也很有天赋。长久以来看着电视学人讲话终于派上了用场，他们决定让我去出演一场儿童魔术喜剧表演。

不幸的是，我爸爸妈妈决定也来观赏这场演出。我又惹了点麻烦。

当我看到他们在半场入座的时候，我即兴在舞台上说了一句：“天哪，他们是谁？这年头，不管什么阿猫阿狗都能进场了是吗？”

观众中爆发出了一阵大笑。但是我爸爸并不怎么欣赏我的幽默。

回到家时，他对我说了大概是这个意思的话，“你要是以后敢再这样在公共场合不要脸的话，可别怪我！”

我决定在爱丁堡演艺学校再多上一门叫做“音乐剧”的特殊课程。在二十多岁的时候，我对于音乐的品位从流行乐进化到了音乐剧。那些歌声所表达的情绪似乎能激发我更深更强烈的共鸣，尤其是安德鲁·洛伊·韦伯的作品。我买了他所有的专辑，熟知里面的每一句歌词和每一个音符。我最努力模仿的是忆莲·佩姬在《猫》里的声音。那是无比强大的声音，能把所有的角色都唱活，我实在是爱死了她，尽管我从来没有亲眼见过她在舞台上演出。

在去爱丁堡演艺学校之前，我从来没有看过音乐剧，但是现在我会常常去爱丁堡剧场看些演出，因为学生能买到优惠票。二楼楼座票并不太贵，而每当圣诞或是过生日我得了点多余的钱时，就会奖赏自己一张前排中间的票。

我去听的第一场音乐剧是《巴纳姆》，看到迈克尔·克劳福德出现在演员名单里时，我觉得自己幸运极了。所有人都很爱他在《没出息的儿子》里的表现，但是他在舞台上要更加闪亮。我们常常用“献演”来形容精彩的演出，这实在是再贴切不过的一个表达，因为迈克尔·克劳福德确实是“献”出了一切，他的每一分精力、每一分才华都被他淋漓尽致地表现在他的戏中。此后，每一部音乐剧上演我都会去看，包括那些我曾经在卧室里偷偷模仿过的：《猫》、《贝隆夫人》，还有《万世巨星》。我第一次看《悲惨世界》是在爱丁堡剧场里，看得如痴如醉，以至于之后又看了一遍，再一遍。

在爱丁堡演艺学校待了两年之后，我去试了音乐剧《红男绿女》里的一个角色，但是没能如愿以偿，也许是因为我的舞蹈水准就跟驴子踢腿差不多吧。不过，我在戏剧表演课中获得了七级的好成绩，这为我走上舞台去酒吧参加唱歌比赛带来了莫大的信心。那时，成为专业歌唱演员对我来说依然是想都不敢想的事情，但是当我回顾这段生活的时候，我意识到，自己其实是在渐渐地培养成为一名艺人的才能。

在一个才艺秀充斥电视的世界里，九十年代应该属于迈克尔·巴里摩尔（Micheal Barrymore），他主持了一个叫做《我这种人》（*My Kind of People*）的节目。我写信给LWT电视台，想要争取个海选的机会，而他们安排的第一场是在格拉斯哥的福基购物中心里。

我是迈克尔·巴里摩尔的忠实粉丝，见到他的时候，我舌头不由自主地打起了结。所以我说："你就是从《高尔夫迷》那个游戏节目里一举成名的人，对吗？"

他机智地回答说："别老拿我说事，你能行的。"

我本来是打算唱《往日情怀》的，但是在要走上舞台的时候，我绊了一跤，这可不是个好兆头。又因为过于紧张，话说得不怎么样，所以那也没能替我争个好印象，不过跟别的参赛者聊天还是挺愉快的。

我发现，迈克尔·巴里摩尔会调侃那些能接受调侃的人，而如果是真正有才华的人，他就会让他们尽情在舞台上展示。看出了这个规律之后，我暗暗对自己说："如果我一直努力下去，也许会有更大的进步。"

第二场海选是在东基尔布赖德的一个购物中心。我穿上了妈妈最好的裙子和自己的亮粉色外套，用一根丝巾把头发在脑后绑得高高的。那时我自以为看起来非常成熟优雅，但现在我知道，其实自己活像头上顶了块蛋糕。任何一个在比赛中唱歌的人都会被录影，所以当我成名了以后，有人把我当时的表演放上了YouTube。

“你是装了支架吗?”当我上台的时候，迈克尔·巴里摩尔问我。

“你说什么?”我问。

“因为你不停地来这里啊!”

“我不希望人家觉得我是个遇难则退的人，所以只好努力再努力。”我告诉他。

我还是决定要唱《我不知该如何爱他》，因为我想给大家看自己最拿得出手的东西。这是首严肃的歌曲，我尝试着回想所有在爱丁堡演艺学校学到的技巧，力图把所有情绪都传递到自己歌里的每一句。

倒霉的是，迈克尔·巴里摩尔显然不怎么认同。当我看到前排的观众开始哄堂大笑时，我知道他一定是在背后偷偷扮了鬼脸，所以我决定不如陪他一起玩玩。要是他在我旁边单膝跪下，我就蹲下来，对他唱歌。但是当他躺在地板上，做出要撩我裙子的动作时，我就不知该怎么办了。有人告诉我，我看起来好像是准备用鞋跟踹他的脸，其实并非如此，我只是为了防止他做出更粗俗的事情来。

世事并非总能如愿，但你不能就此放弃，因为失败也总有积极的一面。只有回过头，你才能把自己走过的这些路、每一步都看得更清楚。

我最终还是没能通过《我这种人》的海选，也没能上成电视，但是去参加这场秀依然是件幸运的事情，因为在那里，我有幸与一位叫做特里纳·里德的成功歌手相识。她介绍我认识了她的唱歌老师弗雷德·奥尼尔，并且给了我他的电话号码。

找到自己的声音

从巴士站下来往利文斯顿远郊走时，雨正倾盆而下，好在我带了伞，还穿着雨衣和雨帽，把自己保护得严严实实，几乎一滴都没怎么淋着。

“请问你是弗雷德·奥尼尔吗？”从还在滴着水的雨帽边沿瞥出去，应门的是一位高大帅气的男人。几条小狗在他的脚边欢蹦，我小心翼翼地保持着距离。

“就是我。”他说，“你一定就是苏珊了。你希望我把这两条狗带到厨房去吗？”

他一定看出我有些怕狗，它们看起来好像随时都会扑向你。

“是的，请带到厨房吧。”我对他说。

我在门口等了会，直到警报解除才走进去。

我脱下外套，水滴滴答答地淌在弗雷德家里的地毯上，他的脸上露出微微的吃惊表情。

外间是一件看起来很普通的客厅：一盏灯、一张沙发，还有一架占据了几乎半个房间的三角钢琴。立刻吸引我的是墙上挂着的一张黑白照片，照片里是个英俊的年轻男人，二十年代的打扮，还戴着一顶硬质草帽。

我看看弗雷德一头略带金黄的红色头发，又把视线再次移向照片。

“那是你吗？”我问他。

“是我二十二岁时演的一部电影。”弗雷德告诉我。

“你化了点妆，”我仔细地观察着照片，“你是个演员，对吗？”

“我曾经演过些电视剧，也拍过电影。”他讲起话来慢条斯理，“而现在，我算是个歌手，还是个唱歌老师。”

我尝试着推算他的年龄。他看起来要比“老师”年轻些。

“你几岁了？”我问他。

“三十四岁。”他说。

“我三十五了。”我告诉他我的年龄。

“哈哈，差不多啦。”他说。

我喜欢这个人。

“你会教我怎么唱歌吗？”我问他。

“让我们从音阶练习开始吧。”

最近，弗雷德和我正在重新回顾这初次会面。他对于当时的印象是这样的：

“我们做了些音阶练习，听听你的声音。我假装是在训练你的音域宽度，其实我真正想知道的是你的音准到底如何。当然，苏珊，你的音准非常棒。我听到的声音美而圆润，高音部分毫无瑕疵，非常透明，就像是一件最顶级的乐器。我太兴奋了。诸如‘我觉得这个人能成为明星’的话说出来其实毫无意义，因为根本没有人能确定这点，说这样的话都是骗人的。我还知道，不管歌手本身是多么优秀，要帮助他们实现梦想一定要谨慎而行，因为在实现梦想的过程中，人往往会受到各种伤害。所以我只是希望能帮助你们成为更好的歌手，唱得开心就好。”

看了这段话，你大概就能明白，为什么我和弗雷德能处得那么好，我们现在也依然是很好的朋友。

我的一生都在唱歌，但却未受过任何专业训练。弗雷德向我解释了发声的不同区域：头、脸和胸腔；还告诉我最重要的是将音调连接起来，这样就能从容地在高低音之间互相转换，声音听起来不会显得太紧或是太压抑。他说起话来总是彬彬有礼，在他面前，我不觉得自己是个学生，而更像一个平等的人。自然而然的，我对他的态度就比对其他老师的态度要好得多。我从来不会和弗雷德吵架，他让我唱什么、怎么唱，我也总是会照办，即使有时觉得某些音对我而言显得过高或过低。对于弗雷德，我有着一种难能可贵的信任。

除此之外，弗雷德还是个非常幽默的人，跟他在一起我总能很放松。渐渐地，他也变得越来越健谈和放松。

上了一两周的课后，有一天，我对他说：“奥尼尔，这听起来像个爱尔兰名字。”

“我确实是爱尔兰来的。”他告诉我。

“你一点口音都没有啊。”

“我可以有！”为了逗我开心，弗雷德收起了他那纯正的爱丁堡贵族口音，改用爱尔兰口音来，“在跟着爸妈来到这里生活前，我可是个都柏林唱诗班小男孩。”

“我也有爱尔兰血统！”我告诉他，“我妈妈祖上是从多尼戈尔和德里那儿的。”

“有时我会去北爱尔兰度假。”弗雷德说，“因为我奶奶曾经住在巴利卡斯尔和波特拉什这块。”

“我六岁的时候也曾经在波特拉什度假!”我立刻插嘴。

“好吧，苏珊，我觉得我们两个大概是整个海滩上最喧哗最大声的人了。”弗雷德说。

我对于六岁时的第一次度假还记忆犹新。我记得自己最爱在沙滩上玩耍，还记得别的孩子都纷纷跳进哥哥为我挖的一个嬉水池。也许弗雷德也在其中，我暗自把这看作是我们之间有趣的联系。

一旦我对谁有了兴趣，就会整天闭不上嘴地到处跟人谈起他，比如特里·沃根，比如唐尼·奥斯蒙德，还有迈克尔·巴里摩尔，都是如此。唱歌课成了我的生活重心后，我就每天不断“弗雷德这个，弗雷德那个”，听得妈妈终于决定要亲自过来一趟，看看这个“弗雷德”到底何许人也。她会坐在沙发上听弗雷德给她解释我们在做的训练，因为她略懂些音乐，还会弹钢琴，所以倒也听得津津有味。

“博伊尔太太，如果您研究过那些最伟大的歌手，”弗雷德对她说，“您会发现，他们无一例外都对于音乐有着谦卑之情。曾经有些歌手来找我，把自己说得天下无双，可只要一开口，你就知道全然不是这么回事。但是如果你对歌的内涵本身更有兴趣，你就会用谦虚谨慎的态度来对待它。假如你听过玛丽亚·卡拉斯谈论唱歌的话，你会发现她一点没有大牌的感觉。这也是我喜欢苏珊的一点，她对于唱歌的态度是正确的，所以她才能更好地吸收我要教给她的东西。她最棒的一点在于，她愿意在细小的地方努力，而不像有些人永远只想告诉别人自己多有天赋多有前途。”

这番话在我母亲听来，简直堪比天籁之音。

弗雷德和他妈妈的关系也非常好，这让我们之间有了一条新的纽带。如果不是我妈妈坐在沙发上听我唱歌，他妈妈就会坐在那儿，她也是个非常善良又很会鼓励别人的人。

有时，弗雷德会组织他的学生去西洛锡安大学隔壁的梅西大厅参加“音乐剧之夜”，那里正是我第一个唯一工作过的地方。他还会带上些搞音乐的朋友跟我们一起，为的是让我们这些容易紧张的学生演唱时能感到点慰藉和欢迎。虽然我常会在登台前感到紧张，但是一旦我准备开口，紧张就荡然无存了，就仿佛成了另一个人。

在弗雷德的指导下，我练习了一些更有挑战性的新曲目，包括《歌剧魅影》里的《音乐之夜》（“The Music of the Night”），里面有些非常高的高音。弗雷德很擅长爵士乐，他觉得我会合适《夏之时光》（“Summertime”）或者《泪流成河》（“Cry Me a River”）这类曲子。《泪流成河》是一首情感格外强烈的歌，每次唱起它，我都会想起以前的男友约翰。有一次，我在“音乐剧之夜”上合着简单的贝斯伴奏唱了这首歌，坐回座位时，弗雷德对我说：“这是我这辈子听过最好的演绎。你歌唱的时候，就好像把一块块拼图完美地结合到了一起。”

弗雷德不太喜欢叫自己“声乐教练”，更爱管自己叫做歌唱老师。他觉得“声乐教练”这个提法听起来太过于注重技巧，而忽视了唱歌的情感表达这面。用他的话来说，“横膈膜就像是个引擎，可要有点石成金的魔力，就得靠心。”

弗雷德并不怎么喜欢那些电视真人秀之类的东西，但在我参加完《英国达人秀》之后，他收到了从世界各地发来雪花般的电子邮件，以及各种电视台的采访要求。记者采访他时，他给予了对我莫大的支持。他最近对我说："别人曾经问我，'这么个普通女人现在变成了超级明星，你怎么看?'我就告诉他们，'你错了，她可不是个普通女人，她是个极具才华的天才，从嗓音到人格，她都是独一无二的。'苏珊你要知道，你有很多特殊的地方，但是最能把你与普通人区分开来的，是你有足够的时间去成熟，好似橡木桶中的葡萄酒。你和很多在选秀中一炮而红的歌手不同，你不是那种像白开水一样淡而无可回味的明星。你就是你，和这世界上任何一个人都不同。"

"感谢老天爷，"我回答他，"如果这世界上有两个我，你恐怕不会有好日子过了。"

在跟着弗雷德学习唱歌艺术之后，我才对自己的嗓音特质有了信心，不再简单地模仿别人。我开始尝试拓展自己的歌路，在欢乐谷和保龄俱乐部唱歌的时候还会给那些支持我的听众来点新歌。我最喜欢的一些曲子包括《把最好的留到最后》（"Save the Best till Last"）、《只想和你在一起》（"I Only Want to Be With You"）以及来自血亲兄弟（Blood Brothers）的《告诉我这不是真的》（"Tell Me It's Not True"）。《泰坦尼克号》一九九八年在英国上映之后，听众也会经常要求我唱《我心依旧》。我第一次唱这首歌是在保龄俱乐部，飙到最高的那个高音时，外面正好在刮飓风，一下把所有的窗户都吹开了。我很想炫耀说，这是我声音的威力，但是也许只不过是风吧。之后就断了电，屋子里变成了黑漆漆的一片，我手里的麦克风也不响了。

“我这下可算是知道泰坦尼克遇难时是什么感觉了。”在黑暗中我大声说道。

如果我没有唱歌比赛可以参加，就会经常去那些小酒吧举办的卡拉OK之夜玩玩，比如布莱克本的那家“马场”。在那里唱歌的门槛没有参加比赛那么高，不过因为水平参差不齐就更加好玩。我个人最爱唱的是《温柔地杀死我》（“Killing Me Softly”），有时也会有人叫我合唱。有一次，我在马场和一个以前从未合作过的女人唱了首《我是如此了解他》（“I Know Him So Well”）。我唱的是忆莲·佩姬的部分，她则唱了芭芭拉·狄克森那段，我俩的表演最后轰动得差点没把房顶都掀翻了。

差不多那个时候，我在本地报纸上瞄到一个广告，一个叫做“心跳”的爱丁堡唱片制作室，可以帮人灌制自己的唱片。我觉得那会是个很棒的经历，但是价格不菲。我存了很久的钱，终于存够了，于是我给他们拨了电话。

心跳录音棚挺大，容纳一支乐队绰绰有余，而现在，硕大的房间中央，只站着我和麦克风，让我难免觉得有点小小的别扭，尤其是面前还有个不认识的制作人。他的名字叫做大卫，很善于平复我的紧张情绪，还给了我些如何才能让声音听起来更悦耳的小技巧。他坐在一堵玻璃墙后面，一边操作着各种各样的器材设备，一边通过麦克风跟我沟通。

那一天我们一共录了三首歌。《泪流成河》和《温柔地杀死我》效果非常不错，《阿根廷别为我哭泣》相比之下则不怎么出彩。但无论如何，手里握着自己的CD时，我觉得特别激动，马上跑回家放给妈妈听。我们还把唱片带到一众邻居那儿，让他们也听了听，大家都对我的表现赞不绝口。我感觉有点儿奇怪，因为这是我第一次像别人听我唱歌一般听自己唱歌。对于那种按下自己唱片的播放键，听里面传出自己挺像模像样歌声的兴奋感觉，我还不怎么习惯。而且我也太害羞了，根本没有勇气把这张小样寄给什么唱片公司。但是，为这次录制所花费的每一分钱都很值得！

此后不久，我在一次水平挺高的唱歌比赛中获得了第一名，之前，我是“千年老二”。这场比赛在我经常唱歌的惠特本矿工福利俱乐部举行，获胜奖金是一千英镑。我又一次唱了《彩虹之上》和《我不知该如何爱他》，尽管唱完之后掌声雷动，我依然不好意思在台上待得太久。走回座位的时候，人们一如既往地赞美我鼓励我。跟过去一样，宣布名次是从后往前念的，念到第二名的时候，还没有我，于是我以为压根儿什么名次都没得。正要低头去喝口果汁的时候，我突然听到了自己的名字，一时间根本不敢相信。很多次在梦里，我都听到有人在颁奖的时候念我的名字，可一醒来就发现自己明明还在床上。所以这一次，我拼命掐了自己几下之后，还是愣愣地坐在椅子上。屋子里是雷鸣般的掌声，大家全都看着我，对我微笑。不记得自己是怎么到台上的了，我想大概是飘浮着上去的吧……当主持人把奖金递给我的时候，我已经开始胡言乱语。

“你觉得这能证明我已经是个职业歌手了吗？”我问他。

“你自己说呢？”他反问我。

这是我此生赚过的最大一笔钱，不过花起来就跟流水一样快。

我去好好地血拼了一把：一根送给自己的金项链，还有送给妈妈的粉色两件套衣服。回家的路上，我路过一家珠宝店，看见一座漂亮的金色座钟，外壳是透明玻璃，里面的机械装置一下接一下地走着。这看起来是件非常适合用于特别场合的庆祝礼物，也是我这辈子想过要买的最贵的东西，但是我想妈妈一定会很高兴坐在沙发上看到它。她过去为我做了这么多，如今能够用我自己挣来的钱买个珍贵礼物送给她，这让我觉得实在值得不过。

后来，又有个教会里的朋友弗朗西斯·维兰邀请我去一个弥撒仪式上唱《圣母颂》，因为他刚刚获得了教会颁发的特别荣誉。那次演出成了我歌唱生涯中又一个重要的里程碑。

在教堂里独唱是件需要很大勇气的事情。我在家练习了一遍又一遍，可是当我立于圣母像面前时，还是觉得手足无措。过去，我是站在信徒席上的一员，面对着圣坛歌唱；而此刻，则是面对着所有信徒们！我不敢看任何一个人的脸，只好把目光越过他们的头顶，看向教堂后部的阳台。那里有一幅绘制着路德跨越教堂的彩色玻璃。我让自己的视线停留在圣母那耀眼的蓝色圣袍上，张嘴开始唱。那种我曾经在路德小石洞里曾感觉到过的静谧之意顿时袭来，仿佛独我一人陪伴着圣母，用歌声做着祷告。我对着她剖白自己的心，歌声里透出她的纯洁和清澈，把所有都献给她。虽然周围全部是人，可对我来说，那一刻却是个极其私人的感触体验。

圣奥古斯丁曾经说过："好的歌声，是双倍的祈祷。"

家庭至上

一九九六年，父母迎来了他们的钻石婚纪念。尽管时而也会爆发口角，他们对彼此的爱和对上帝的坚定信仰，把两人牢牢绑在一起六十年。我们准备开一个盛大的家庭派对来为父母庆祝，所有的人都觉得他们看起来比实际年龄年轻得多。

爸爸用他惯有的那种军队腔调开始指挥大家唱歌。当轮到他唱最喜欢的《红丝带》时，调子分毫不差，尽管他的声音嘶哑了许多，好像这些年他都在煤矿里卖命干活一样。我是听着他唱这首歌长大的，但现在看着他的样子，心里有点小小的难过。所以当他唱完之后，我把手拍得比谁都响。

我家的日常生活很简单。在八十岁以前，父母都会自己去购物。白天，父亲大部分时间都会在车库里东摸摸西摸摸，无休止地捣鼓着他的车。晚上，他和舅舅迈克尔一起看电视，两个人会因为屏幕上的人物激烈争吵。有时，我也会带着迈克尔去巴斯盖特的电影院看场电影，回家的路上我们就会一起买袋薯片解馋。

母亲则保持着每周从图书馆借四本书回来读的习惯。当她终于把自己的孩子都养大成人后，又成为了孙子孙女辈的知识源泉，之后是曾孙辈。任何孩子有什么功课不会做的话，他们准会第一个打电话给博伊尔奶奶。母亲很擅长于启发别人，总能鼓励他们自己去找需要的东西，还教会他们在百科全书里找资料。她没有去当个老师真是可惜了。

当她的小鸟们一个个都飞离了巢后（当然除了我以外），她终于有时间来发展一下自己的爱好。她去了惠特本的一个艺术俱乐部，发现自己对绘画有点兴趣，也有那么点才华。去那里的人什么类型都有，她觉得社交氛围还不错。经常我散步或是上完声乐课回家大声叫"我回来了"的时候，发现客厅里什么人都没有，再然后，会听到房间顶上传来她的声音："你来了！"她在那里架起了桌子和画板，常会钻在那里好几个小时不下来，全心全意地画着她的画。

她常常会用照片作为自己绘画的灵感，比如我小时候坐在童车里的照片。她的很多作品都非常出色，足以拿到惠特本图书馆去展出。有时，她也会临摹些图片印刷品，比如现在挂在我们客厅里的三幅乡村风光画。在我第一次做越洋电视访问时，世界上的好多观众都看到了它们！

屋子里人气低落了一阵以后，几只流浪猫拜访了我们。我妈妈很喜欢猫，她把它们像小孤儿一样收养了下来，经常有事没事地就去抱它们，逗它们玩。

不同的猫有着不同的性格，这是件很有趣的事情。我们最初养的那只"旋转"，是只玩心很重的小猫。接下来那只叫"浮流"，就像她的名字一样，无论她到房间的哪个角落都会留下点什么痕迹。

还有母性十足的贝齐，我们给她起了个昵称叫巴格普斯[1]，因为她那么的肥。她一定曾经被前主人拳打脚踢过，因为每次你想靠近抚摸她的时候，她都会显得非常畏惧。但她天性善良温和，很快在我家就适应了下来，天天大吃大喝，甚至还带回来一个伙伴。我们给她的伙伴起名叫杰克，他是只黑色的公猫，居然还敢跟父亲作对。客厅里有个扶椅本是爸爸专用的，根本没有其他人敢坐在上面，而杰克是唯一敢挑战权威的。爸爸用了各种办法试图把他赶下去，他却稳坐泰山。最后，爸爸只好退而求其次地坐到旁边的躺椅上去看电视，杰克则牢牢把住了自己的位置。他们两个肩并肩坐着，看起来活像是报纸上的漫画人物！

不过当贝齐开始津津有味地啃起妈妈从肉店里买回来的一条香肠时，杰克也就不再跟爸爸作对了。贝齐去世时，我们都决定再也不收养新的猫咪了。

任何一个家庭都会有些矛盾。姐姐们常会抱怨我在家里不做家务，即使妈妈总是叫她们闭嘴管好自己的事情。有一次，玛丽过来让我把房间吸一下尘，于是我上楼打开了吸尘器的开关，让它自己在地上空转，发出嗡嗡的声音，这样她就能听到。我得意地进了自己房间开始听歌——可倒霉的是，音乐开大声了，我根本没听到玛丽上楼来，一下子被抓了个现行！

姐姐们显然比我更清楚父母正在垂垂老去。我其实从未真正想过，父母有一天会离我而去。和他们生活在一起的这个世界，是我

---

① Bagpuss，英国一九七四年播出的著名儿童剧里的明星布偶猫。

唯一知道的世界。

一九九九年复活节的时候，父亲身体出了点问题。他的呼吸道一直不是太好，有时也会有点健忘，可是他还从来没有因为身体不适卧床不起。那天，他没有像往常一样，下楼来吃早饭，再习惯地点起一支烟。他好像突然就对什么都失去了兴趣。

卧床整整两周后，母亲给他找了个医生来。医生在他的腹部摸到了一个硬块，想把他转到利文斯顿的圣约翰医院去做进一步检查。

“你到底怎么了?”等待救护车开来的时候，我问他，“一定有什么事情不对劲了，你告诉我，爸爸。”

爸爸一句话也没有说。他肯定已经知道这是件严重的事情，他在床上看到了血，但是没有告诉任何人。

他在医院里做了手术，去掉了肠里的一个肿瘤，但他的呼吸道还是个问题。妈妈几乎每天都在医院里陪着他，我晚上也会去陪夜。一天夜晚，他直直地看着我，没有发出一点声音，但是他的眼里流露出了悲伤。我跟往常一样吻了他一下，说：“明早见。”然后就离开了医院回家去。但那时，我完全不晓得，爸爸再也不会好起来了。

第二天，我买完东西回家，看到哥哥约翰坐在车里。他问我：“你怎么不在医院里?”

“怎么了?”我问。

“爸爸病得很厉害。”他告诉我。于是我跳进车里，和他一起去了医院。

我们到医院后，发现他们已经把爸爸转移到一个小房间里，家里人全部围在床边：凯瑟琳、玛丽、布莱迪、詹姆斯、约翰、乔、杰拉德，所有的人都在。爸爸看起来和往常有些不一样，比前一晚瘦了，脸色也更灰暗。玛丽转过身来，我看到她严肃的神情，顿时明白了为什么所有人都在这里。是因为有人要过世了，对不对？

我开始感到惊恐。我从来没有见过任何人死去，我也不想见到，所以我跑了出去。

我问护士："我爸爸是要死了吗？"

她给了我一个肯定的答复。

我完全呆住了。

我在空荡荡的休息室不断走来走去，对自己说："请不要让他死吧。"

因为恐惧，我的身体已经麻木了，那种糟透了的感觉比我考试前的情绪要坏上几百几千倍。你想逃，可是根本无路可逃，而这一刻不断逼近、逼近……你觉得自己身体上根本无法承受这一切，想要大叫，但是你又清楚地知道不可以。

我看着窗外，却什么也看不清。头脑里千百种想法互相撞击，却根本无处释放。

不知道是过了一分钟，还是好几个小时，我只是一直站在那里，直到哥哥约翰跑进来告诉我，父亲已经去世了。

此后的好久，整幢房子都处于一片寂静中。可是我的脑海却无法平静，我不断地问自己，为什么当父亲在世的时候没有多和他待会儿，为什么他临终的时候我甚至不敢陪伴他到最后一刻。

人们总是说，爸爸一辈子都很幸福，可是对于这点，我却并不怎么确定。他是个受人尊重的人，一生勤勤恳恳抚养我们长大成人。他是个虔诚的天主教徒，帮助了很多教会里的人。他的一生当然都还算美满，可是我从未见过他像母亲那样，会爆发出没心没肺的大笑。也许，战争里太多的黑暗让他不再拥有真正的快乐。他是个有才华的人，可是却总因为各种各样的事情没有机会施展自己的抱负。

我知道，我也是让他操劳担心的原因之一，而且，我从来没有机会向他说一声对不起。

我母亲个子小小的，性格却异常坚强，就好像一颗小钻石。她身上固有的那种能量似乎在父亲逝世后消退了一点，他们在一起已经六十三年了，经历了各种风雨。父亲去世的时候，似乎母亲的一部分也随着去了。

母亲照顾了我们一辈子，现在该是我们回报她的时候了。“鹅卵石”在此刻进入了她的生活，不是想要取代父亲，而是成为了母亲的伴侣和慰藉。

“鹅卵石”的上一任主人有另外一只猫，经常欺负她。尽管依依不舍，主人还是想给可爱的小“鹅卵石”找个新家。“鹅卵石”来到我家时，随身带了一只玩具过来，是一只软软的粉红色毛绒小鸭子。她到哪儿，鸭子就跟着她到哪儿。她爱跟它玩，把鸭子抛到空中，也会把它搂在脚掌里，好像一张安全毯般保护着它。因为“鹅卵石”知道她在一个不属于自己的地方，那能给她抚慰。

杰拉德把“鹅卵石”带过来、从盒子里放出来的时候，她只是一只很小的猫。她在客厅里到处跑来跑去，好像疯了似的。当她平静下来以后，她跑到我母亲那里，坐在她的膝盖上。母亲说：“啾，你这个小毛球宝贝。”

这是好几个星期以来，我们第一次见到她微笑。

至亲逝世的阴影是永远无法完全摆脱掉的，但随着时间渐渐推移，你会开始习惯。正在家里人刚刚开始调整心态，习惯父亲不在身边时，我们遭遇了另外一场大打击。

姐姐凯瑟琳在四十岁的时候，染上了哮喘，最后她不得不从惠特本的矿工福利俱乐部辞职，因为那里的环境太乌烟瘴气了。她改去一家儿童游乐场做护士，和小孩待在一起让她觉得很开心。但是一九九九年对她来说是悲哀的一年，爸爸去世了，她那经常去挪威出差的丈夫又说要离开她。凯瑟琳心烦意乱，体重不断减轻，就好像她希望自己从此消失一样。她是那种不多见的面对糟糕生活依然能大笑的女人，所以看到她现在这样难过，我们都感到不知所措。她人这么好，应该获得幸福啊！

凯瑟琳只有帕梅拉一个孩子，虽然成年了，但也还住在家里。她们两个关系很好，总是互相支持共渡难关。凯瑟琳离婚后，经济状况不怎么好，帕梅拉就打两份工。一份是白天的常工，一份是周四周五晚上的零工，这样就能多赚点钱来补贴家用。帕梅拉每周四收工回家的时候，凯瑟琳总会准备好晚餐等她，她填饱肚子以后再去酒吧打零工。等帕梅拉再次收工回来，凯瑟琳就会给她烧上一壶茶，烤一块面包当夜宵。然后她们两个会坐在一起谈谈白天有趣的事情。

夏末的一个晚上，帕梅拉像往常一样去打晚上的零工。她还记得妈妈站在窗口，对她微笑，挥手向她告别，直到她在街口转弯。凯瑟琳一直这么做，无论是送谁。

那天晚上，帕梅拉工作的时候接到个电话，告诉她她妈妈发了哮喘，正在医院里。于是她马上赶往急诊室，她并没有太担心，因为凯瑟琳以前也发作过几次。可是这次，护士没有让她和别人一样坐在休息室等着。帕梅拉被带到一个小房间里，她开始感到担心起来，接着，一个医生进来，告诉她，她妈妈刚刚去世了。

我不记得是谁告诉了我这整个故事，长久以来我都无法拼凑出那么多信息。我完全不理解这是怎么回事，凯瑟琳只有五十三岁。

我没能去成凯瑟琳的葬礼，因为要留在家里照顾那时已经非常体弱多病的舅舅迈克尔。缺失了那重要的悼念一环，也让我更难以接受这整件事情。

有时，我会发现自己瞬间闪过念头，“我要打个电话给凯瑟琳，问问她……”然后又一下子回到现实，顿时再次被这种失去至亲的深深的刺痛感击中。

我和凯瑟琳非常要好。她和我妈妈是这个世界上唯一真正理解我的两个人。凯瑟琳拥有一种罕见的能让别人感到快乐的天赋。我一直觉得，妈妈以为在她自己过世以后，凯瑟琳能帮到我，没想到事情却并非如此。

上帝总是会考验你。我们相信凯瑟琳是去了一个更好的地方，那里不再有病痛，也不再有悲伤。我们知道她在天堂看着我们。但是作为那个被留下来，要重新振作的人，还是很难。我们脸颊泪痕未干，对于凯瑟琳那格格的笑声和她慷慨大方天性的任何一点微小回忆，都会引得这些泪水再次落下。

我们做了各种事情来纪念她。我打算每年和教会的人们一起去诺克祭奠她。玛丽和布莱迪去了葡萄牙的法蒂玛，因为那是凯瑟琳临逝世前去过的地方。这些旅途让我们觉得心里安定了一些。

但是家里仍然有着一个难以填补的空洞。

千禧年

千禧年快要到来的时候，似乎全世界各地的人们都充满着期盼。人们开始讨论自己的人生大计，不是下一年想做什么，而是下一个世纪想做什么。每个地方都开展了千禧年活动：伦敦搭起了巨大的摩天轮，爱丁堡在圣鲁德公园里致力于造一个互动型自然历史博物馆，叫做“我们动态的地球”。在西洛锡安，惠特本社区委员会也在想着要搞些活动来共庆千禧。一群在艺术、戏剧、音乐组织里做了多年志愿者的人，他们在这些领域都已经做了很久，觉得去把大家召集起来，并灌制一张千禧年唱片是个很不错的主意。本地一家叫做《西洛锡安先驱邮报》的报纸也给了他们资助。

任何想要去灌唱片的人都被要求寄一卷磁带给他们，或者去惠特本学院那里参加选拔。我决定带着自己 CD 里那首《泪流成河》而去。

所有的学校都有相似的气味：一种混合了运动鞋、粉笔灰和炒蔬菜的味道。在海选等待的时候，我想起了自己第一次在卢尔德圣母小学参加唱歌比赛时的情景。这一次，没有调皮的男孩在窗外蹦上跳下让我分心，可是我依然一样紧张。轮到我时，我力图显示出很有底气的样子，到处开开玩笑说说段子。我看得出来，五个评委已经开始担心自己将会看到怎样一场表演。然而，当我唱出第一句时，他们脸上的表情顿时变了。虽然他们没有告诉我到底是不是通过了海选，因为他们必须等到看完所有人的表现，但是我感觉到，他们喜欢我。

大约一周后，我在家里接到了一个叫做查尔斯·厄尔利的男人打来的电话，通知我可以去参加 CD 灌录了。我情不自禁地欢呼起来，还在房间里跑了个圈，开心得像个孩子。查尔斯不得不在电话那头等我平静下来，好再问些问题。去参加这次 CD 灌录选拔的个个都是高手，组委会决定在二〇〇〇年的时候组织一场欢庆音乐会。他们问我愿不愿意出场参加，你一定可以想象到我的回答！

欢庆千禧年音乐会二〇〇〇年四月二十八日在惠特本学院举行，演出的名字叫做“西洛锡安之声”，这也正是 CD 的名字。唱片里的歌融合了各种各样的风格，包括由马可·马塞拉指挥的巴斯盖特音乐乐团演奏的一曲《窈窕淑女》片段；还有布罗克斯本公共乐团演奏的《波希米亚狂想曲》(*Bohemian Rhapsody*)，指挥是迈克尔·马塞拉。马塞拉一家是西洛锡安最负盛名的音乐之家。音乐会的节目还有巴斯盖特蒙慈唱诗班的演唱，我的姐姐也是成员之一，他们唱了两首福音曲。还有不少孩子、一群原创歌手、一个风笛乐队和一个萨克斯风吹奏者也参加了音乐会。

我们在后台听到观众陆续进场入座的时候，都非常紧张。一些小孩忍不住好奇就偷偷往外看自己的家里人坐在哪里。大厅挤得满满的，大概有三百来人，还有当地议员等重要来宾也在。我被安排在下半场的倒数第二个出场，所以等待的时间比别人都长些，我一直试图压制自己的紧张情绪，这样才能给孩子们树立一个好榜样。

走上舞台面对生平最大的观众群，这种恐惧同过去在小酒吧、俱乐部里唱唱歌截然不同，起码那儿所有的人都认识我。我知道妈妈也坐在下面哪个角落里，不过看不清楚她究竟在哪儿。我穿着一条很长的黑裙子，上面还有些亮片，看起来和《泪流成河》的布鲁斯风格很搭配。但是，有谁知道在那高雅端庄的裙子下，有两条正颤抖得像果冻一样的腿！不过，当音乐起来的那一刹那，我的紧张感消失了，所有的感情都融入到了这首歌里。我唱完时，整个大厅里爆发出了雷鸣般的掌声。这时，我的身体才因为泄了一口气而感到微微发麻起来，从脚尖一直到浮现着微笑的脸上。我觉得这似乎是我等待了一生的时刻，恨不能再来一次。

幸运的是，我并不是唯一一个这样想的。因为音乐会取得了巨大的成功，人们决定要组成一个专门的委员会来弘扬推广西洛锡安这些有才华的艺人，让他们经常能有机会演出。负责编排CD的约翰·库兰和查尔斯·厄尔利决定要创建一个“西洛锡安志愿者艺人委员会”，以代表各种团体、唱诗班、乐队、社群以及个人。西洛锡安艺术委员会和文化部门非常积极地支持了这个想法。

他们制作了一份叫做《票房》的简报，定期更新各种演出信息，还组织每年一次的才华秀选拔。我通过了二〇〇一年的选拔，在迪恩思社区高中演唱了《我为爱做了什么》（“What I Did for Love”）。二〇〇二年，我又在利文斯顿的霍顿公园中心唱了《彩虹之上》。人们说那是一场非常令人感动的演出。才华秀表演成为了我每年生活最大的亮点。我开始更加渴望能够频繁地在舞台上唱歌。

“你为什么不去参加个唱诗班呢，苏珊?”妈妈问我。

利文斯顿的托卡塔圣母唱诗班拥有悠久的历史，口碑也很好，他们的演出曲目从巴赫到披头士，什么都有。我知道那不是个容易进的地方，所以当他们在听完我试唱决定接受我时，我高兴坏了。我们每周排练一次，每年五月会做一次为期两晚的音乐演出，还会参加各种各样的活动。托卡塔唱诗班的成员都是业余的，但是我们为自己树立了专业标准，全部穿着黑色裙子和土耳其蓝上衣。在霍顿公园中心的圣诞音乐会上，我站在第二排，作为女高音独唱了一曲。我能看到妈妈和约翰坐在观众席上望着我，心里觉得特别自豪。

在一个电视才艺秀极其流行的世界里，二十一世纪的第一个十年无疑属于流行节目制作巨头西蒙·考威尔。他二〇〇一年十月开始在电视上露面，是一个新节目《流行偶像》（*Pop Idol*）中的评委，所有人都对他爱恨交加。

我妈妈和我，还有全国人民，都迅速爱上了这种点评方式，尽管有时我们也觉得他的评论实在有些刻薄，因为大部分表演者都还是些想尽可能表现好点的小孩。

《流行偶像》第一季出了不少很棒的歌手，包括威尔·扬、加雷思·盖茨和达莱厄斯·丹尼斯。一个叫米歇尔·麦克马纳斯的苏格兰小妞是第二季的冠军。她并不是那种传统意义上的流行偶像，因为她块头很大，但是苏格兰人民狂热地喜欢她和她充满了爆发力的嗓音。

我并没有想到要去报名参加这个节目的海选，因为我年龄实在根本大到不可能成为流行偶像。可是第二年，《流行偶像》被《英国偶像》取而代之。这档秀里有个专门为年龄在二十五岁以上人士举办的专场，那个专场的第一位获胜者是史蒂夫·布鲁克斯坦。

第三季的大龄人士专场里，有个嗓音非常优美的女士叫做凯莉·麦格雷戈，她因为瘫痪坐在轮椅上参加了比赛。布莱克本的每个人都是她的粉丝，不仅仅因为她的嗓音和勇气，还因为她来自西洛锡安！

当我和妈妈窝在沙发里看完她的表演后，妈妈突然问我："苏珊，你为什么不去唱唱呢？"

"你是说，像这样？"我指着电视屏幕问她。她当真觉得我水平高到可以去参加《英国偶像》？

"如果你做得到的话。"她回答。

每次节目尾声，屏幕上都会显示出一个电话号码，如果你有兴趣参加明年的海选，就可以拨打。我把它抄了下来，可是战战兢兢了好几周以后，才壮起胆来去拨了那个号码报了名。

第二年《英国偶像》海选开始时，我妈妈正在医院里做身体检查。我知道她不会放心让我独自去格拉斯哥，因为我并不怎么熟悉那个地方，所以我决定"瞒天过海"，偷偷搭上了一辆去格拉斯哥的汽车，随后又转去汉普敦公园。我事实上还挺能认路找地方的，不过当我看到一群小孩貌似跟我去的是同一个地方时，就决定跟着他们一起走。

我为海选准备的歌曲是《微风轻哨》（"Whistle Down the Wind"），但看到那群孩子的时候，我意识到这是个错误的选择。节目想要选出来的，是个流行歌手。体育馆里人山人海，要等评委把所有的人都面试一次的话，恐怕最后一班回布莱克本的车子早结束了。我觉得自己根本没有希望等到他们来面试我，更不用说让我通过了。于是我干脆掉头回了家。

那年比赛的获胜者是利昂·杰克逊，他应该是我那天在体育馆里看到的那么多张兴奋的年轻脸庞里的一张。他也来自西洛锡安，而我们甚至曾经在当地的一些唱歌比赛里遇到过，你说是不是很奇妙？

母亲身体恢复得终于差不多可以出院了，但她却似乎越来越脆弱了，所以我从来没敢告诉她自己这场小小的冒险。

关怀

似乎每次人生的重要关头，天总在下雨。我不知道这是不是想说明我是个什么样的人，或者只是苏格兰的天气问题。二〇〇五年春天，我在爱丁堡的科斯托菲娜参加一个面试，就在那个在玛格丽特女王大学的旧址上建的飞机场的附近。那天，我不但要应付这讨厌的雨，还有一只在我脚边嗷嗷叫唤的流浪狗。要进门时，这只狗就跳出来，好像要把我的裤子咬碎，我不得不用雨伞和它搏斗起来。

“没有人过来把这该死的狗赶出去吗?”我大叫。

最后，终于有员工过来把狗带走了。

接待处有个男人坐在那里，看着整个场景几乎笑到四脚朝天。我一边脱雨帽，一边狠狠地瞪了他一眼，火气大得要命。

“我能帮你什么忙吗?”前台问。

“我要找弗兰克·奎因。”我告诉她。

就在这时，那个坐在接待处的男人站了起来，说：“我就是弗兰克·奎因。”

天哪!

“没关系，”他说，“我们要不去哪里喝杯咖啡吧。”

“好吧。”我回答他。

我来这里的目的是，看看能否有机会去上些能帮我获得高等教育资格证的护理课程。

我妈妈从未能从凯瑟琳去世的打击中走出来。她曾经整日同凯瑟琳聊天，凯瑟琳也常常会在下班后回家来做晚饭，所以我们每天都能见到她。凯瑟琳去世后不久，迈克尔舅舅也被送进了疗养院，因为我妈妈年纪太大，已经没法照顾他了。之后，迈克尔舅舅去世了。妈妈一下子失去了丈夫、女儿和弟弟。

母亲就这么一步步衰老了。一开始，她的视力衰退，然后是她的头发，但是她从未失去的，是敏捷的头脑。每次布莱迪过来的时候她都会很开心。布莱迪从考文垂搬回到了马瑟韦尔，她们两个在一起就会讨论所有那些妈妈从年轻时就知道的人。尽管妈妈在布莱克本已经生活了五十年，她依然觉得自己是个马瑟韦尔人。父亲还在世的时候，他们总会去马瑟韦尔大教堂做礼拜，庆祝他们的结婚纪念日。有时，布莱迪会从教堂里带回些公告单，上面印有逝世教友的名单。妈妈就会开玩笑说，如果见到自己的名字也在上面，她就会知道自己已经死了。

她从未失去幽默感。当她行动越来越不便时，我们装了个座椅电梯，妈妈总会在它往上走的时候敬礼。但是渐渐地她开始越发衰弱，我们不得不找专业护士来护理她。尽管请了护理人员，我依然希望自己能更多地帮助她，所以我决定去看看是不是能学门护理训练课程。

弗兰克·奎因在学校食堂里给我买了杯咖啡和一份小圆饼，我们找了个安静的角落坐下开始交谈。这同我过去的所有面试都不太一样，我觉得很放松。

“我觉得你是个很好的人。”我说。

“我可以是个好人。”他带着狡黠的笑容说。

“我喜欢你的爱尔兰口音。”我告诉他。

然后我们开始讨论爱尔兰。我告诉了他关于妈妈祖上来自北爱尔兰的这层关系，他则告诉我他的家庭来自于郎福德。从他的言谈中，我肯定他是个天主教徒。他不仅仅是教师，还在圣约翰残疾人中心工作，我曾经听说过这个地方，因为它是由圣文森特·德·保罗慈善修女会赞助的。

“那么告诉我，你到底为什么想要学这门课程呢？”他问我。

我一般很难跟陌生人交流，但是眼前这个男人给我的感觉非常温暖，几乎立刻就让我有了信任感。我告诉他妈妈已经年纪很大了，虽然请了护工来照料她，但我的家里人总是希望我能够多照顾她一些。我觉得这有些困难，因为不知道自己应该做些什么。我已经做了自己力所能及的事情，但还缺乏必要的专业技术。

“这就是你为什么要来这里的原因？”他很快理解了。

他开始向我介绍各种课程设置。一类是应用型的，能够教会我想要学的技能；另外一种则偏向维权。我问他这是什么意思。

“事实上，这意味着你学习体会身有残疾是什么感受，以及如何代表他们说话，还有维权会遇到怎样的困难。”他告诉我。

“我对那很有兴趣。”我告诉他，然后我又坦率地承认，“我自己也有点轻微残疾。”

“苏珊，你很坦白。”他说。

“这会是个问题吗?”我问他。

“世界上不存在叫做问题的东西。”他说。

“当然有！我有很多问题。我本身就是个问题!”我告诉他。

“世界上没有叫做问题的东西，”他又重复了一遍，“只有有待解决的事情。”

我喜欢他思考问题的方式。

“那你会帮助我去解决它们吗?”我问。

“嗯……我非常相信一点，正确的人因为正确的理由去从事正确的事。”弗兰克对我说。

“那你会接受我来上学吗?”

他告诉我，他没有权力此时就宣布这个决定，但是他会尽自己最大的努力去安排我上这两门课程。

我非常高兴，但也有点小小的紧张。

“你觉得我能学得下来吗?”我直截了当地问他。

他说：“如果我们愿意收你，那我保证，我一定会支持你、帮助你。”

我被他这番话感动坏了，所以我做了一件任何人在面试时都不应该做的事情——我哭了起来。

弗兰克还是收下了我，并且信守了自己的承诺：从此一直给了我莫大的支持。

第一次课程开始不怎么顺利，因为那天早上我要搭的巴士晚点了，天又在下雨。我闯进教室的时候，浑身都在滴水，心里默默诅咒着。

弗兰克·奎因站在前排。

"对不起，"他说，"你愿意告诉大家你是谁吗？"

"我叫苏珊·博伊尔，"我说道，"浑身湿透，外加一肚子火，但是我非常高兴站在这儿！"

我发现很多作业都很难，每天晚上写各种小论文都让我头昏脑涨。有时在课上，我会感到非常不安、难以集中注意力，我感觉有几次弗兰克简直要把我轰出课堂了。不过他总是会说："不，我们可不会那样做。"然后他会试图帮助我理解一些问题的缘由。弗兰克真心认为，一旦你被学校接受来上了课，不管你遇到什么样的困难，老师都应该帮助你学好。他告诉我，我的学习困难并非是因为能力跟不上，而是来自我的不安心态，所以我们开始寻找导致我感到不安的源头。我尝试着将精力集中在自己能够做到的事情上，而不是自己不能做的事情上，这帮助我学到了很多东西。

在维权课上，我们学习了什么叫做包容性：每个人，无论是否有残疾，都是这个世界上重要的一部分，都应该获得受教育的权利，得到尊重和尊严。在我过去受到的教育里，我从来没有接触过这样的理论，所以感到很激动。我想别的学生也许也从我身上学到了些东西，因为我把自己在学习护理时遇到问题的一些经验与大家分享了。

我顺利地通过了两门课程，但是之后不得不放弃了学业，因为妈妈的健康状况急剧恶化，必须有人二十四小时在家里照顾她。

二〇〇六年的圣诞，妈妈告诉我，这会是她最后一个圣诞节。

“你是怎么知道的?”我问她。

“苏珊，我活不了多久了，”她告诉我，“我希望你能照管好这个房子，照顾好‘鹅卵石’，还有记住，你是我肚子里出来的。”

我一直没有理解她为什么要说最后那句话。我想她是想告诉我，要跟她一样坚强。

“答应我，你会做些有意义的事情来度过人生。”她说。

我紧张起来，只想出来一句话来回答她：“我爱你，妈妈。不要担心。”

二〇〇七年的一月六号，她被送往医院。我每天都去看望她，但她只是不断地对我说：“苏珊，回去吧，请回家去吧。”

这感觉，好像是她想让我尽快习惯没有她的生活。

她的健康状况是这么差，每次我跟她告别的时候，总觉得这会不会是我最后一次跟她说再见。但是第二天我再去医院的时候，她还在那儿。某种程度上来说，我开始习惯于她奄奄一息却依然活着的这种状态。我其实应该已经预料到了死亡的来临，但是当那个周五，妈妈快要去世前的那会儿，我还是感到无比震惊。她看起来一点都不一样了，我简直不敢相信躺在那儿的是我的妈妈，我甚至不知道她是否还能意识到我在她旁边。

我坐在那里，握着她的手，然后我说：“也许你听不见我说话，但是妈妈，我很难过。”

我在那里又坐了半个小时，然后走了。

第二天早上，我接到医院打来的电话，叫我回去。当我到的时候，几乎所有的家庭成员都已经在那儿了：姐姐玛丽和布莱迪，哥哥约翰、乔和詹姆斯。杰拉德来得晚些，因为他出爱丁堡时被堵在路上了。牧师已经为妈妈做过了仪式，一串玫瑰念珠挂在她的床头。

我从来没有看到过人在眼前死去。我非常、非常地害怕，但是我知道自己必须待着。我抓着她的手，感觉到她并不痛苦。所有的气力都似乎在慢慢离开她的身体。就在她死去的那一瞬间，她的眼睛变得非常蓝，闪烁着一种光芒，好像是看到某种神圣的东西。不管她看到了什么，那必定是让她快乐的东西，也许是我的父亲，也许是圣母，我不知道，但我确定的是，那一定不是什么可怕的东西。那种感觉很安宁，甚至令人愉悦，因为她看起来很愉悦——绝对是愉悦。

妈妈逝世于那天一点半。

我回到空荡荡的家，告诉了“鹅卵石”发生的一切。

“奶奶不会回来了。”我说。

这个小东西看起来那么悲伤，她从我身边走开，然后躲到了我母亲的椅子下面。

我从未独自生活过，接下来的几个月里，日子并不好过。妈妈把我们的生活一直照顾得很好，她不仅仅管理这座房子，还打理家里所有的财政问题。我根本就不知道要如何对付那些账单，甚至不敢开暖气，因为怕自己付不起账单。玛丽给供气公司打电话的时候，他们告诉她我早就付了足够的钱，其实现在供气公司还欠着我一笔钱！我也不知道如何去领自己的社会福利金，幸好有个好心的邻居帮我搞定了一切。

家里是一团乱麻，我也是一团乱麻。

布莱迪每周从马瑟韦尔过来帮我料理家务。她会在我的冰箱里塞满食物，还替我采购衣服，她甚至给我买了一双雨鞋，这样每次我出门散步的话就不会把脚弄湿了。她和女儿乔安娜都是好心得不得了的人。乔安娜最近刚刚生了个儿子，以前每个星期，我都会去她和她先生肯尼在巴斯盖特的家喝下午茶。我哥哥约翰对我也很好，他常常邀请我去他家吃饭，再把我送回来。如果没有他，没有姐姐们，还有那些社会福利组织帮我振作起来，我真不知道那时的自己会变成什么样。

但是他们也不能永远在身边照顾我。

日子因为失去了原本的作息规律而变得漫长无边，我每天无事可做，甚至也用不着去医院。年轻时，我曾经受过训练如何去安慰那些经历了丧亲之痛的人们，可是事情轮到自己头上，却变得困难得多。

家里的万事万物似乎都在提醒我，母亲已经不在，甚至当我穿衣服的时候。以前，她总会检查我每天要穿的衣服，确保我看起来得体，在我出门时，她还会让我在她面前小小地转上一圈。现在她再也不在那儿检查我穿成什么样了，所以我也不再关心自己的打扮。

母亲一直很爱听我唱歌，但是，她现在也不会再听我唱歌了，所以我也不再唱。

只有我和“鹅卵石”两个的房子很安静。有人说动物是不懂感情的，这可不对，他们当然懂！“鹅卵石”非常想念我妈妈。晚上，她会钻进妈妈的房间，躺在床上，爪子紧紧抓着妈妈过去一直穿的居家服。白天她就躺在沙发旁边的地板上，孤独地抬着头，看着妈妈经常坐着的地方。

我和妈妈总爱一起看电视，但是现在我连看电视都没有了兴致。如果只有你一个人，情景喜剧变得一点也不好笑，达人秀也不再吸引人，因为再没有人和你一块评头论足。

妈妈去世以后，我的生活失去了重心。我会经常在瓢泼大雨中独自走很长很长的路，也不知道自己要去哪里。有一次，我发现自己走了足足八公里，最后走到了凯瑟琳在惠特本的房子这里。我的外甥女帕梅拉在窗口看到了我。

“我只是出来散散步。”我告诉她。

“你全身上下都湿透了。”她说，然后把我带进屋里，帮我绞干衣服，还给我倒了杯茶。她的先生马克说要用车把我送回布莱克本，但是我礼貌地谢绝了。长时间的步行会给你带来一种节奏，就好比节拍器发出的那种嗒嗒声，让你的思绪也跟着有秩序起来。

尽管母亲已经不在我身边，但是我开始渐渐觉得，她的精神依然陪伴着我。我越来越勤快地去做礼拜，因为在那里我觉得自己跟她靠得更近。我向圣母祈祷获得帮助，希望她能成为我的启明星，告诉我前行的道路，就像妈妈一直做的那样。

我决定加入惠特本圣母军。我知道爸爸在退休之后就成了其中一员，他告诉我那里的慈善工作很有意义，但是我并不太清楚具体情况。我在这儿不能透露太多我们做的事情，因为这整件事情的意义在于，用正确的精神去帮助别人，也就是说，你并不是为了获得表扬或认可——你帮助别人，因为你渴望这样做。跟一群同我一样笃信圣母的人共同工作是件很受鼓舞的事情，帮助那些需要帮助的人给我带来了盼头和目标。

在家里，我有时会感到非常悲伤和孤独，于是我就会坐在沙发上，呆呆地看着那个钟，这是我用自己生平唯一一笔奖金买给妈妈的。金色指针在玻璃表盖下滴滴答答地走着，也滴滴答答地带走了我的生命。

墙上挂着的画是妈妈照着我小时候的一张照片画的，画中我还坐在一部童车里。有一天，我开始想，如果妈妈看到我现在的状态，会说什么？

答案清晰地传来，就仿佛她在房间里对着我的耳边说话："我的天哪，苏珊！不要再自怜自艾了！赶快给我站起来，做点什么！"

西洛锡安志愿者艺术委员会今年演出的选拔又快要临近了。我并没有什么愿望参加，可是我决定逼迫自己走出门去试一试。我答应了妈妈，要有点作为，而这是一次机会。

前一次试唱时，查尔斯·厄尔利建议我唱唱《悲惨世界》里的歌曲。他去爱丁堡看了这部音乐剧，觉得我的嗓音也许会适合里面的音乐。《悲惨世界》一直是我最喜欢的音乐剧之一，我在爱丁堡看了很多次，所以，二〇〇七年去参加选拔的时候，我准备的歌曲正是《我曾有梦》。

尽管这首歌并非为我度身而作，但其中的歌词和曲调中悲伤震撼的力量似乎正与我当时的不幸丝丝相扣。这首歌让我彻底表达了那时的所有情绪。我曾有过的梦，是能回到妈妈还在世的日子。我为她而唱。

我通过选拔后，在巴斯盖特君王剧院的舞台上第一次唱起了这首歌。讽刺的是，这事实上成为了艺术委员会的最后一次公开演出，之后，西洛锡安志愿者艺术委员会便告解散。艺术社团现在致力于把君王剧院改造成一个当地的社区剧院，而我盼望的则是将来能够有更多的演出，让所有西洛锡安有才华的艺术家都能找到个机会熠熠生辉。

二〇〇七年四月，《英国达人秀》第一季在电视上播出。我在自己家的客厅里看了节目，腿上坐的是“鹅卵石”。我不断地回想起妈妈，如果她还在世，一定会指着其中某些人物捧腹大笑。

我和所有人一样，都被保罗·珀特斯的海选震惊了。他把《今夜无人入眠》（“Nessun Dorma”）唱得那么动听。当他最后获得了第一季的冠军时，我更是不敢相信自己的眼睛，因为他看起来实在是太不像一个歌剧演唱家了！

就在此时，一颗种子开始悄悄地在我的心里萌芽。

第三部分　英国达人秀

简直就像在做梦

二〇〇九年一月二十一日

舞台下密密麻麻全是人。一排接一排的观众坐在评委席的后方，注视着我的一举一动。我知道他们都在想什么："瞧瞧她！屁股大得像车库，头发乱蓬蓬像个拖把，连牙齿估计也是假的吧，居然还想当歌手！她绝对唱不了歌，她怎么可能会唱歌啊！好了，你快唱吧，让我听听！"

于是我张开嘴巴，开始歌唱。

我曾怀揣的梦想已远去……

当第一句歌词唱完时，我就知道人们的敌意之墙已经开始坍塌。身体里所有因为嘲笑而紧绷的肌肉，好像随着一声快乐的叹息突然放松下来，令我的歌声飞扬。

我曾梦想爱将永远不死……

当歌声飘向观众时，我能感受到人群回应给我的能量，而这股力量被注入歌中并随之流淌。

但今夜老虎突然出现

伴随着如雷一样低沉的鸣嘶

当它们撕碎你的希冀

将你的梦想变成羞耻……

酣畅淋漓唱到高潮，我才意识到盘旋于耳际不绝的嗡嗡声，居然是掌声和喝彩。我干得漂亮极了！随着情绪不断高涨，集中注意力来唱好整首歌的最后一段竟变得无比艰难，但是我必须把持住，来诠释更安宁却更具戏剧张力的结尾，诠释出这些词句对我的所有含义。

我曾梦想我的生活将会

如此地与苦难的现实遥遥相距

如此地与所有的一切背道而驰

但如今我曾做过的梦已经被生活扼杀

全场的掌声和跺脚声太响亮了，以至于我都没法听清背景音乐的最后几个音符。人们都站了起来！台下一排又一排的陌生观众朝我欢呼叫好。

我心想，“天哪，这怎么可能！”我哪里经历过这样的大排场啊，这可是我人生中最神奇的一刻。

面对这空前的赞美，我脑海里顿时一片空白，也不知该怎么表达此刻的心情才好，情不自禁之下我做了一个平生从来没做过的动作，希望借此传达心中的感激。在离开舞台时，我向台下所有的观众们献上了一个飞吻。

被兴奋和喜悦冲昏了头脑的我，竟然彻底忘记了评委这件事。迷迷糊糊中听到有人喊："快回来!"

突然，我看到舞台侧翼，主持人安特和戴克正在朝我比划手势。

于是我这个没见过世面的大傻瓜，赶紧来了个一百八十度大转身，居然见到评委们也都站在那里。我心想：慢着慢着，好像不大对劲啊，到底发生了什么啊！也太让人匪夷所思了吧。

第一个发言的是皮尔斯。他的原话是："毫无疑问的是，你是我参与这个节目三年来见过的最大惊喜。之前你站在这里，大言不惭地笑着说'我想成为忆莲·佩姬那样的明星'时，所有人都在讥笑你的不自量力。但是现在，再也不会有人嘲笑你了……"

这段话到了我的耳朵里，只剩下"所有人都在讥笑你"。

一巴掌就把我从天上打落到地狱。

这句话不停地在我脑海里打转，至于接下去他又说了什么，我的脑子压根儿就没反应过来。

"这是一场精彩到令人难以置信的表演，非常出色。我尚未回过神来，先听听其他两位的想法?"

第二个说话的是阿曼达·霍尔登："在所有人都不看好你的情况下，你今天的表现实在令我太激动了。我真诚地相信，我们所有人都会反省不该以貌取人……"

我只听见了："所有人都不看好你"。

又是一记重拳。

她紧接着说："我只想说，能够聆听你的歌声是我莫大的荣幸。"

忐忑的一颗心，就像在坐跷跷板。我无法相信眼睛看到的、耳朵听到的这一切都是真的，但我更不想失望。

最恐怖的就是听西蒙的评语了，因为他总是毫不留情地说出真相。他说："苏珊，从你站上舞台的那一刻起，我就知道我们将大饱耳福。我猜得一点儿都没错！"

"噢，西蒙！"我心里的大石头终于落地，他竟然说得那么幽默，毫不苛刻。

"你是头小老虎，我说得没错吧？"他说。

"我也不知道啊，"我含糊地回答着，还傻气地扭动了一下，真希望大家没误会我的傻动作。

"好，我们该决定了。晋级，还是不晋级？"西蒙问另两位评委。

皮尔斯率先表态："我给她评审生涯中最毫无保留的一票支持！"

我又做出了令自己不敢相信的一件事，我竟然又给了他一个飞吻。

姐姐布莱迪后来对我说过她看完电视海选的感想。据说令她最为震惊的，除了当天我的打扮之外，就是我的飞吻表演。我都在想些什么呀？

然后阿曼达说："晋级，毫无疑问！"

剩余不多的理智告诉我，根据比赛规则，获得两票支持就意味着我将晋级下一轮选拔。

“你确定，阿曼达?”我迟疑地说。

然后西蒙说：“苏珊·博伊尔，高昂起你的脑袋，回到你的小村庄去吧，三票支持通过!”

事实上他说了啥我一点都没听到，因为整个剧院又再次沸腾了，胜利的欢呼声巨浪般袭来。我激动得手舞足蹈，像个小屁孩，但随即想起自己还站在舞台上，好歹也该有些淑女的模样，于是赶忙微微屈膝，行了个礼。

不过我的淑女形象也没能保持多久。刚下舞台，我就一把抓来安特和戴克，给了他俩一个熊抱。他们重复着评委们的评语，把我乐得屁颠屁颠的，就像个上下扑腾的溜溜球！他们哪里见过我兴奋成这样啊，不停安抚我说：“好啦好啦，你过关了。”

在编辑这段海选视频时，编导剪去了一大堆我的尖叫声和跑来跑去的画面，但却保留了我那时的瞬间反应。如今回看录像，感觉特别有提纲挈领的意思，准确总结了我当时的心声。

“简直就像在做梦!”

等到我的神志稍微恢复正常了，就被带去录制节目里后来播出的采访段落了。但我肯定又胡言乱语了一番，因为在成功晋级的肾上腺素作用下，我就像个飘在天上的风筝。我说了不少玩笑话，其中一个是：“如果你想买件束缚衣给我，记得买那种上面有粉红色点点的哟!”

终于，工作人员说我可以回家了。我问：“现在几点了?”

那天我很早就进了这栋楼，并且有段时间没靠近窗户了。采访我的女制片人瞅了眼她的手表。

“十二点刚过，”她说。

“半夜十二点？没搞错吧你！”

“怎么了？”她关切地问。

“我都错过末班车啦！”我哀号说。

家里谁都不知道我在这里，而且我也不指望深更半夜地打电话让哥哥约翰来接我，更没敢想象流连在格拉斯哥的街头等候头班车。

“别担心，我找人帮你叫辆出租车，”制作人安慰我说。

“但我家离这儿要二十多英里呢！”我哪儿来那么多钱付车费。

“没关系，我们会帮你给车钱的。”她再次向我保证。

城市的街道在黑夜中安静极了，计程车在去布莱克本的高速公路上疾驶，沿途都没见到几辆车。我不断回想着刚才发生的一切，随着格拉斯哥的昏黄灯火在身后逐渐远去，一种极不真实的感觉在我心里越来越强烈。我恨不得立刻找个人，随便什么人，告诉他刚刚发生在我身上的事，好像只有讲出来，这事儿才真的发生过似的。但是，我已经答应了剧组要保密，也不敢确定出租车司机能否帮我保密。

当车子下了 M8 岔道，进入熟悉的布莱克本街道时，我开始怀疑这一切到底是不是真的。沉闷的关车门声在尤尔街上回响，邻居家的灯一个都不亮。有那么一刻，我真想在寂静中放声大叫：“嘿，你们都给我听着！猜猜发生了啥？我全票晋级啦！”

估计有人会因为被吵醒而朝我扔东西吧，另有些人早就觉得我不太正常了，他们绝对不会相信我。在清晨的寒意中，我瑟瑟发抖地推开家门，打开门厅的灯。电话就摆在那里，几天前从听筒这端我获知要去参加海选的消息时，激动地在房间里大呼小叫的样子就在眼前。比起来这难忘的一幕，刚才成功晋级的场面似乎显得异常遥远。

“鹅卵石”跑来蹭着我的双腿打转，我们进了厨房，我给她盛上晚了很久的晚饭。

我到屋后打开客厅的暖气，让房间暖和些，然后陷进沙发里。终于可以脱掉高跟鞋，动一下酸胀的脚趾头。我已经彻底筋疲力尽了，却还不想上床去睡觉，生怕闭上眼睛再次醒来时，发现这一切不过是一场梦。

吃完晚餐后，“鹅卵石”溜进房间，跳上了我的大腿。

“你绝对猜不到我今天干了些什么，”我轻轻地说，捋着她背上的毛。等到她眯起眼睛进入梦乡之后，我告诉了她今天发生过的所有的事。

结果见分晓

“接下来呢?”第二天我打电话跟布莱迪说了昨天的事儿，她好不容易控制住诧异的情绪，反问我说。

“我得去伦敦跑一回，”我告诉她，“等到选拔半决赛入围者的时候。”

“噢，不不不，你可不能一个人去伦敦!”布莱迪一副警告的口吻。

在刚刚过去的圣诞节里，布莱迪邀请我和我的兄弟乔、詹姆斯、约翰，还有一些她的朋友，去她家吃了圣诞晚餐。那天我穿了件黑色连衣裙，裙子上的银色闪片落得她家到处都是。几杯酒下肚后，当我提起要去《英国达人秀》海选试镜的事儿，他们竟齐心协力地试图打消我的念头。我知道他们是为了保护我的自尊心，但如果当时我真的听进去了，那后来肯定就不会去参加试镜了。而现在，这种充满保护欲的本能又再次冒了出来。我和布莱迪都很清楚，这样的机会纯属意外巧合，但是如果你拒绝去尝试，就永远不知道会发生什么。这个世界上早已有太多人打算毁掉你的前途，你完全没必要自己也这样做。

“我要去，”我对布莱迪说，“如果我不去，他们就没法选上我不是吗？”

“你不能一个人去伦敦，”布莱迪坚持说，“我得给杰拉德打电话。”

当家里好不容易决定了派谁陪我一起去时，我早就打点好了苏格兰的一切，在前往伦敦的路上了。

为了保持节目的连贯，选手必须穿着海选时的衣装，因此我还是金色连衣裙，黑色连裤袜和白皮鞋那一身。我有点后悔当时选了这套衣服，因为二月中旬的刺骨寒风透过金色蕾丝直接吹到皮肤上，把我冷得半死。

一辆出租车把我送到了格拉斯哥机场，剧组会在希思罗机场和我接头。我要做的只是自己上飞机而已。

这是我人生中第二次搭飞机。头一回还是在我三十多岁时，第二次去卢尔德游玩时的事儿。那次我因为太过害怕，竟然昏倒在了飞机上，实在不是什么愉快的经历。不过我可不会把这种糗事告诉《英国达人秀》，所以当他们说会送机票给我时，我表现得就像个经验丰富的旅行者，说，好的没问题。

的确，上台唱歌需要很大的勇气，但和让我上飞机比起来，就小巫见大巫了。

我对自己说：“苏珊，难道你要因为没胆坐飞机而放弃这难得的比赛机会吗？说出去不被人笑死才怪。”

于是，我祷告了几句，深深呼吸，把登机牌递给了空姐。

坐飞机最让我深恶痛绝的一点，就是当飞机离开跑道开始升空时，你会突然意识到你身下空无一物。之后就会好过很多，因为你知道反正人已经在空中，也不能怎么样了。全程我都紧紧抓住座椅扶手，直到飞机触地降落，我才如释重负般长长叹出一口气，就好像一路上都憋着气似的。

半决赛选拔——“结果见分晓日”——也许是整个赛程中最漫长也是最让人伤脑筋的一天。剧组把我从机场送去了一个录影棚，并做了个深度访问。他们问我，晋级对我来说意味着什么，我也不知道该怎么说才对。我从不习惯成为焦点，因此在整个采访过程中都倍感压力。而对付这种状况的唯一方法，就是做你自己，但问题就是，按照我以往的经历，别人对我是一个什么样的人向来就毫无兴趣。

这类访问结束后，另有部分外景是在环伦敦绕行的双层巴士上拍摄的。当我正要上其中一辆车时，有个剧组人员对我说：“不是这辆，你上错车了。”我说好吧。后来在电视上看到节目时，我才发现原来我上错的那辆巴士上，全都是被淘汰的选手。但当时我们对此并不知情。之前我只来过伦敦一次，参观过一间时髦酒店的房间，搭过地铁去维多利亚火车站，因此这次能够坐在巨大的红色巴士上环游伦敦，心情着实兴奋，一路上饱览了各种地标建筑，比如白金汉宫外的纪念碑、议会大厦，还有伦敦眼等。但是说实话，谁也无法真正尽情欣赏眼前的风景。

车上那些面孔，很多都是上次一块儿在格拉斯哥参加试镜的，但我大都认不出来了，在格拉斯哥会展中心海选时那种欢快无忌的伙伴气氛，似乎也不见了踪影。尽管那时每个人也都紧张兮兮的，但却都没把自己的处境太当回事儿，在那里叽叽喳喳谈天说地，因为大家都知道，每个人都有一次上台证明自己的机会。但是在结果见分晓日，既没有表演，也没有观众，没有任何让人分散注意力的东西。我们只是等待着评委的裁决。你不由自主地不停回想自己海选时的表现，当然，能够想起来的也都是那些本该做得更出色的部分。我压根儿就没记起全场起立喝彩的场面，以及评委们的赞许点评，唯一能想起的就是我那因为紧张而微微发颤的嗓音，在其他场合我都唱得比那次好多了。最最可怕的回忆，是我对评委说我想当一位职业歌手。我那时是多么渴望他们能够认真地把我当回事儿，天知道是被什么东西附身了才会做出那种扭来扭去的傻动作啊？

剧组把我们带去了一家豪华的酒店，让我们扎堆坐在一起，然后拍摄大家神情紧张的画面。我们在那里等了很久很久。几个小时过去后，你开始就会想：我才不在乎他们要怎么说呢，我只想知道最后的结果。但是等到他们真的叫到你的名字时，你又觉得哪怕在那间屋子里多坐一会儿也是好的。

和我同组的是两个穿白西装跳迪斯科的小伙、十岁小歌手娜塔莉、头戴平顶帽的矮个子街舞表演者艾丹，还有一个身材粗壮、全身上下只穿了一件斗篷和一条米字旗短裤的男人。你会不由感叹：这是多么奇怪的一组人啊！我们被引入一间房间，本人生平还从未见过这么大的房间，它就像一间宫殿，铺满金红两色的天鹅绒，还有两座华丽的巨型楼梯，就像灰姑娘变身公主时会从上面走下来的那一种。在楼梯下方，三位评委齐刷刷坐在一张桌子的后面，被二十来台围成半圆形的电视摄像机包围着，镜头全部对准一块矩形地毯，我们即将站在那里听候命运的召唤。任何一种表情，笑容、眼泪、尖叫都不会被错过。

我们谁都不晓得评委们打算说些什么。

终于，西蒙开口了："我要告诉你们一个好消息……"我一直屏住呼吸，因为之前见过这类节目的套路，有时候他们会变着法子地玩弄你的期望值。

当他说出我们全都将晋级半决赛时，我还是没能一下子接受这个事实。跳迪斯科的男孩之一将小娜塔莉一把抱起，周围很多人开始互相拥抱。我直立着，就像被钉在地板上。尽管在此之前我从来没离评委那么近过，但还是没有真实感。

"西蒙，我能和你握手吗？"我问道。

他站起身，向我伸出手。于是我走到他面前。直到我的手掌接触到了他的，我才开始相信听到的那番话。

我入围四十强了！我要上电视啦！

我哪里还需要什么飞机把我送回苏格兰啊！我已经飞在天上了。

结果见分晓日是在二月，但是首期节目却要到四月十一日周六那天才会播出。真是一次漫长的等待。我只把结果告诉了家里人，他们听说会在电视上看到我的海选镜头时，就已经跌破眼镜了，更别提还会在半决赛的现场转播时看到我的演唱。我们谁都不敢真的相信这一切，因为当中还要等那么长一段时间，总觉得任何事情都有可能会发生。

而事实上，一切都正常极了。制片人员来过一次苏格兰，拍摄我坐在小山坡上满脸渴望的模样，还让我谈自己的梦想。在此期间，我的生活又重新回复到了老样子。我坐巴士去巴斯盖特镇的乐购买东西，回家的路上，又在特定的路口遇到一群取笑我的小青年，他们以前也这样干过。我练习了一些曲目。我去教堂，唱圣歌，就像以前那样。

四月一日是我的四十八岁生日，那天也和平常没什么两样。没有任何特别之处，甚至没有和朋友一起出去吃饭。我根本没钱做这些。

我用越来越多的时间告诫自己，激动一下就够了，别老指望着这件事。不过每当我偶尔允许自己念想一下即将发生的事情，一种秘密的喜极而泣的感觉就会贯穿我的整条脊椎。

眼看着二〇〇九年的《英国达人秀》第一场马上就要开播了，我实在忍不住了，终于和邻居们谈起这个节目。

“我好期待《英国达人秀》啊，你呢？你会去看吗？说不定你会看到熟人呢，谁知道啊！”

有些人以古怪的表情答复了我。任何一个猜想到我的暗示的人，大概都以为我是在痴人说梦。苏珊就是这副德行！

四月十日是个周五，一位当地报社的记者出现在我家门口，说我的名字上了报纸。很显然，《太阳报》称我为女版保罗·珀特斯，他想知道我对此有何评论。

我有些不知道该如何是好，因为我被告知过不能谈论任何与节目有关的事。于是我决定闭口不谈，就像在结果见分晓那天剧组要求我做的那样，不要让媒体知道。我用几个单词敷衍着回答他。

“是……不是……也许……我不能告诉你……”

越来越多的记者找上了门。他们中的一些耐力惊人，不停敲我家的门，敲我家的前窗。有人甚至转到了后院，敲起居室的窗户，而我那时就坐在里面。

我哥哥约翰打来电话说，报纸上几篇关于节目的报道中提到了我的名字。

“你打算在哪里看节目？”他问道。

“就这儿。”我说。

“你不能一个人看，”他说，“我要来和你一起看。”

“随便你，”我说，“但是有一条你得记住：如果我搞砸了，那就是我搞砸了。你要来就别对我喋喋不休，怎么样？”

后来我们坐在一起，看了这场节目。

有我的那个部分，是整场节目的最后一段。在我几乎都要以为它不会被播出的时候，一段喜剧音乐响了起来，有点像查理·卓别林电影中的那种，然后我就出现了，在荧屏的中央，大口咀嚼着我的三明治。

我的老天啊！我实在不明白，在拍的那么多我的镜头里，他们为什么偏偏选了这段。我忧心忡忡地瞥了一眼约翰，他正对着电视皱着眉头呢，当他看到我扭来扭去那一幕时，神情顿时变成了沮丧。我几乎能够听见他在想什么：“噢，不，苏珊啊，你在干吗！上帝啊，为什么在电视上做这鬼动作啊！”

不过当我开始演唱时，他的表情又起了变化。他微笑了起来，能看出他对自己看到的还挺满意的。

“嗯？”当结束字幕滚动起来，我焦虑地期待着他的看法。

还没等到约翰发表意见，突然有人敲了我家的大门，当我走去开门时，敲门声已经如骤雨般密集。迎接我的，是邻家所有小孩的一片喧哗尖叫。整条街的人全都跑了出来，向我贺喜。自凯尔特人队获得欧洲杯冠军后，这样的场面我还真从未见过。这群小孩就是以前总是嘲笑我的那些，但是现在他们叫嚷着要讨我的签名，还掏出手机给我拍照。我真庆幸约翰此时在我的身边，如果是我独自面对他们，大概就会怀疑这是不是某种精心设计的玩笑了。我在那里又是摆姿势又是签名的，足足折腾了几个小时，终于，人群逐渐散去。我关上房门，给我俩烧了一壶茶。

“总算清静了!”我对约翰说。

就在说话的当口，电话响了起来。

接受采访

我的哥哥杰拉德以前说过，根据他多年来在各种夜店酒吧的表演经历，一夜成名这种事基本就是天方夜谭。我觉得他说得有点道理。正是我人生里遭遇的那些有的没的种种经历，才让我有勇气登上《英国达人秀》的海选舞台。但是如果你仅仅从旁观者的角度来看，我的确是在星期六晚上到星期天早晨的一夜之间成为了举国皆知的人物。

电话响个不停的感觉可真是美妙啊！听起来，我的姐妹和外甥女们都对我的表演激动万分。布莱迪说当她看到我穿着那双黑色连裤袜的鬼样子，真恨不得把我砸扁，不过她马上又说，要是我们的母亲能看到的话，一定会无比骄傲。尽管这样的话早已有不少人说过，但当从一个像布莱迪这样了解我妈的人嘴里讲出来时，那分量就有点不一样了。

“等你出名发大财了，可千万别忘记那双威灵顿雨靴还是我买给你的呢!”挂电话前，布莱迪开玩笑着说。

“等我出名发大财了，你就可以把那双鞋子拿走了!”我迅速回击。

刚搁下话筒，电话又响了，这次是欢乐谷和马场的老板们，说这些年来一直在听我唱歌，早就料到我一定会令评委们刮目相看。打来电话的还有教堂以及托卡塔唱诗班成员。洛琳也向我致电贺喜，说这让她想起了近四十年前在学校里听我唱歌的情景。多年来都不曾见过面或说过话的人们纷纷打来了电话，我这才意识到自己竟然认识那么多的人。这种感觉还蛮不错的。

然后有个记者拿到了我的号码，打那以后，电话就一个接一个再也没停过，全都是记者们打来的。其实我也不想不礼貌地挂断电话，但我必须遵守剧组的指示，不能泄露任何消息。那时没人教过我该怎么应对媒体，我完全不懂该怎么调转话题避而不谈，或是客套地拒绝。我对这些一点概念都没有，而且更糟糕的是，我担心自己一旦说错什么就会被踢出节目。

最后，星期天晚上我把听筒放在了一边，这才上床睡觉。

我住在一个安逸的街区。每天早晨，男人女人去上班，小孩们走路去学校。某个邻居或许会外出修理一下自己的车，水管工或许会开小货车去修个把坏掉的洗衣机，线路员会爬上梯子给谁家装个卫星接收器什么的，总之整个白天，基本上就这些活动。偶尔，也会有辆警车向着马路边的公寓楼呼啸而去，抓走几个毒贩，不过这样的场面我也没亲眼见过。在夏日的周末，远远地就能听到冰淇淋车在叮叮当当。而每当警笛声响起，大家就会把脑袋探出前窗外，瞅瞅救护车是来接走哪个的。媒体距离我们这些尤尔街居民最近的距离，不过是报纸男孩送来的免费当地小报。谁都不可能对世界各地的报纸和电视台的入侵有所防备，就更别提我了。

星期一一大清早，外面就闹腾开了，不知道的还以为是几辆垃圾车一起开来了呢。我躲在卧室的窗帘背后向外张望，一辆面包车停在马路上，车顶上还装着卫星盘。一开始我以为那是辆非法有线电视用户探测车。救命啊！我付过电视许可证的钱了吧？我赶忙放下窗帘，一颗心怦怦直跳。怎么回事啊？有人在拼命敲打我家大门。我忙又向外面张望，街上站满了装备着闪光灯和电视摄影机的摄像师。敲门声也丝毫没有停下来的迹象，要是我再不做些什么，他们一定会把门敲穿的，可我压根儿都不知道该怎么办。马路更远的地方，停放着更多装着卫星盘的面包车。一些邻居已经跑出来抗议了，叫他们别把高速公路堵住。

一些狗仔正在为获得面对我家窗户的最佳摄影位置争执不休。我不敢走出家门，甚至连厕所都不敢去了，就怕看到有记者坐在洗手池里！

节目的制片人对我说过，如果我遇到任何问题，就给他们打电话。我照做了。

“我这里情况不妙，有点失控，”我对她说，“我需要帮助！”

“我们这辈子也从来没见过这样的事情，”她说，“都是因为YouTube①。”

“YouTube是什么玩意？”我问道。

本人唯一知道的“罐子”是司马特罐装巧克力。

“它是互联网上的，”她说。

我知道互联网是一样与电脑有关的东西，可是我从来没用过电脑，根本搞不清楚她在说什么。

---

① 世界上最大的视频网站，“tube”有“罐子”之意，因此下文苏珊才会说到“罐子”。

制片人说她会派人来帮助我。但在这段时间里，我必须只与得到她授权的人交谈。

可问题是，每个敲门的人都自称是被授权的。他们带着所有的器械冲进门来，到处找插座接电源，装起麦克风话筒。还不只是英国电视台，哪里的都有——荷兰电视台，一个克罗地亚的姑娘。我不停地问他们："伦敦知道你们来这儿吗？"

"嗯……"

"你们不该来这儿，因为他们不让我接受采访……"

这些人听不听得懂我在说什么啊？真见鬼！

我不禁有些抓狂了，既不知道该相信谁，也逃不了，因为外面还有一大堆人候着。我的朋友洛琳来陪我待了一会儿，她是巴斯盖特的巴巴蒂酒店的老板，也接受过社会服务工作的培训，因此相当擅长说一些能够让别人冷静下来的话。她刚打算告辞时，又有人敲门了，除了我的老师弗兰克·奎因还能是谁呢！他刚刚在电视上目睹了我家门口的混乱，又知道我有焦虑的倾向，想到这样的我身陷于此类场面，立刻决定过来给我支持。我这辈子见谁都没有这么高兴过！一番倾诉加安慰的谈话过后他也走了，紧接着电视采访就开始了，首先是 GMTV 电视台。

采访我的那个姑娘最后问我，是不是可以帮她签名。

"你要我的签名有什么用啊？"我哈哈大笑着问她。

这天快要结束的时候，一个名叫弗兰奇、人很好的小伙子来到我家帮忙，他是 Talkback Thames 制片公司派来的，另外节目组还在爱丁堡设立了一个公关中心，专门接听各种电话。但是我家外面的人群数量还在持续增长着。我成为媒体焦点这件事，本身竟也成为了一个新闻故事，所以还有人在拍摄那些正在拍摄我的人。

这栋伴随我度过了迄今为止所有人生、并让我感到安全的房子，就这样突然变成了一座牢笼，我被关在里面，而所有的媒体都想把摄像机镜头塞进栅栏里来拍我。

在第一个礼拜中，我做了至少一百五十多个采访。当你把同样的话重复过这么多次之后，基本上你也不会记得自己说过些啥了，更别提该说什么不该说什么了。记者有时总要试着套你的话，你必须非常小心别被绕进去。当我第一次被问到最喜欢的评委是哪个时，我直接的回答是皮尔斯·摩根，那真是大实话。我从来就没掩饰过自己觉得他长得很帅。不过他的名字刚一出口，我就想到：噢，我的天哪，那岂不是把西蒙给得罪了。这可不是聪明的做法哟，所以我立刻又说也很喜欢西蒙·考威尔。

有些时候记者尽问些蠢得要死的问题，比如想让我告诉大家成为焦点人物的感受。看看我焦头烂额的样子吧，难道这还不够明显吗？我的意思是，拜托！全世界的媒体都在我家门口候着呢，这可不是我以前习惯的生活。

第一批电视采访中有一家竟然这样问："你家'鹅卵石'对这件事有什么反应？"我简直不敢相信他是认真的，我的上帝啊，'鹅卵石'她是只猫啊！

"就像一只正常的猫那样反应，"我对他说。

而事实上，"鹅卵石"倒是很明智地避开了人群，撤退到了楼上。家里这么吵闹又这么多陌生人，她肯定被吓坏了吧，不管我怎么引诱她都不肯下来。有那么些时候，我真恨不得自己也能上楼到床底下躲起来，和她待在一起。

起初那几天，我读了家人和洛琳买来的新闻报道。他们管我叫“毛天使”，对我浓密的眉毛的着迷程度丝毫不亚于我的嗓音。我也没在意，毕竟以前其他人给我起的外号还有比这更难听的呢，我早就听习惯了。美貌是肤浅的东西，我向来认为不该以封面来评价一本书的好坏。

不过老实说，看到自己海选时的模样还真是当头一棒。虽然都说电视会让人显胖，但是我可从没意识到我从背后看竟是这么的虎背熊腰！谁都想让别人看到自己最美时的样子，我当然也不例外，但是身处在母亲的奔丧期中，我哪里还顾得上自己的形象。母亲要是看到我这蓬头垢面的样子，肯定会被气坏的，

更让我郁闷的是，媒体报道中把我家人的形象都给扭曲了。人们都爱看灰姑娘的故事，因此媒体们就想当然地把我的生活描绘成“不得不整天待在家里照料生病的双亲”，但是，正如你们现在从我书中看到的，我的故事可没这么简单。母亲去世时已经九十一岁高龄，但是直到生命中的最后一年，她一直都是个自强自立的人。我们彼此照顾对方，她从来都没有阻止过我去做任何我想做的事情。媒体把她说成这样，对全家人来说无疑是一种耻辱，我们对此都极度不满。当然他们不满意的，还有我家门外的疯狂状况。

我在 YouTube 上的点击率越是高，关于我的新闻报道就越是多，而这反过来又增加了我的点击率，于是滚雪球般的，到了周三早上我已经在接受《早安美国》的卫星连线采访了。

我看不到谁在与我说话，但是眼睛却必须注视着摄影机，仿佛它就是在与我对话的人的脸。好在主持人戴安娜·索耶提问的语速

比较慢，让整个进程容易了不少。拍摄时，他们让我站在起居室的玻璃装饰橱前，上面还挂着母亲画的画。戴安娜问我是不是打算改造一下形象。和所有人一起在电视上看到自己海选的镜头时，我就意识到自己非得找个发型师不可，但是我已经忙到焦头烂额了，每天除了把自己弄干净换件干净衣服之外，啥力气都没有了。而且我也没工作，钱也是个问题，不过我已经有所打算，只要能够走出门，马上就去找惠特本的托娜小姐面谈。我以为戴安娜·索耶就是这个意思，因此我说是啊，我也想改头换面一把，把自己打扮得美美的。但让我没想到的是，这个回答竟然引发了一场全球规模的争议。报纸的栏目纷纷讨论，我到底是该换造型还是继续保持老样子，他们咨询了世界顶级的发型师和整形医师，甚至还给出了改造效果图，来显示改头换面后我将变成什么模样。我的侄女们在乐购收银台结账时都听到路人在讨论这个话题。

那时我还没有电脑，也不知道每当媒体上出现一条讥讽我的评语，底下就会有不少人跟帖回复，表示对我的支持。在网络上，我的粉丝越来越多。我不知道这个世界上有多少人因为被感动了才如此铁杆地支持我，我想对他们说声谢谢。

我每天都会收到纷至沓来的卡片、礼物以及各种鼓励的信息，这些来自素不相识的人们的问候，有些让我快乐得如沐春风，有些让我羞愧得无地自容，偶尔也有一些会让我笑掉大牙，比如一张当地小混混送来的祝福卡上写着：“保重身体……否则……！”

在采访中，有一个话题我谈起来总是信心十足，那就是我的信仰。它一直以来都是我生活的支柱，力量的源泉，给予我在这个动荡世界中生存下去的信念。我一直相信，只要你把上帝放在生活的首位，上帝就不会置你于不顾。我收到过一封信，让我感动极了，它来自苏格兰天主教枢机主教大人基思·帕特里克·奥布赖恩阁下，信中还附有一张主教大人与教皇约翰·保罗二世的合影。信中，主教大人表达了对我排除万难坚持去教堂参加仪式的行为的赞赏。他在复活节后的星期一的报纸上读到，我在复活节星期日去了惠特本的教堂，而没有去一直去的布莱克本的卢尔德圣母教堂。但狗仔队也一路跟踪我到惠特本，只要能拍到照片，这些人哪里都会去。在这个特殊的时刻能够得到主教大人的支持，让我感到无比欣慰，这张卡片也是我最经常挑出来朗读的，它给我一种脚踏实地的感觉。

对我来说，教堂一直都是一个平静安宁的地方，尤其是在那最开始的几周，它更成为了我的避难圣地。在教堂里，我那突然变得错综复杂的生活，似乎重又恢复到简单的状态，令我能够全身心投入自己人生中最根本最重要的一件事——对上帝的爱。我始终知道，上帝是爱我的，并将我视为一个独特而有价值的个体。正因为对此坚信不移，我才能够在人生的那些艰难时刻依然向前迈进。

那时我都不知道网上有那么多宗教博客，不过从收到的一些卡片中，我知道有很多人宣称因为我而获得了启迪。我一边努力地去了解这段时间发生的一切于我的意义何在，同时也在好奇是否这一切都出于上帝的安排，以我作为工具向所有人展示：再貌似不济的人，也有他的存在价值。满口假牙、蓬头垢面的四十多岁未婚老姑婆，从来就不是会被我们的社会所待见的人，如果这样的我也能成功，那么还有谁不可以！

就在大家都对我产生兴趣的时候，一些其他的东西也在网络上冒了出来。有人发布了一张千禧年的 CD，于是所有人都能听到我唱的《泪流成河》；另有人则找到了一段我与迈克尔·巴里摩尔试镜的视频。不过最令我吃惊的还是有天晚上我正在家里看《十点夜新闻》，竟然看到了自己在演唱《我不知该如何爱他》，那是一段粗颗粒画面的家庭录影带，拍摄于二十多年前，是我在父母金婚纪念日上的表演。

我喃喃道："见鬼了，这是怎么回事啊？"

立刻给杰拉德打电话。

"他们到底是从哪里搞来这个的啊？"我问他。

"肯定是哪个亲友把它放在了 YouTube 上，"他回答。

一些我从来没见过的专栏作家和学者，也纷纷开始用各自的理论来描述我。甚至那类时髦的精英报刊也参与了进来，比如《泰晤士报》把我称为"普通人和劳苦大众的复仇力量"，《卫报》则提出了这样一个问题："到底丑陋的是苏珊·博伊尔，还是我们？"

有些报纸甚至还把我生活中的一些小细节都给搞错了。有一张漫画上画着身穿金色连衣裙的我和我家"鹅卵石"，他们把"鹅卵石"画成了一只花斑猫，可事实上她是黑白色的呀！

打看到这张漫画起，我就想：我再也不要看这些东西了。因为所有的差错都让我开始有点恼怒。身陷于这样一种缺乏真实感的处境会让人很难记得自己是谁，如果你再尝试去摆脱那些贴在你身上的标签，那就更难以保持自我了，更何况，贴在我身上的标签可比覆盆子果酱上的还要多得多呢！

我知道有很多害羞的人都渴望出名，他们以为那样就不需要主动走出去与人讲话了，因为别人都会走过来与他们交谈。我曾经在一个访问里说自己再也不会感到孤单，就想说这个意思。然而那时我不知道的是，名声会给人带来另外一种孤独，关于这一点请容我稍后再谈。

总而言之，这是一段混乱无序的日子，不过也让我无比享受，经常会出现一些搞笑的时刻。

我的海选在四月十一日晚上播出，不到一个礼拜，我就出现在了《拉里·金现场》中，这是美国最具影响力的电视节目之一。和我连线的不是别人，正是皮尔斯·摩根本人。

为了以防万一，所有电台或电视的“现场”直播里都会预留三十秒钟的延迟，但我那时并不知道。当时我的胸口别着一个麦克风，肚子里却翻江倒海了起来。通常这意味着两件事：要么你消化不良，要么就是你即将面对某个消化不良的后果。我端坐在扶手椅里不能动弹，因为麦克风的电池连线装置在后面。正当大家一起开始倒数，数到最后一秒直播即将开始之际，就在那一瞬间，我知道自己憋不住了。

是静悄悄的那种吗？如果真是就好了！它听上去就像混凝土搅拌机那么轰隆作响。

我听见拉里·金说：“这是什么鬼东西？”

然后响起了皮尔斯熟悉的声音：“恭喜你，苏珊——史上第一个横跨大西洋的屁！还好我们有三十秒钟延迟，你运气不错啊！”

当然，这段插曲在采访中被剪掉了，不过当镜头对准我时，我憋笑憋到整张面孔都粉红粉红的，就像一个甜菜根！

也就在此时，皮尔斯向我发出了晚餐的邀请。

“我接受！”我毫不犹豫地脱口而出。

改头换面

“大家都知道自己该干吗了吧？”

我们三个人站在门厅里。我和我的两个金头发外甥女，乔安娜和帕梅拉。我们都穿上了夹克，整装待发。

“再过一遍流程。”乔安娜压低嗓门说，以防有人在信箱藏了麦克风偷听。

“苏珊和我坐我的车，知道了吗？我们是第一辆车。”

我们在规划一个出逃计划。乔安娜太有条理了，我简直希望她能立刻做出一张用箭头标示行动路线的示意图。

“你开车紧跟在我后面，没问题吧？”

帕梅拉点点头。

尽管两个外甥女都三十多岁了，不过此刻大家心里都七上八下的，好像是在学校里共谋逃课的小孩似的。

“你务必要紧紧跟在我的车后，不允许任何人插进两辆车当中，懂吗？”乔安娜补充说，同时从手提包里掏出了手机。“我现在打个电话给你，通讯线路是通畅的，对吧？”

房间里先是出现了片刻的静默，然后帕梅拉的手机铃声响起，大家都跳了起来。一时间紧张的气氛被打破，我们都格格地笑了起来，这情况也太滑稽可笑了。

"等会我把手机放在前座上，当我准备行动时，我会喊'出发!'然后我发动车，你也发动车，跟紧我，把他们全部堵在后面，明白了吧?"

"明白，"帕梅拉回应道。

"大家都准备好了吗?"

乔安娜的目光扫过我们两个。我们点点头。她把手放到弹簧锁上。

"数三下……"她说。

"我们就像是在《十一罗汉》电影里，"帕梅拉说。

"就像是在《越狱》里，"我加了一句。

"苏珊，你准备好了没有?"乔安娜再次向我确认。

我点点头。

"记住，不要对任何人说一个字。车就在街角，我们直奔它们过去，明白吧? 一，二，三!"

她打开房门。

没有亲身经历过的人，是无法想象走出去站在全世界媒体面前是什么样的状况。首先，照相机按快门时就像高速机枪在扫射，闹腾得不得了。然后，还有能把人照瞎了的闪光灯和弧光灯，让你根本看不清自己在往哪儿走，而且即便你能看见，在所有人的层层包围之下，你也会认为自己完全动弹不了。任凭谁第一眼看到这种人墙，都会以为自己走不出去，所以本能的反应就是撤退到安全区域。但是逐渐你会领悟到，其实他们并不想挡住你的路，因为他们已经拍了足够多的你家大门的照片了。事实上，他们巴不得你去做些什么事儿呢，所以如果你看上去正在移动，他们就会给你让路。当你跨出第一步时，所有人一起向后退开，此时人群宛如一个有生命的整体，而不是一群个体的集合。再然后，他们就叫喊上了。

“苏珊，来这边!”

“苏珊，你要去哪儿啊?”

“苏珊，你现在感觉如何?”

我也不晓得我们到底花了多久才走到车前的，甚至当我们坐进去关紧车门后还是没啥安全感，因为引擎罩上都爬满了举着照相机的摄影师。

如果说走出家门需要决心，那么发动引擎，把脚踩上油门板，让车子朝着一堆那样的人群前进就更是需要钢铁般的意志了。我可没这种本事，不过好在我也没学过开车，所以就听天由命吧。

摄影师们向四处散开时，乔安娜朝着手机大叫：“出发，出发，出发!”

她从后视镜中看到帕梅拉的车紧跟在我们后面。但紧随帕梅拉车后，一堆汽车猛地关上车门，尖锐刺耳的轮胎声一片，媒体们争先恐后地朝我们追赶而来。小区的马路上都装有减速坎，因此这场追车大战还没那么惊心动魄。更幸运的是，路上还停着很多车，因此他们也没法超车拦截我们。在小区边缘，我们右拐后朝着另一条瓶颈小道加速而去，那是水沟上的一座小桥，接下来只要再来一个右转，就能驶上主干道。我们等在转弯口，必须瞅准一个车流的间隙，能够让我们和帕梅拉这两辆车一起转过去才行，不然整个计划就会泡汤。在乔安娜果断发动汽车向大路冲去之前，我们都提心吊胆着。

座位上的我转身看向车后窗外，只见在帕梅拉的车后，追兵们纷纷跟着她急速转弯，试图超车。

“情况不妙！我挡不住他们！”她在电话那头大喊。

交通信号灯就在前方不远处，但是我们还是没能赶上在绿灯结束前穿过去。

“我们要不要冲过去?”乔安娜问道。

“不!”我喊道，“这样会让大家都送命的，也太不值得了。”

我们停了下来。大队车辆也在我们后面逐渐停下。帕梅拉好不容易保持住了她原来的位置。

“等会绿灯时，你们就管你们走，我不动，”她不动声色的话语从电话中传来，“希望你们能够争取到足够的时间摆脱他们。”

尽管我着实担心她的车屁股会被媒体车辆撞歪，但不得不承认，这是个伟大的主意。我都能听到那些车正发动引擎蓄势待发，就像一群嗷嗷直叫的公牛。

奇迹发生了，第二阶段的方案收获了神效。信号灯刚刚转绿，乔安娜一踩油门，我们向通往惠特本的大马路疾行而去。而帕梅拉则原地不动，把媒体的车子全部都堵在了后面。我们在发廊门口停下，走出车门时，感觉就像是回到了正常的一天。

我们眯起眼，顺着高街往来路看去，几乎不敢相信真的已经摆脱了追兵。

“赶紧！进去再说!”乔安娜催促我走进托娜小姐的店里。

“苏珊，见到你真高兴!”老板黑兹尔向我打招呼，“你来的时候没遇到啥麻烦吧?”

我所有的肾上腺素和紧绷的神经，就在这一瞬间突然化成了一阵狂笑。其他客人纷纷朝我们看来，以为我在发神经。

“你在哪里?”乔安娜正在与帕梅拉通电话。

“我带着他们绕回去了,”帕梅拉说。

“他们现在都跟着你?”

“貌似是的!”帕梅拉说。

“干得漂亮!”

“你们这下可安全啦,”帕梅拉说,“可是我现在该拿他们怎么办呀?”

此刻，我那可怜的外甥女正带着一长串尾巴在惠特本的大街小巷里兜圈子呢，而且她还不能回自己家，因为这样媒体就会知道她的住处，然后就要在外面安营扎寨了。又过了一段时间，跟着她的那堆人意识到他们其实是绕了一圈又一圈，于是终于消停，不再跟着她了。

将我安全送抵目的地，乔安娜也算大功告成，所以她也走了，并安排好晚点让帕梅拉再来接我回家。而我则留下来享受一个美美的轻松午后，给头发染点颜色，修剪一下眉毛之类的。事实上，这可没那么“轻松舒服”，痛起来的时候我就像个婴儿那样哇哇大叫。

然而没过多久，就有一家报纸追踪到了我这里，天晓得他们是怎么找到的。走进来的是个年轻女人，从她身上穿的衣服以及其他客人看她的样子，很明显她绝不是当地女孩。我正坐在椅子上烫头发呢，她在我旁边的椅子上坐下。

“你是哪家的?”我问她。那时我已经学聪明不少了。

“我是《太阳报》的，”她回答。

“伦敦那边知道你在这儿吗？”我问她。

“还不知道，”她承认道。

“好吧，你也应该知道我不能接受你的采访，”我说。

为了遵守规矩，她离开了，也再没有其他人进来。在那个下午剩余的时间里，我和黑兹尔开开心心聊了会儿天。我就像一只被圈在层架式养鸡笼里的小鸡，此刻突然能够走出去放风，那感觉实在是好极了。

等我弄好了，黑兹尔就给帕梅拉打了电话，她把车开来，停在了外面。可正当我顶着一头挑染的漂亮红发，脚迈出发廊大门时，砰！闪光灯又亮了起来，追逐再次开始。我撒开腿向车子跑去。

幸运的是帕梅拉还带着她的儿子，不知道为什么，媒体都是不拍婴儿的——也许是法律不允许——于是我们再次逃走了。

你绝对想不到第二天早上报纸上的头条是什么。

“为我染发成河！”[①]

---

① Dye Me A River，借用苏珊的歌曲“Cry Me A River”来调侃她。

伊芙

就在一个苏格兰布莱克本小女人正在学习与各种阴谋诡计打交道的同时，在世界的另一端，另一个苏格兰姑娘正饶有兴致地关注着她的进展。

在此之前，伊芙·伯内特和我的生活轨迹截然不同，尽管我们都是苏格兰人，都出生于平常的家庭，而伊芙的女中音歌唱家嗓音与我的音域也大致相当。然而，在我还身处于西洛锡安烟雾缭绕的小酒吧和俱乐部唱歌时，伊芙却已登上世界上最雄伟的歌剧院舞台引吭高歌。那时我还唱着《温柔地杀死我》，而她唱的却是《卡门》。在正常情况下，这样的两条生命轨迹是不会相交的，但是处处诞生奇迹的《英国达人秀》却让我们彼此相遇。

歌剧院公司的巡演任务无疑是异常繁重的，因此当伊芙生完小孩之后，就再也不愿意老是出门演出三个月不回家，于是她决定改行做培训。如今她正与西蒙·考威尔的几个歌手一起工作，或许你早就知道她是《英国偶像》的声乐教练，在选手表演之前播放的录影带中她会对选手评价一番。她同时也是《英国达人秀》的声乐教练。

当苏珊·博伊尔火山刚刚开始爆发时，伊芙正在美国度假。突然之间，无论你何时打开电视，总能看到我穿着金色连衣裙的镜头。全球最大牌的电视明星奥普拉·温弗瑞采访过我，霍默·辛普森也提到过我的名字，无处不在的我让大家躲也躲不掉。也就是在那时，伊芙突然记起自己的行李箱中还带着功课——一张《英国达人秀》节目组送来的DVD，里面记录了所有她即将为现场演出进行声乐辅导的歌手资料。于是她取出这张DVD，从所有将在半决赛上演唱的歌手资料中，找出了我那未经剪辑的试镜视频。想到马上就会与这个所有人都在谈论的女人会面，她感到相当兴奋。

与此同时，在苏格兰的我又开始变得神经兮兮。眼看着日子飞也似的过去，离我去伦敦参加声乐培训的日期越来越近。搭飞机已经够让我惶恐的了，但是即便我能在这件事上幸免于难，我竟然还要去见那个曾经在电视上看到过无数次的女人，而她总是说着类似这样的话："这是一首宏大的歌曲……我知道她的嗓音条件没问题，但是问题是，她有没有能力控制住自己的紧张情绪？"

当伊芙在Talkback Thames制作公司位于伦敦市中心斯蒂芬大街的办公室等着跟我见面时，她以为自己要见的是一个大大咧咧、疯疯癫癫的人，而结果迎来的却是一个笨手笨脚、不知所措、羞答答的女人。那时我以为我是要见大名人的那个，现在回想起来没准伊芙也是同样的想法呢。

我忧心忡忡地直接告诉她，我学东西慢得很。

"但愿我不会让你失望，"我说。

伊芙吃了一惊，但她答应说我们会从最基础的部分开始，直到我适应了再一步一步往前走。

一开始，她就向我解释了掌握基本歌唱技巧有多么重要。

“如果你有基本声乐技巧，那么你就能把焦虑藏起来，”她说，“如果没这些基础，你就会露馅。”

“那好吧，”我说，“我们就试一下喽！”

尽管早在十年之前，弗雷德·奥尼尔就曾经训练过我的呼吸，但是几年之前我就不练了，之后那段时间就染上了种种坏习惯。当伊芙要求我唱一些音阶时，我就像所有人那样提着肩膀吸气。但是如果你想成为一位职业歌手，就必须学习用横膈膜来呼吸，那样才能吸入更多的空气。

伊芙使用的教学方式是让我想象一只浮在喷涌而出的水柱顶端的乒乓球，那乒乓球就是你的嗓音。要是喷涌的水流非常强劲，那么即便什么都不做，乒乓球也会在水柱上快乐地顺势弹起，但如果你的水流时缓时急，那么乒乓球就没法保持平衡，一会儿高一会儿低。我发现把这些东西变成视觉非常管用，当我们开始进行练习时，我能够立刻从胸腔中体会到伊芙在说什么。

我们一起做的第一件事儿就是，完全放松肚皮上的肌肉，发出“Vvvvvvv”的声音，一开始只是几秒钟，然后试着让它保持更久一些。我立刻就感觉到了其中的差别。

“这真是棒极了！”我颇为诧异地对她说。

我本来已作好吃苦训练的准备，但没想到自己居然也挺享受的。回家后我照着她教我的方法练习，等到第二周我再去上课时，伊芙似乎对我的进步也很是欣喜，这令我也非常兴奋。我竟唱出了一些我都不知道自己能唱出的音调。

伊芙说我进展神速，因为有些歌手要几个礼拜才能全部领会，而我就这样做到了。

“你还说你学得很慢呢！”她说，“那这怎么说？你学唱歌一点都不慢。”

“是啊，”我承认，“一碰到唱歌，我似乎就明白该做些什么。”

当你能够控制呼吸之后，就能为你的嗓音增加色彩与情绪了。伊芙又解释了几种不同的发声共鸣，以及如何用嗓音中不同的部分来演绎几类特别的歌曲，但是发声时都应该保持流畅，让一切都融为一体。

为了帮助学习，我们进行了一个叫做“小猫咪”的练习。你让自己的嗓音像警笛那样沿着音节上上下下，但要非常非常轻。一项练习做得越多，你发声器官的肌肉就会产生记忆，经过一段时间之后，你就能够不假思索地唱出自己想唱的东西来。换作以前我绝对唱不出像《野马》（“Wild Horse”）那样的歌，因为你需要把嗓音飙到最高，却又不能放声高歌。而现在我能唱出来了。

每次我都很期待上课，这不仅仅因为唱歌本身。我和伊芙能产生绝佳的专业上的化学反应，但她同时也是我在电视领域遇到的第一个让我觉得像是朋友的人。皮尔斯·摩根通过卫星连线向我表示了友好，不过我还没和他本人碰面呢。弗兰奇人也不错，就是那个在苏格兰陪伴我一起度过最初几周的电视公司的小伙，还有节目制作组的人也都很有效率，但是我们到底还是生活在不同世界的人。他们不知道我是从哪里来的，我对他们繁忙的大都市生活也丝毫不懂。

眼前的伊芙是个很有吸引力的女人，穿着昂贵的衣服，迷恋红色鞋底的高跟鞋，她告诉我那是克里斯蒂·鲁布托的鞋子，就像我会知道这是什么意思似的。尽管她时常出没于上层圈子，与莎拉·布莱曼以及安德鲁·洛伊·韦伯这样的人物打交道，但是她依旧植根于她那平凡的苏格兰背景，她能了解当整个世界突然造访你家大门时是多么艰难，并引起共鸣。伊芙是家里唯一的孩子，而尽管我来自一个大家庭，但是其实我的成长经历与独生子女没什么差别。对我们两人来说，各自的母亲都是自己生命中最为重要的人，而这个认识立刻让我们有了共同语言。

第一次与伊芙见面那天，我大约中午到的，我们被互相介绍给了对方，就在刚开始尝试着交谈时，我注意到她瞥了一眼手表。

“我想给我的母亲打个电话，不知道你会不会介意？”她充满歉意地问我。

“你打你的，”我告诉她，“母亲是第一位的。”

伊芙严肃的职业面孔放松了下来，她微笑了。

“因为她行动不便，住在老人看护所呢，”她一边按手机按键，一边解释说，“护工会让她坐上轮椅去吃午饭，你知道的，这时她才能够来接电话。”

我无法确定伊芙是希望我出去呢还是留在房间里，出于某种折中我望向窗外，看着下面狭窄的街道，做出没有在听她讲电话的样子。我能从她热情的嗓音中听出，她和她妈妈的关系一定亲密极了。

等她说完，我问她，她妈妈现在在哪里。她说她妈妈住在一家离她的房子一英里的看护所里。我提起了自己的妈妈，在她生命的最后一段也同样卧病在床，我说了因为想自己照顾她，我还去学了护理的课程。对于一段专业上的合作关系来说，进行这么私人的谈话有点为时过早，但却让我们两人建立了特殊的纽带。

打那以后，伊芙常常在我们上课的时候给她妈妈打电话，有时候她会让我在电话里同她母亲莫莉讲话，因为她也喜欢听我唱歌。

“现在我们要继续上课了，”当我们挂断电话后，伊芙就会用老师般严格的口吻说。

“母亲是第一位的，”我总是这样回答。

这句话也成为了我们两人私下交谈的常用语之一，而正是这些小句子逐渐造就了我们两人友情的基础。

半决赛

等来等去，总算是等到了头。

从我的海选第一次在电视上播出至今，已经五个星期过去了，而在这段时间里我的生活也发生了改变。我只能用一个比方来描述我的感受，那就是一只“毁灭之球”重重砸毁了所有我已知的东西。

尽管我睡觉向来都不那么踏实，不过每次察觉自己就要进入短暂的无意识空白状态时，我还是会立刻醒来，为自己依然身处在熟悉的童年卧室而松了一口气。没错！这些不过都是梦一场！然而紧接着，各种各样的声音就传了进来：邮递员吱呀一声推开大门，走到我家门前；狗仔队蓄势待发的“呼呼”电动马达声，他们正打算冲来抢拍我穿着礼服的模样；成百上千的信件，在垫子上“扑哧扑哧”作响；电话锲而不舍地“滴铃铃”响个没完没了，它以前可从没这样过（之前从没有人在晚上六点之前给我打过电话，因为六点后话费更便宜）。我不是在做梦。

以前我从来没有躺在床上考虑过我该如何去感受，不过近几周我的脑子却乱得炸开了锅。报纸已经在预测我到底会赚多少个百万，但我却还在为着适应这些天文数字而苦苦挣扎。每次我走出门，总能遇见穿着印有我头像的T恤的人们。尽管我的衣服一丝不苟得就像一个即将嫁入皇室的候选人，但其实我理解中的奢侈品牌是多萝西·帕金斯[①]。我花了一辈子时间来发掘自己究竟有什么特长，都以失败而告终，如今街头巷尾却在传我要去美国为刚刚当选的奥巴马总统演唱。当然，我还是挺享受现在的自己的，但是这一切实在太不真实了，让我不敢相信我正在经历着的这一切。

我不过就是唱了一首歌而已，而现在那么多人都说他们爱我。我到底是不是他们以为他们了解的那个人？一个才华横溢，但却没碰上机会施展的人？或者我只是恰巧撞上了天大的好运气，而且这种好运随时都有逆转的可能，尤其在当我开始相信它之后？

作为一个直肠子的人，我发现假装不知道自己是否会进入半决赛还真挺难的，尽管整个世界似乎已经认定我胜利过关是个事实。

“一小步，一小步来嘛！”每次被问到前景时，我都这样回答。

公布结果的那期节目总算在电视上播出了，我感到极大的欣慰，至少现在我可以承认自己进入半决赛了。但如果当时我以为舆论轰动就这样平息了，那我可又要犯错了。

我是个一碰到压力就思想负担特别重的人。当需要处理过多信息时，我的脑子似乎就没法像别人的那样运行过滤系统，什么东西应该担心，什么又不要紧，这些我好像总是弄不清楚，于是这些乱七八糟的东西就统统排列在我的脑袋瓜里，直到把所有的空间全部占据。

---

① Dorothy Perkins，英国零售巨头Arcadia集团旗下的中端流行女装品牌。

在这个突然之间所有事情都变得陌生的世界中，剩下唯一让我感到熟悉的，就是我的宗教信仰。一直以来我都相信，如果你把自己交付于上帝之手，上帝就会好好照看你。在对圣母的祈祷中，我亦看到了显露出来的虔诚的真相，坚定的信仰就像纯净、清凉的圣水，洗涤着我的心灵。

一开始就主动帮助过我的、我以前的老师弗兰克·奎因，成为了我的好朋友。他自己也是一位虔诚的天主教徒，在我俩关于信仰的一些谈话中，我感到自己与真切要紧的东西重聚在了一起。就像以前上学时他在班上做过的那样，他鼓励我要相信自己。

教堂以外，另一个能够让我心灵宁静的时刻，就是在我唱歌的时候。从读小学时那几段最早的记忆起，唱歌一直以来都能为我的心灵带来平静。去伦敦参加声乐训练的那几周，每次我都会被龙卷风般的狗仔队追赶着上路，再追赶着回家。与伊芙一起在房间里唱歌的那几个小时，就是龙卷风的风眼。

几个月之后我遇见了安迪·斯蒂芬斯，就是后来成为我经纪人的那个人，他对我说了一些很有道理的话，当时我就有了让他来好好照看我的念头。

“苏珊，你只能自己下定决心，不让任何事情改变你，但是你没法控制别人如何对待你。”

他说出的正是一直以来令我非常困扰的一个问题。有些以前从来没有注意过我的人，突然间变成了我的好朋友。我的家人也没有改变他们长期以来对待我的方式——我依然是那个孩子样的小妹妹——但其实这也是有问题的。我的两个哥哥约翰和杰拉德，都向我表达了他们认为我参加电视秀有点屈才的看法。尽管我也知道他们都是为了我好，希望我能够从自己所获得的关注中受益——我们谁也不知道这种关注会持续多久。但是他们不该在媒体上发表那些评论，因为没人会像他们为我想那么多，那时媒体已经再也找不出新的视角来讨论我的大变身了，而我哥哥的评论又让他们再次嗅到了可供争议的话题。无论发生什么我绝对不会离开电视舞台的，因为我知道，这是改变我人生的机会。我也不想要惹恼西蒙·考威尔，但我最不愿意的就是引起自己家庭里的纷争。

之前的表演训练这时发挥了作用，帮助我隐藏起内心的混乱，但是我的一些朋友和家人还是看出了端倪，都为我提心吊胆。他们从过去的经历中知道，每当我开始变得安静，这常常就是暴风雨即将来临的前兆。有人建议说，最好有人陪我去参加半决赛，但是一说到这个人应该是谁，大家也都没有了主意，因为他们谁都没去过伦敦，那无疑就是瞎子给瞎子带路。我感谢了所有人对我的关心，决定还是自己一个人去。

当我终于抵达温布利广场酒店，关上房间的门之后，我突然明确地感受到，自己正站在人生新篇章的起点上。我在这儿，在伦敦，独自一人，完全凭借自己的努力。或许这也是学生们第一次迈进大学校门时的感受吧。我把衣服全部挂进壁橱，在床上蹦跳了几下测试其舒适度，然后又去检查了浴室里免费的洗发水和护发素，心里顿时生出一股无比强烈的独立感，那感觉美妙极了。我终于离开了家，来到了这座雾都。是的，这的确有点吓人，但每当感到一丝恐惧的战栗时，我都会努力去回忆弗兰克·奎因一直跟我说的那句话：

“苏珊，相信你自己。你的故事要由你自己来书写。”

第一个晚上，我的侄女柯尔丝蒂来酒店找我喝了一杯。酒吧挺安静的，正好让我们可以好好地聊一下。我用眼角余光扫了一圈，发现有些人已经认出我来了。终于有个男人鼓足勇气走了过来。他告诉我他和他的妻子都在为我加油，我听了很开心，并为此感谢了他。其他时候我们都没有被打搅，事实上，在酒店的第一晚可比这几周以来我待在布莱克本的家时安静多了，最愉快的改变就是没人知道我在这里，因此不会被打搅，因此晚上睡得格外香甜，晨起时心情愉悦。这是我独立新生活的第一天，而夏天也早早地来临了。下楼安安静静地吃了一顿早餐后，就有车来接我，把我送去了附近的录影棚。

作为一个热爱散步的人，我其实并不是很乐意坐车到处跑。步行是了解新环境的一个好方式。尽管那时我已经来过伦敦好多次了，但是我对这座城市的熟悉程度其实和第一次去卢尔德时也差不多。从机场驱车前往市中心时，一路能看到很多美丽的公园，上次参加结果见分晓的录影来这儿还是二月份的事儿，彼时树木上只有光秃秃的黑枝，如今却已长出了鲜亮的绿叶，开出了柔软的粉红色花朵。我真希望能够在美好的花海夹道、碎石路面的大街上走走看看，或许还能扔块面包给湖上的野鸭。

温布利一带并没有大片绿色的空间。酒店很靠近温布利体育馆，周围区域都是为了配合温布利体育馆的各种活动而设计的。当没有演出或比赛时，这儿就是一块被遗弃的城市景观。坐在开了空调的车里，我伸长脖子，去看那跨越在巨大灰色体育馆顶端的银色拱桥，注视着这座空荡荡的钢筋巨物在刺眼的阳光下闪耀着光芒。

很显然，我应该在半决赛中演唱《回忆》（“Memory”），因为这首歌与忆莲·佩姬有很紧密的联系，而她正是我宣称希望模仿的歌手。我欣赏的不仅仅是她的嗓音，更是她赋予歌曲的个性。还有个小小的理由就是这首歌是歌剧《猫》中的一首，而如今整个世界都在为“鹅卵石”疯狂，因此也为这个选择增加了一些乐趣。

第一次在电视录影棚中唱这首歌时，我注意到有人来了，还在背后看着我，于是对自己说：“苏珊，你要镇静！”

我肯定是激动过头，产生幻觉了，因为那人看上去好像不是别人，正是安德鲁·洛伊·韦伯。而事实上我并没有出现幻觉，的确是安德鲁·洛伊·韦伯男爵来听我唱他写的歌。当被介绍给他时，我全身都在发抖。早在七十年代早期，我第一次听到《耶稣基督万世巨星》开始，他就成为了我生活的一部分。不管接下来还会发生什么，我激动地心想，我总算是见过自己的一个英雄偶像了，这是谁也没法从我身上拿走的。

回到酒店时，和我一起参加半决赛的其他选手，他们不像我需要飞那么远，也陆陆续续来了。我们这群人的出现，又把成群的狗仔队给招来了，于是酒店大堂就变得拥挤起来。

我们是一个大杂烩：舞台上的尼克·赫尔就像是从恐怖电影里走出来似的，但生活中的真人却是意外的寻常；一个身段柔软的名叫茱莉亚·奈登科的肚皮舞娘；那两个跳舞的小伙子叫做“迪斯科之脸”，他们在结果见分晓日那次和我是一组的；达斯·杰克逊，他将达斯·维达和迈克尔·杰克逊结合于一身（这可只有在《英国达人秀》里才有!）；苏·孙是个演奏古典音乐的小提琴手，他们说服她放弃了她的伙伴表演独奏；小女孩儿娜塔莉·奥克瑞也是和我一组的，上次我们一起被告知进入了半决赛；当然还有“多样舞团”。因为我们将是第一批去接受大众投票评选的选手，因此大家彼此间的竞争感并不那么强，更多地觉得“我们都是同一条船上的人”。现场直播和录播是极其不同的，因为你只有一次机会——做错了你也不能重来，因此最要紧的就是保证不出错。

第一眼见到自己的更衣室的感觉很棒，因为门上千真万确地贴着你的名字，镜子四周绕着一圈小灯泡，就和《一个明星的诞生》里一模一样。等到助手一关上房门把我一个人留在屋子里，我就抑制不住心头的喜悦跳起了我自己的小小热身舞，每回我激动到不行时都会这样。当设计师带着为我度身订做的礼服敲开门时，我感觉自己就像一个站在试衣台上的小姑娘。那时我的身材比现在更魁梧些，裙子里面还有小小的胸托，我不知道该怎么样才能把自己塞进去，但这到底是为我度身订做的，穿上后衣服紧紧地贴在了身上。当我朝着镜子端详自己时，镜子中那个时髦的女郎也朝我咧嘴一笑，她穿着古铜色的锦缎长裙，还搭配着古铜色的鞋子，我几乎不敢相信那是我自己。

梳妆打扮并不只是穿上一套好看的衣服而已，那简直就是让你变成另外一个人。在等候排练穿第一条裙子的演出时，我觉得自己不再是那个扭来扭去的小妇人苏珊·博伊尔了，而是表演者苏珊·博伊尔。不幸的是，当我那穿着美丽的古铜色高跟鞋的双脚刚刚站上舞台往前走时，就一路滑了下去，那优雅的形象或多或少被破坏了一点儿。还好我最后总算站稳了，即便不能算是最优雅得体的入场，不过反正也只是排练而已，但把在场的人都逗得哈哈大笑了一番。

我是最后一个出场，因此在那些排练的日子里，大段大段的时间我都是在更衣室里等着他们叫我。一般更衣室都有隔音墙，这样你在里面练声时也不会影响到别人，而且基本上也都没有窗户，因为谁也不想让别人看到或是被相机拍到。待了一段时间之后，人就会感到有点缺氧，还有幽闭恐惧症。有时候我就在后台走廊上来来去去地走，看看能不能找谁聊个天，不过拍摄组人人都戴着耳麦以接听导演的各种指示。而其他选手尽管在遇见时都很友好，但他们也要准备自己的节目，也要调节自己的情绪，更何况他们大多有家人陪伴在身边。

想要到录影棚外面去走走，呼吸一下新鲜的空气是不可能的，因为随时随地你都可能被叫去做些什么。而我还得小心不能被外面的摄影师拍到。不是说我反对别人拍我，我把这视为工作的一部分。但是散个步清醒一下头脑，和走在路上被一群摄影师喋喋不休地纠缠着可完全是两码事。

晚上在结束录影棚的工作后我们就会被送回酒店，而每个晚上都需要与越来越多的粉丝和狗仔队打交道。另一组半决赛选手此时也入驻了酒店开始排练，大堂里逐渐开始人满为患。我在餐厅里被打搅到基本上已经不能吃东西，而我的房间里也一样没有任何私密性，因为这时摄影师早已摸清我的位置，他们就跑去酒店对面，举着长焦镜头瞄准我的卧室，想拍到我穿着睡衣的样子！我不得不终日把窗帘拉下。

由于我只能从一个没窗户的地方，到另一个没窗户的地方，日子就变得相当漫长。我的喉咙开始变得有点干有点痒，有种马上要感冒了的感觉。

为你的梦想而保重，苏珊！

一直以来，我都在渴望获得人们的关注，可如今有那么多人成群结队地给我拍照问我要签名时，我却感到了生命中前所未有的孤独。我一直觉得自己陪着自己，或是有“鹅卵石”陪着就很满足很开心了，但是远离了舒适的家，我必须承认自己一个人做得并不那么好。

我告诉自己，不让家人陪我一起来是我自己的选择。他们中有人周日会来这里当观众，我希望他们能够看到我的表演并为我感到骄傲。与此同时，这也是我生命中第一次将独立完成一件事，然后让所有人都知道我有这个能力。我是一个四十八岁的成年女人，在没有任何人帮助的情况下得到了这个机会，而我也将在没有人帮助的情况下继续走下去，能走多远就走多远。我不希望其他人还是把我当作小孩，告诉我什么该做什么不该做。更重要的是，我也不想任何人去跟西蒙·考威尔说你该怎么做，因为他手上有那么多优秀的歌手，他可不需要别人老是去烦他。

弗兰奇，那个在乱成一团的最开始来到布莱克本帮助我的小伙子，建议说或许我应该找个朋友过来。

“你觉得洛琳怎么样？”他说。

“洛琳要管着她的酒店。”我提醒他说。

洛琳基本没可能会放下一切来这里陪我。然而在星期四的晚上，当我结束了一整天的排练后准备离开录影棚时，另一辆车开过来，洛琳从里面走了出来，和平时一样打扮入时。尽管我曾经向自己保证说会靠自己的力量来处理这件事，但我必须承认，见到她可把我乐坏了！

人类适应新环境的速度简直快得令人难以想象，而且一旦你身处其中，你就会迅速习惯另一条完全不同的轨迹。这时只有从外面世界来的人才能让你知道，你的生活变成了什么怪模样。洛琳无法相信，那些酒店大堂里的人群，或是追到电梯门口的这一切竟然已经成为了我生活的一部分。当我们好不容易走进我的房间，关起大门之后，她走过去，想把窗帘拉开，因为今天是一个美好的晚霞之夜。

“你不能这么做！”我阻止了她，“除非你想被狗仔队偷拍！”

“我真不敢相信，你竟然过着这种生活！”洛琳大叫。

“星期一到现在我还没出过门，”我对她说，“除了去录影棚。”

“这样可不行，”洛琳说，一边对着镜子检查自己的妆容。“我们这可是在伦敦，所以你和我待会儿得出门，我们一起过一个女孩之夜！”

对我们这些生活在寒冷潮湿的乡村的人来说，今天这样的夏日夜晚是不多见的：当太阳下山之后，空气中依然保持着暖意。酒吧和咖啡店外的人行道上都摆上了桌椅，似乎整个世界都倾巢而出地来到了街上，只为了享受这难得的好天气。

“看呀，那是苏珊·博伊尔！”

我们遇到的每个人都拦下我们打招呼，然后我就和他们一起摆个姿势，他们的朋友就能用手机来拍合影。经过的车辆都缓慢地开动，嘟嘟按着喇叭。有辆车差点撞上了出租车，因为车主光顾着看我，忘记看路了。

洛琳被眼前这一切惊得目瞪口呆。

“你才在电视上表演了一次啊，苏珊，”她说，“但他们就忘不了你了！”

几百码的路走了老半天，当我们终于来到温布利大道时，发现这里大部分都是类似麦当劳和Nando’s烤鸡店这样的地方，东西是不错，就是很大众。然后洛琳看到一家小小的希腊餐厅。之前我从来没吃过希腊菜，但是洛琳说很不错，所以我们走了进去。刚一进门，我就注意到两个熟面孔坐在餐厅最里面的位置——伊芙和音乐导演奈杰尔。我觉得他们肯定不想被别人看到与我们在一起，所以我对洛琳说：“我们不能在这儿吃。”

洛琳说：“嗯，我们现在也不能出去了。”

转过身，我看到门外有一大群面孔，正冲着我热情大笑呢。不管我们走到哪里，反正都是这样。这时，伊芙和奈杰尔也看到我们了，招呼我们和他们一起坐。我知道这是他们的好意，但是我却感到有些不自在，因为我非常清楚地知道，有些参赛者的家人早就认为我受到了特殊的对待。

所有的赌博公司都下注押我是冠军，摄影师也都跟着我拍，尽管我总是建议他们也去拍拍其他参赛选手。我比任何人都清楚，不能相信这些。哪怕我会进入决赛，也必须要先通过半决赛才行。而且，在我参加过的歌唱比赛中，我有过很多当第二名的记录。

洛琳说得没错，希腊菜很可口，我的胃口也很不错。伊芙和奈杰尔吃完后就自己先走了，喝咖啡时，洛琳说她前面看到一家爱尔兰酒吧有现场音乐，就在前面路边，所以不如我们去那里喝上一小杯？然而，等到我们出了餐馆才发现，似乎前面在大道上每个和我说过话的人都给他们的朋友发了信息，现在有成百上千的人在那里等着我们呢。不管是年轻人还是老头老太，每个人都想要我给些什么。别搞错我的意思——我向来都喜欢见粉丝，不过那天真是用了很久时间才回到酒店。

我需要拍一张护照照片，因此第二天早上在洛琳的建议下，我们打算去前面马路上的艾斯达连锁超市拍。我们决定不冒险走过去，而是订一辆出租车。从车里冲进商店，我直接进了拍照小间，拉上帘子，这样别人就不会看到我的脸。

“我回来之前你别出来，”洛琳小声说。在等待照片印出来这段时间，她去买一些我们需要的洗漱品。

大约十分钟不到的样子，她回来了，可我已经被大约三十几个年轻人包围在里面了，所有人都在给朋友打电话：“你绝对猜不到我现在和谁在一起!”

不得已，我们只能订另外一辆出租车回酒店，尽管那其实不过只有几百码的路程。就在那时洛琳终于表示：“好吧。我们最好还是待在酒店里。”

问题又来了。《英国达人秀》半决赛的那个周末，正好遇上三场在温布利的球赛，英甲联赛、英乙联赛以及英格兰足球冠军联赛的晋级比赛。球迷们都住在哪里？当然是温布利广场酒店。于是除了选手、选手的家人、粉丝和媒体之外，酒店大堂这下又被足球爱好者们填满了。如果你以前看过马克斯兄弟的电影《歌声俪影》，记得有一幕考奇在邮轮上的一间小船舱内不停地要求客房服务，于是狭小的空间内挤满了侍者、女仆和技术师，这些人都一个叠在一个上头。你就知道待在酒店大堂是什么感觉了。根本就是地狱！

星期五晚上，这里还只有一些来看谢斯伯利踢吉林汉姆的球迷。到了星期六就更闹腾了，因为英甲球队斯坎索普要直面伦敦米尔沃尔俱乐部了。不过到了星期天，又换成了另一拨人，穿有深紫红和蓝色衣服的是伯恩利的粉丝，而穿红白色的则是谢菲尔德联队的支持者，他们即将进行一场大战，胜利的一方将获得晋级英超联赛的资格。他们似乎都不介意我是凯尔特人的支持者，因为不管怎么样他们都希望拿到我的签名。

早饭忙得团团转，午饭也忙得团团转。于是洛琳对我说："苏珊，这饭吃得太没味道了。我想我们以后应该七点半就下来吃早饭，不要九点下来。"

但是七点半依然忙得团团转，最后我们决定还是在房间里吃饭。

"我知道，我是来给一个著名电视节目帮点忙的，"在拉上窗帘的房间里，我们坐在各自的床上时，洛琳开玩笑说，"但我可没想到这会是《女子监狱：H区域》！"

大部分的夜晚我都无法入眠，睁着眼睛躺在床上，心里怦怦跳，努力让自己不去听从楼下酒吧传上来的、无休无止的大合唱："我们将晋级，我们将晋级！"我的情绪在颠簸起伏着。前一分钟我还站在令人目眩的兴奋之巅，下一分钟就沉入了冰冷的恐惧深渊。在星期天晚上，我需要向世界证明，自己绝不仅仅能唱好一首歌，而是的确拥有作为一名职业歌唱家的能力。如果我弄砸了，所有那些对我的关注就会顷刻间无影无踪，就像它们来的时候那样迅速。

看过太多真人秀节目的我，心里对此再明白不过了。西蒙·考威尔把它称为“我人生中最重要的一次演出”。当时他说的时候，我还没觉得有压力。

这个周末，我的教友塞迪和帕特丽夏专程从苏格兰赶来看半决赛，与她们同行的还有我的外甥女乔安娜和她的丈夫肯尼。柯尔丝蒂也在这里，他们全都想帮我放松一下，说要带我出去兜几个小时风，但是这是不可能的，因为我也不知道什么时候就需要我排练了。换个不同的环境休息一下当然很好，但是我可不想制造任何麻烦，于是我再次陷入两难境地。

唯一一个能够让我集中所有注意力在最要紧的事情上的地方，就是排练室。伊芙很了解紧张的神经，因为她与很多歌手一起工作过，但是她并不喜欢别人哭，因为这对嗓子会产生伤害。我们就建立了一个练习模式，伊芙先唱一段，然后我再跟着唱。一旦我唱起歌来，外面世界所发生的事情都变得不再重要。失眠让我筋疲力尽，但是唱歌的时候我却拥有令人难以置信的精力。

你能够尝到空气中的紧张滋味，而且并不只是在表演者之间。制片小组，那些因为戴了听筒和耳麦而显得无比专业的人们，一个个也都胆战心惊。制作一台现场直播的电视节目是很吓人的事儿，不管对他们还是对我们都是如此。

总算，所有的准备工作都完成了。作为特别鼓励，节目的制片人让我待在皮尔斯·摩根的更衣室里作准备（当然，他不在那里!）。穿好衣服，理好头发，化上了妆，我不停地照着镜子，就像是不经意看到似的。在节目即将开始前，我在走廊里走来走去的时候，撞见了正要去评委席的皮尔斯。我对他超级有好感，心想：噢，我的上帝啊，这是我和他本人说话的好机会。于是我说："嗨，皮尔斯！"

他说："哇噢！是你呀！"

"是的！"

"在美国，人们老是问我，'苏珊·博伊尔怎么样了？'"

"我挺好的，没什么问题。"我告诉他。

"嗯，那我们等会儿见。"他说。

我终于又见到了我的另一个英雄。美得我喜滋滋的。

节目开场特意设计得很炫，这是为了激发在家收看电视观众的热情，因此你大致也能想象我们在后台感觉有多震撼。肾上腺素在你的静脉中流淌而过，这种冲动让人难以抑制，而我又被排在最后一个出场，要再等近个把小时才能轮到。

这真是我人生中最漫长也是最短暂的一个小时。我不想挡住别人的路，因此就待在自己的更衣室中，每轮表演过后我都能听到观众的热烈掌声。听上去这些观众都相当给力，我也知道洛琳、帕特丽夏和塞迪她们都在外面，还有乔安娜和肯尼，柯尔丝蒂和她的老公肖恩。我希望他们为我感到骄傲。布莱迪也会在她位于马瑟韦尔的公寓中收看节目吧，我想至少她对我今晚的模样应该没话好说了。每次我在镜子中瞄到自己，就会有那么一秒钟的错觉，心想：这个人是谁？

走到屏幕背后我的开始位置，犹如跋涉过一摊糖浆。我的脑海里一片空白。我排练过多次自己的曲目，在酒店房间里练过，前面还和伊芙一起温习过，但现在我已经完全想不起自己该从哪个音符开始了。我的嗓子一片干涸，似乎任何声音也不能从里面冒出来。歌词是什么？我对自己说："看在上帝的分上，苏珊，无论如何都请你千万别滑倒在入场走道上。"

就在我等在那儿的当口，我听到介绍录影带中自己正在说着："这一辈子我都渴望向人们证明，天生我材必有用……"

舞台监管朝我皱起了眉头，我这才意识到自己正挤眉弄眼地做着滑稽的表情，就像你听到自己在录影带中说话时那样。

"苏珊·博伊尔！"

屏幕朝两边分开了。我能够听到喝彩声，但是却看不到观众，因为光线实在太亮了。我努力让自己不要去看前面的评委，甚至都没想到还有千百万的人正在电视上看着我。我的脑子里只有一件事：走到麦克风前，不要被我古铜色的高跟鞋绊倒。

伴奏带的第一段前奏比我预期中开始得稍微早了一点，我张开嘴巴准备歌唱，却突然间陷入了自己最糟糕的梦魇：一整个礼拜的冷风把我的嗓子弄沙哑了，然后我就走音了。

你不能停下，你得加油前进！

在爱丁堡演艺学校的那几年，这句话被深深刻在了我们心里。从脚边升腾而起的干冰雾气中，我看到伊芙正坐在她的位置上，就在皮尔斯的旁边。

"你无法控制你的紧张情绪，但是你能够控制你的呼吸。"

我把手放在了自己的横膈膜上，谢天谢地，管用了。

评委给了我很慷慨的评价。皮尔斯说我令整个世界振奋了起来；阿曼达说我整首歌都唱得很稳，其实并非如此，因为我第一个音就唱坏了。然后西蒙开始为他在海选时嘲笑我而向我道歉，这让我很尴尬，于是我换用滑稽的假声说话，试图把它变成一个玩笑。

“我什么都不懂，我是从巴塞罗那来的。”

这是《弗尔蒂旅馆》中倒霉蛋曼努埃尔的一句台词。我那装疯卖傻的老毛病又犯了。等看到西蒙不赞许的表情时，我才意识到这一点。

“顺便说一句，她可不是从巴塞罗那来的!”戴克说。

在后台，越看其他选手，我就会越惊诧，我以前怎么会想我能有机会赢。在排练时我就不止一次看到过他们的表演。多样舞团有一大群小伙子，每个舞都跳得出神入化。那个小派丽，多么有个性啊！阿什利·班卓琴是我遇见过个子最高也是最有礼貌的人之一。可爱的小娜塔莉有一副好嗓子，舞也跳得很不赖。然后还有苏·孙，她是个有故事的人，别人也喜欢看一个现代时髦的姑娘演奏古典的乐器。你回想一下上一季，就会知道艾斯卡拉的四重奏有多棒了。“迪斯科之脸”的表演很有娱乐性，与众不同。老实说，我其实没觉得达斯·杰克逊和尼克·赫尔有多厉害，不过观众的口味谁都说不准。

我是唯一一个搞砸的人。

这是我头一回想到了千百万人拨打电话投票的画面，我不敢想象有人会愿意投票给我。

站在那里等待投票结果是很恐怖的。你渴望着别人叫出你的名字，但与此同时你又一个劲儿地告诉自己，这是不可能的事儿，然后再试图让自己的表情看上去比较有尊严，隐藏在这面具之下，别人就不会看出你有多么失望。

“苏珊·博伊尔！”

哦，我的上帝！

毫不夸张地说，被惊愕到目瞪口呆的我，已经完全不知道该往哪个方向转身了，因此还走错了路，直到被戴克叫到舞台的另一边。

我如同行走在云端，我跳起了热身舞，然后我就做了那件早已对自己保证过再也不做第二次的事情，因为这不是一个职业演唱者该有的表现。扭来扭去。我做了还不止一次，而是两次，第二次是特别奉献给皮尔斯的。

哦，我的上帝！

总决赛

激烈的反响几乎也在同时爆发。人们开始写出或是说出自己对半决赛的想法，有些可实在不怎么中听。不过老实说，他们也的确有他们的道理。我比任何人都清楚，那次表演并不能代表我的最佳水准，但是当公众有机会投票淘汰我时，他们却选择了把我留下，因此对于现在的状况，我也是无能为力的。

我也试图避开媒体，但是只要我一走出房间，所有人就会来问我对比赛的评价，因此这也变成几乎不可能的事儿。如今，酒店里都驻有秘密记者了，洛琳和我开始能辨认出这些潜伏在走廊里的人。我也尝试过不带私人感情地来看待舆论的批评，但是我昂扬的情绪却被“砰”的一下砸到了地上。

我来到温布利广场酒店已经有一个星期了。我快要没有干净的衣服穿了，因为本来并没想过会待到决赛。之前洛琳也已筹划着要回苏格兰，不过现在节目的制片方询问她是否可以继续留下来给我做伴。她确实很为难，因为她还有自己酒店的事儿要安排，不过她还是不放心让我单独一人，所以最后还是答应留下。对于我好像受到了与其他选手不同的对待这件事，《英国达人秀》的制片方也极为敏感，因此筹划了一个秘密计划，让我和洛琳能飞去苏格兰，周一晚上住在她的合伙人本尼的家里，顺便拿点我们需要的东西，然后第二天一早再回来。我们利用有色玻璃的车成功脱逃，在毫不引人注目的情况下一路进了机场。当然现在我们可以尽管拿这事儿开玩笑，但是当你身处这个潜逃过程中时，你会觉得好像自己真的做错了事，就像是越狱在逃的罪犯。

本尼在苏格兰的机场接机，开车把我们带回了他家。当我们检查完确定没有狗仔队跟踪后，我立刻偷偷溜进尤尔街，去取一些衣服和其他要用到的东西。空无一人的房间里回荡着一点点声响，我触摸着楼梯扶栏、地毯和后室的沙发，看着所有的照片和装饰品，正是这些每件都带着我回忆片段的东西，构成了我的家。我知道我必须动作迅速，因为一旦有人看到我，消息就会飞速外泄，不过当我站在后室凝视着角落里小小的圣母马利亚雕像时，我还是暂停了片刻。如果我就此不走，又会怎样？洛琳就能回去做她的工作，而我也能再次回到原先与"鹅卵石"相依为命的生活中。

我想到了妈妈坐在椅子上的样子。如果此时她与我一起待在这间房间里，她又会说些什么？

"你可不会因为一些不好的评论而停滞不前，我说得没错吧，苏珊？成千上万的人都花了钱投票给你，你可不能让他们失望！"

我的心里又打起仗来。我会让所有人看到，我有能力做得更好。我会的！让他们等着看吧！

伯恩利队已经获得晋级英超联赛的资格，球迷们也都离开此地回老家庆祝了。酒店大堂安静了不少。

“你想不想喝杯茶？”洛琳建议说，在我前面朝着吧台走去。

等到没有得到我回答的她转过身来时，发现我已经被一大群日本电视台的人紧紧包围在了中间。他们全都带着期许的表情，微笑，鞠躬，还对我说着日文，可我完全听不懂他们在问什么，听上去类似“叽里咕噜叽里咕噜，苏珊·博伊尔，叽里咕噜，苏珊·博伊尔……”

其中一个男人拿着一台手持摄影机拍摄着我的脸，一人举着一根带有大簇毛茸茸麦克风的杆子，另外一个拿着一个麦克风对准我的脸，还有大约二十多个人在我身旁摆弄来摆弄去的。

洛琳说：“苏珊，我们不喝茶了，回房间吧。”

出于礼貌，当他们朝我鞠躬时我也回敬着鞠躬，不过这个动作却引来了他们更多的鞠躬和微笑。

“叽里咕噜，苏珊·博伊尔，叽里咕噜，苏珊·博伊尔！”

“谢谢，谢谢！”

我觉得自己都快赶上女王了，不过除此之外我还能说什么呢？

洛琳开始疯狂地按按钮叫电梯，而日本人还是紧紧抓住我不放，迫切极了，就像他们正在告诉我什么要紧事儿似的。

电梯还没有来。

“快点，我们爬楼梯！”洛琳一边说一边往消防通道口撤离，不想却径直撞到了毛茸茸的麦克风，而事实上它并不像看上去那么柔软。

“叽里咕噜，苏珊·博伊尔，叽里咕噜叽里咕噜，苏珊·博伊尔！”

“你没事吧，洛琳？”我隔着人群大喊。

“我还好，苏珊，”洛琳叫道，但她在那里揉着自己的脑袋，“我们该怎么办啊?”

拿着麦克风对着我脸的那个日本女人，终于咕哝出了一句人话:“未来的丈夫!”

一个我之前没注意到的老年日本男人，被推到了我的面前。

“你亲吻未来的老公!”

这个老家伙张开两条胳膊抱住我，想来亲我。他至少也得有八十岁了啊!

“去你的，门都没有!”我说。

在我说过的所有蠢话里，最让我烦心的一段就是关于从来没有人亲吻过我。那时我就已经说得非常清楚了，我说这话绝不是在给自己打广告，不过似乎也没人记起来。

当我们最后好不容易回到了自己黑乎乎的房间后，洛琳和我都把自己摔入各自的床上，放声大笑起来，然而这却是我们最后一次如此快活，在之后很长一段时间中，都再也没这样做过。虽然说之前的压力已经很难应付了，但它完全比不上这即将到来的一个星期里的压力。

那晚在酒店的酒吧里，我和其他一些选手一块儿，在大屏幕上观看了第三场现场直播的半决赛。因为一直在被喋喋不休的记者们纠缠，所以在节目没结束之前我就走了。

第二天一早，小报的头条上居然刊登了这样一个故事，说我在楼下酒吧的电视机前咒骂，而且当皮尔斯发表对夏兴的表演的评语之后，我还对着屏幕摆了个“V”的手势。我想说的是，即便当时我的确做过这个手势，它的意思也只不过是“哇，你可以的！我还记得你说过你挺喜欢我的呢！”那类玩笑话。我以前从没有，以后也绝对不可能说批评其他歌手的话。

我读这些报道的感受，就像是自由落体般跌进一个黑暗的深渊。我从不相信童话故事，我甚至还半信半疑地期待着有朝一日会出现一张字条，告诉你：“哈哈，这不过是个玩笑而已！”但是尽管如此，我也从未料想到自己竟然会被扭曲成一个丑陋的怪物。

我觉得自己不再安全。每次要离开房间都会让我惊恐不已，一定要接到电话说车子已经等在酒店外面，洛琳和我才会冲下楼去。有一次我犯了个错误，当洛琳跑开帮我买瓶水时，我自己一个人等在了外面。有个女人走过来，问我是否可以与一个轮椅上的小女孩合张影，我理所当然地就答应了。可是当洛琳回来时，她注意到那个女孩非常激动不安，然后女孩的母亲走来，把轮椅推走了。我本以为前面那个来要求合影的女人是孩子的母亲，但是其实她并不是，她是一个记者。

洛琳说：“你怎么能这样？我真不敢相信你刚刚做了这样的事！”

这个记者冷冰冰地对我说：“听到皮尔斯·摩根在电视上说话的时候，破口大骂的人就是你没错吧？”

我顿时说不出一句话来。我沮丧极了。

这记者又说：“你看，你刚刚就证明了我说的是对的！”她得意洋洋地笑着走了。

我知道媒体也得干他们的活儿，但是像这样利用一个残疾人作为编故事的道具，我认为这种做法已经有失得体了。

“就这样是吧!”洛琳说，“我希望警察能够介入此事。真令人恶心，我再也看不下去别人老是设圈套陷害你!”

于是警察参与进来了，导致了更多关于我正在失控的报道出现在了报纸上。

“博伊尔的沸点!”① 那些刊登着我大喊大叫的头条新闻赫然叫嚣着。没有人提起在此之前发生过什么。

我参加了一个电视选秀比赛，于是我把自己放在了竞技场上，但我从来就没说过我是完美的人。我只是想唱歌而已。我不能理解的是，我怎么会在突然之间就变成了头号全民公敌。人们总是试图告诉你，今天的新闻就是明天垃圾桶里的废纸，但他们不知道的是，当你是那个被涂黑的人而且抱怨只会让事情变得更糟的时候，你的心里会是什么样的滋味。这种被羞辱却又无可奈何的感受，就和以前在学校操场上他们骂我脏话时一模一样。我痛哭流涕，怎么样都停不下来。

我那关于成功和独立的梦想，正在我的脑海里分崩离析。我现在只想回到自己家里，关上房门，尝试重新拾起破碎的生活。于是我开始打包行李，并致电制片人，告诉她我要退出比赛。她建议我和皮尔斯·摩根谈一谈，于是我和他也通了电话，我流着眼泪告诉了他在我身上发生的一切。

他非常诚恳，事实上，他说他以前也当过记者，也追逐过采访对象。如果我现在就放弃，那么我的做法就恰恰正是媒体所希望看到的。他建议我不要走，证明自己说过的话。我应该用实际行动，

① Boyling Point，利用“Boyle（博伊尔）”和“boiling（沸腾）”同音，从而达到双关的效果。

对自己也对他们表达:“我会坚持住走下去的，让你们那些谣言都去见鬼!”

“所以我应该把行李箱放回去对吧?”我抽着鼻子说。

“没错,”他说。

第二天，报纸上涌现出无数报道和预测，讨论我会留下还是离开。这些东西再加上整日排练所带来的疲惫，一直伴随着我直到深夜。而由我引发的争议也对其他选手造成了一定的困扰，他们本来自己也已经压力重重了。不过他们中的一些人，尤其是斯塔夫诺斯·弗拉特利父子组合、多样舞团、完美无瑕舞团以及小艾丹的妈妈，这些意志坚定的人，都给了我很大的支持。

经过一场激烈讨论之后，洛琳和我被允许离开温布利酒店，搬到切尔西的一所私宅中，与一位非常随和的女士一起住，她是本尼的表亲。一个神秘的落脚点，报纸上这样说。

但我还是睡不着觉。整晚我都清醒着，听着这座丰富多样的城市不断发出的隆隆声，哪怕是在清晨最寂寥的几个小时中，也未曾有过全然的宁静。黎明时分我应该是昏睡过去了，但是仅仅几个小时之后发现自己在一个陌生的地方醒来，花了些时间才记起我这是在哪儿。切尔西区。一个我完全不熟悉的地方，但是我迫切地想出去呼吸一下新鲜空气，于是决定去外面散一会儿步。

我小心翼翼地关上了沉重的前门，免得打搅到别人。我走上了街道。这所房子坐落在一条繁忙的通路上，空气中有一股浓重的废气味儿，是那些轰隆往来的轿车和公交车留下的，尽管如此，待在室外的感觉还是棒极了。我已经很久都没见到过天空了，抬起头看到纯净而广阔的蓝天上点缀着小簇羊毛般的云朵，令我的精神为之大振。

我顺着两旁种着树木的大街左看看右瞧瞧，不知道自己接下来该做些什么或是去哪里，最后决定往一个我看得到的交叉路口走过去，那是我所在的街道与一条主干道交会的地方。我想我大概能找到一个报摊，再买份报纸看看今天他们又说了什么关于我的东西。往前走的时候，我感到待在室外真是开心极了，还有一点点的淘气劲儿，就好像自己是个跷课的学生。

到了路口，我左转后朝着前方大约一百码左右的一个乐购便利店的标志走去。

而在我的住所中，看到我出门的管家，立刻就冲进去找了洛琳，那时她刚刚起床，正在淋浴。

“夫人！夫人！苏珊她走了！”

“什么?”洛琳当即从浴室出来，套上牛仔裤和T恤，穿着拖鞋就跑了出来。她看见我时，我已经远远地在街道的另一端，正要转入主干道。她跟在我身后疾跑，大喊着：“苏珊!”

我立刻就转过身来，但我并没有停下脚步。

“我只想沿着街走一走，这有什么大不了的?”当洛琳赶上我时，我略带不爽地说。

“啊，你不能这样做!”她抗议道，因为奔跑呼呼喘着气，“你现在太出名了，不能随便上街走动了!”

“我就是想买张报纸嘛!”我说着，丝毫不理会她继续往乐购便利店前进。

《太阳报》和《镜报》上铺天盖地都是我的脸，不过这有什么好奇怪的呢。每种我都各买了一份，快速浏览起里面的报道来。

“快点啦，苏珊!”洛琳不满地嘘我，她意识到我已经开始吸引人们的关注了。店里的人显然已经认出了我，当我们走回大街时，沿途的车辆为了看我纷纷慢了下来。

“那就回去吧，”我说。

“我们现在已经不能回去了，”洛琳叫道，她看起来有点恼怒。“他们会跟踪我们的，而我们住的地方需要保密!”

她焦灼地环顾四周，绞尽脑汁想着该怎么做。我这才注意到她还穿着拖鞋呢。

这时，人群越聚越多。本来主干道的交通就已很吵了，此时就变得更加喧哗了。因为当人们看到我时，他们就按起喇叭，摇下车窗朝我大喊：“祝你好运!”

我们正站在一家殡葬服务馆的门口，隔壁是一家房地产中介所。连一家可以让我们躲一躲的咖啡店都没有。马路再远处有一座大医院，但我可不想进那里惹更大的麻烦。我们被困住了。

我也不知道那时是什么让我们两个一起抬起头，赫然发现有一尊耶稣的塑像，下面还有一行字：“圣仆会天主教会”。一片普通商铺之中竖立着一座教堂的大门，似乎很不协调。它看上去也不太像我见过的其他教堂，但很显然我们是站在了一座印度圣母悲恸会天主教堂之外。你大概走过一百次也不会注意到那里。

连通拱形前厅的铁门敞开着，但是进入教堂内部的玻璃门却牢牢关紧。我们看了一下弥撒时间表。早上的弥撒在十点开始，直到晚上六点半才有另一场。因为睡得太少，我发现自己已经搞不清楚时间了，但是我估摸着现在应该还是中午。

洛琳瞅见在墙边上有一部准入电话。它看上去很古老，我怀疑大概不能用了，不过洛琳还是按了呼叫键。

“有什么可以帮到你？”

外面的车声实在太吵了，很难听清电话里的声音。

“你能够让我们进去吗，拜托了？”洛琳说。

“非常抱歉，但是现在教堂不向公众开放，”电话那头一个女声说道。

“但是我现在情况危急，”洛琳说，“苏珊·博伊尔和我一起在这里。”

“你在骗我吧。”对方说。

“不，我真的不是在开玩笑！”

事实上，洛琳几乎就要哭出来了。

“等着，我过来了，”对方说。

过了一两分钟，一位非常漂亮的女士出现在我们面前。

“噢，天啊，”她说，“真的是苏珊·博伊尔！”

她打开柱廊上的门，往里走就是教堂的门。里面放着一些桌椅，提示板上钉满各种教区内的注意事项。

“你相信媒体说的那些关于我的事情吗？”我把报纸塞给了这位好心的女士，“它们都不是真的，你知道吗！”

“你没必要花钱买这些来看，还让自己难过，”她缓缓地说，“你无须向我解释。这些不过是贩卖小道消息的人而已。外面还有很多很多爱着你的人，我可以这样告诉你。”

她告诉我们她是这个教区的秘书，等到我们坐下后，她去找来了教区的神父，他刚巧正在吃午饭。

“苏珊·博伊尔在我们这里。”她说。

“你在开玩笑吧!”他说。

“我是说真的,”她对他说,“如果你愿意来和她聊一聊就最好了,因为她现在非常不安。”

于是德莫特神父下来与我们会面。

“你想进去参观一下教堂吗?”他问道。

“我愿意,”我告诉他。

德莫特神父和我一起去参观教堂,而洛琳则与那位女士上楼去喝茶。

这是一座古老的教堂。如果它单独矗立在一座小镇的某个显著位置,被一片墓地围绕,是不会令人感到惊讶的,但是当它躲藏在这繁华的伦敦街道中,就会令人感到特别奇怪。德莫特神父打开了玻璃门,我们一起走了进去,清凉而昏暗的教堂内部,有着数根深色的大石柱以及高高的穹顶,既让人惊讶又充满了魔幻的魅力,就像在衣橱后面找到纳尼亚。

神父告诉了我一些关于这座教堂的历史故事,指出了一副石刻的圣母怜子图给我看,画面上圣母马利亚抱着基督的尸体。在它前方的橱窗内有一段特别的祷文,是手写的,被裱成手稿的样子。上面的一些文字似乎与我当时的心声发生了特别的共鸣:“将我们的勤劳之力奉献给主,也将我们的疲惫、沮丧、斗争、胆怯一并送上……”

在一位代表了这种无上勇气的神父面前低声诵读这段祷文,我内心的斗争亦被逐渐化解开来。就像经常在教堂里发生的那样,离开时我感觉浑身轻松,焕然一新。

在楼上的创办者室里，那位名叫杜普的女士给我泡了一杯茶，还递给我一块我最爱的姜饼。洛琳已经让自己振作起来了，我们都感觉好了很多。

“杜普——这个名字我以前从来没听到过，”我说。

“我是从尼日利亚来的，”杜普告诉我，“所有非洲人的名字都是有含义的。我的全名还要长很多，意思是‘感谢上帝’，杜普是简称。”

“你打算现在给我们唱首歌吗，苏珊？”德莫特神父问道。

他的爱尔兰口音让我有种完全在家里的感觉。于是我唱了《阿萨瑞原野》（“The Fields of Athenry”），这是一首古老的爱尔兰民谣，起源于大饥荒时期，不过如今可能更多被作为凯尔特人的队歌而为人们所知晓。德莫特神父和洛琳也加入了副歌合唱部分。

我们待了一个多小时后，大家都觉得放松了许多。说再见的时候，我把报纸留给了杜普。

“我们百分百地支持你，”她说，“我能向你保证，这个教区的教友都会支持你。”

“我确信这一切背后是有原因的，苏珊，”在回家的出租车上洛琳说，“我不知道它是什么，但是一定有一样东西，它会让你渡过一切难关，因为你给了这个世界一些美好的东西。”

这是个不错的想法，我带着它回到了录影棚，为决赛进行了一整天的排练，直到午夜过后。

那天早上我读的报纸上的报道，已经转向了批评整个节目。这令每个人都神经兮兮的，也让我周围的气氛愈加紧张。制片方越来越焦虑，我的家人也在担心。西蒙·考威尔亲自和我谈话，他说如果我不愿意继续参加节目，那也可以离开。但是我希望能够继续录制节目。这是我等待了一辈子的机会。想是这样想的，但是我依然无法阻止所有的喧闹和争议声，以及在我脑海中闪现的那些画面。

洛琳整天都在温布利等候着我，等到我们终于爬上回切尔西的出租车时，我们都精疲力竭了。

但这也无法阻止那些看到我进车后开始追赶我的狗仔们。

司机说："让我想想有什么办法能够摆脱他们。"

于是他一脚踩下油门，我们两个被甩回座椅上。我牢牢地盯着前面的挡风玻璃，看我们离前方的车越来越近，当他一个猛转突然超车过去时，我的手指头紧扣住座椅不放。我们闯过几个红灯，最后我实在吓坏了，只好闭起眼睛做祈祷。而在我身旁的洛琳则始终看着后车窗，并在我耳旁作着实况报道。但我们还是甩不开他们，洛琳开始有点恐慌了，因为她已经尽最大的力量给我找了一处可供我自在放松的落脚点，可是现在这些骑着摩托车、带着照相机的人却对我们紧追不舍。

"我可没主意了，"司机说，"他们看上去势在必得。"

洛琳掏出手机，给和我们住在一起的人打电话，她说："他们这样追下去会造成交通事故的！就像戴安娜王妃那样！"

被她这么火上浇油地一说，我就更没办法冷静下来了，于是我朝她大喊："看在上帝的分上，洛琳！"

她又朝我吼了回来："这不能怪我，苏珊！这已经超出了我的掌控！"

当我们好不容易终于到了切尔西的住宅外面，洛琳说："我们不能下车，必须把警察叫来。”

在她眼中，狗仔队对我们已经构成了人身威胁，好像他们是用枪而不是照相机瞄准我们似的。我迫不及待地想下车，也顾不上让他们拍到他们想拍的照片了，但是洛琳不允许我这样干。于是两人你一言我一语争执了起来，就像一对无头公鸡。

司机告诉洛琳，只要狗仔队不触碰我们，那警察也是拿他们没有办法的。于是我们只得下车去领教狗仔队的大刑。

“我也算载过不少名人，”司机说，“但是也从来没见过这等场面。你可大喽，苏珊!”

“我的身高也就五英尺三英寸。”我对他说。

在这种情况下，你必须保持自己的幽默感。

那天晚上我坐在躺椅上，瞪着两眼发呆。我的大脑在脑袋瓜里旋转打圈，就像游乐场里的碰碰车。

现在距离我出门只有不到二十个小时了，我即将要面对约两千万的观众，在电视上做现场演唱。接我的车会在早上七点抵达。而我连一秒钟都没有睡着。

我从来没见过那么多花，至少有百来束花，比花店里的还要多，而那是我在早上碰到的第一件事。整天都有花束源源不断地被送来，香气四溢宛如天堂，把我感动得眼泪都流出来了。全世界的人们都在为我祝福——电影明星、政客、足球队，还有很多我不熟悉的名字。还有很多礼物，围巾和幸运符。洛琳和我读着每一张附条，我们本该写个清单下来的，但是我实在太忙了没时间这样做。我要借此机会，向那些热情慷慨的人们说一声迟到的谢谢。

要说决赛那天我情绪不稳定，那实在有点轻描淡写。我努力让自己吃了一点点早饭，更衣室里还放了一张床，但我还是无法休息，神经越来越紧绷。

我本以为自己会逐渐适应紧张的感觉，在经历过半决赛后，我还以为再也不会有比它更糟糕的事儿了呢。那次我也在电视直播节目上唱过歌了，之前虽然没唱过但也熬过去了，不也还活得好好的嘛。紧张感不是都来自对于未知事物的恐惧吗？可是由于我已经有好几天没有睡着过，也没有好好吃饭，再加上整个世界都在与我作对，因此情况似乎比以往任何时候都要危急。

我被叫去和西蒙·考威尔见面，洛琳陪我一起。

他问我，是否还记得在第一次海选时自己说过的话。

“我要站在舞台上，让观众为我欢呼！”我告诉他，眼含泪花。

“嗯，那就去这样做吧！”他说。

从他办公室出来后，我感觉自己下定了决心。已经没有回头路了。不过这还是无法驱散紧张的情绪。

我计划表演的曲目是《我曾有梦》。我开始想，如果我唱砸了，一定像上次那样，视频会在全世界传播开来，而我也就完蛋了。报纸的头条大概已经写好了：“堕落天使！”我不想令我的家人，还有所有在布莱克本以及世界各个地方支持我的人失望。

洛琳有了个主意。

“我们给弗兰克·奎因打电话，”她说，“只有他才可以让你平静下来。”

此时，可怜的弗兰克正和妻子以及几个朋友一起，在利瑟姆圣安斯过周末，我想他最不希望遇到的事儿就是听我在电话里痛哭流涕。不过与往常一样，他那冷静而充满力量的安慰话语，帮助我化解了我所有的忧虑。

“苏珊，”他说，“这件事情的结果其实并不重要，重要的是你获得了一个机会，可以站在舞台上放声歌唱。”

我敢说制作团队正在逐渐失去对我的耐心。我突然爆发的情绪正在开始变得令人厌烦。尽管洛琳也在尽她所能抚慰我的心情，但是正如你也会对最熟悉的人做的那样，我开始对她感到不耐烦。节目制作方后来认为她待在我身边已经不能帮助到我了，于是就打发她去食堂吃些午饭。事情后来就变成了，我在接下来的好几个星期中都没有再看见她。

而在更衣室中，我开始抓狂。每一回等到我足够镇静时，发型师和化妆师就会进来，在我的脸上化妆，而我则用眼泪水把这些东西统统洗掉。睫毛膏顺着我的脸颊流淌下来，当我照镜子时，发现镜子里那张脸乌糟糟的，看上去悲惨极了，就好像我真的已经变身成了报纸上写的那个丑陋的怪物。

在与伊芙一起进行热身训练时，我们唱了 Vvvvvvvs、小猫咪，还有些别的。伊芙带头先唱，我再跟着她唱，就像以前上课时那样。有规律的呼吸和熟悉的节奏，紧紧抓住了我那狂跳不已的心脏以及脑海里的天旋地转，让它们逐渐慢了下来。

“唱歌对你来说再自然不过，”伊芙对我说，“你一开始唱歌，就变好了。等你走上台去开始唱歌时，你就会没事的。”

就这样，我坐在那里，穿着微微闪光的礼服长裙。他们最后一次为我化上了妆。直播开始了，但是按照演出顺序，我排在了很后面，总共十个人，我排第八位。我对其他选手的表演情况毫无知觉，事实上我对任何事情都毫无知觉，除了那分分秒秒流淌而过的时间。

我做不到！我做不到！

绝望中，我再次拨通了奎因的电话。我们一起读了一段祷文，就在即将踏上舞台面对千万观众之前，我在自己的信仰中寻找到了安宁和平静。

“现在，苏珊，”他对我说，“当你走出去时，圣母马利亚会站在你的右边，你的母亲将站在你的左边。你站在她们的中间，而你的任务就是唱歌。”

余波

我也不知道是怎样让自己站上舞台的，也不知道怎么就唱起了歌，隐隐约约间我记得自己还感谢了每个支持我的人。

“舞台才是让你真正感到自在的地方，对吗?”安特问我。

“我在舞台上真的觉得很自在，”我如实告诉他说，“我被朋友包围着，不是吗?”其实对后面那句，我也不是那么肯定。

我的家人都坐在观众席上，他们都被我的样子震惊了。因为太过了解我，他们能够看出我的整张面孔满是压力。他们中的一些上周来看过半决赛，因此察觉到观众群的反应比上次要冷淡，于是立刻启动了本能中的防卫机制。你知道家人都是什么样的：他们明知你的所有缺点，却依然为你守护、辩护直到最后。

皮尔斯·摩根是第一个发言的评委，他相当支持我，但当他说到我应该在比赛中胜出时，我听到了一些声音，那是我在之前任何一场表演后都没有听见过的声音：嘘声。虽然只不过是一些人发出的，但是当你一旦听到嘘声后，你就再也没法听见掌声。就像被重拳猛击，它破坏了你的平衡。几个星期后，我在决赛录像带上看这一段时，看到了西蒙·考威尔说很喜爱我，但当时我并没有意识到。

然后就是等待。老实说，当时伤心欲绝的我，对所发生的一切已经失去感觉了。当听到自己的名字出现在决赛前三名名单时，我都忘记自己该做什么了，晃晃悠悠地站到舞台的前方。等到萨克斯管演奏者朱利安被叫出来时，他温柔地将我引到了我该站的地方。然后就轮到他离开舞台了。

于是我成了最后留下的两人之一。

"《英国达人秀》的冠军是……"

等了十七秒钟。

"多样舞团!"

我最直接的反应是一阵轻松。终于结束了!

我的第二个感觉是真心为多样舞团感到高兴，因为看到一群那么高大的小伙子们快乐得热泪盈眶，的确是一件非常令人感动的事情。你再也碰不到比他们更好的人了。他们是极为出色的舞者，用心设计舞蹈，还在里面增加了一些幽默感。他们赢得理所当然，我很欣喜自己能够说出这句话，因为站在那里时你很难知道自己该说什么。

我以自己开始《英国达人秀》的方式，结束了它。扭了扭。

就是这样了吧，走下舞台的时候我心想。我拿到了第二名。我的故事。在此之前，我只参加过一场比赛，那时我唱了《景色怡人的河畔》，全校的人都从扩音器喇叭里听到了我的歌声。好吧，这总比得最后一名强，不是吗?

直到回到自己的更衣室中，现实才狠狠地击中了我。所有的那些花，有什么意义！所有那些我受到的侮辱，有什么意义！我扯下自己闪着微光的青灰色礼服，把它扔在椅子上。这面料一直闪着我的眼睛，就像一只廉价、艳俗、闪烁的小球。这不公平！

一瞬间，我心中所有的重压突然被吹散开来。

“你还好吧？”

“我当然不好！”

我的家人在这里，他们试图安抚我，还有些人来自辛科——西蒙·考威尔的唱片公司——都在试图让我重新振作起来。他们都在说，没关系的。但这太他妈的有关系了！这关系到我失去了为女王表演的机会，这关系到成千上万的英镑，看在上帝的分上！当然我在伦敦的花费早就付过了，但是在过去的几个星期中，我用的钱比预算多得多。我需要新的衣服、发型，还有一个手机。其他暂且不谈，我要负债了。

关于会发生什么，以及应该发生什么，每个人都有自己的看法。家人都建议我回家去好好休息一下。辛科的人则试图告诉我，我仍然可以和他们签唱片合约，但我实在是累坏了，我需要让自己好起来。身边那些不同的意见都在开炮。每个人都跳入了池塘，所有的水都被泼到了外面，把穿着浴衣只剩下空壳的我独自一个人留在了那里。

曾经我是多么渴望成为一名职业歌手啊，而如今机会却从我的手中溜走了。

家人们对我知根知底，他们再清楚不过，在这个阶段能为我做的最好的事情莫过于让我心中的失望自己燃烧殆尽。他们达成共识，我将被送往另一家酒店。每个人都知道此时媒体正在大楼外面候着，而我看上去又那么沮丧，于是我的一个外甥女拣出一束花，用它来遮挡住我那一脸受伤的样子。这些本该用来庆祝和祝福我的花朵，此时却被用来把我隐藏起来。

普莱奥利

现在，我很后悔自己说我需要在普莱奥利“休息一阵子”。我的确需要休息，但却不是在那里。

在《英国达人秀》决赛后的第二天，我变得极度不安和疲惫。我这个星期都没怎么睡着觉，而节目结束后，肾上腺素和情绪却依然在我的身体里高涨不下，令我整个晚上都保持着清醒。因此当有人提议说我该去普莱奥利时我就答应了，除此之外我也不知道该怎么办。

本来我也不知道普莱奥利是什么，不过等我到那里后就立刻意识到这是一个类似心理医院的地方。这让我害怕极了，因为我知道待在这种心理机构会发生什么。他们会把你关起来。我的舅舅迈克尔就曾被关在里面好几年。他生命中所有的潜力都被扫荡一空，当他出来和我们一起住时，他已年近古稀，饱经沧桑，再也无法过上完整的生活。

我没有心理疾病。我试图解释给医生们听，但是他们似乎并不想听我说这些。

我想给外面打电话，但是他们不让。他们还不允许我看电视，因此我并不知道，新闻里依然还在跟踪报道着我的故事。我甚至不清楚，是否有人知道我在这里。我只知道我被关了起来，他们会一直关着我。在我整个人生中，这是在我身上发生过的最最可怕的事情。

我还在努力接受自己梦想破灭这一事实，但是这才是真正的噩梦，与被狗仔队追踪或是被报纸诽谤相比，这完全是在另外一个不同的层面上的事儿。我的感觉就像是，我必须为了自己作为一个人的生存而战斗，毫不夸张地说，为了保持我健全的心智而战。

我从未像此刻那么孤独过，因为无法与任何可以帮助我的人取得联络。如果我的母亲在这里就好了，我知道她会这样说："这是不对的。苏珊不该待在这样的地方。"

但她不在这里。

当我最终被允许使用电话时，我拨打了记忆中跳出来的第一个号码，是我姐姐凯瑟琳家里的号码。

外甥女帕梅拉接了电话。

"他们把我放在了这里，一家心理医院，"我对她说。

"苏珊，你在普莱奥利，"帕梅拉说，"所有的明星都去那儿。你遇见什么名人了吗？"

"这一点儿都不好笑，"我对她说。

我想，她还有其他人都一定以为，普莱奥利是那种水疗中心，名人们都在里面休闲放松。但实际上并不是这样。

每当护士们走进我的房间，我就会说："走开！我不需要你们！"但我渐渐明白了，我越是愤怒，他们就越会认为我有毛病。我能做的最好的事情，就是保持安静。

第三天，我出院了。

一辆轿车停在了普莱奥利门口，一个戴着墨镜的中国司机在前座，我和一个保镖在后座，狗仔队跟在车后。于是我们驶入了一座地下车库，我上了另外一辆车。大队人马跟着那辆空车。如果说之前我觉得自己是一部心理恐怖片的主角，那现在我就是在演詹姆斯·邦德的电影。

我们开去了伦敦郊区的一个地方，那里以前是女修道院，不过后来被改造成了豪宅。终于，我能够好好休息了。

又过了几天，一位衣着光鲜的医生带我去了一家精品店，进行“血拼疗法”。媒体们在那里亲眼目睹了我的康复情况。至少这证明了我是正确的，除了疲惫之外，我本来就没什么问题。

这就是你们想要的故事。

第四部分　我是谁

万福马利亚

二〇〇九年八月

夏末，金色玫瑰盛放在圣贝内特前的花园。这是位于爱丁堡的一座维多利亚风格的房子，红衣大主教基斯·帕特里克·奥布赖恩就居住于此。花园入口处的角落，矗立着一尊圣母塑像，仿佛是在欢迎我们的到来，一走进去，就立刻感到了这个地方的静谧。我沿着通向塑像的石路一路向前，心里默默地念着祈祷词，这是妈妈自少女时代就开始教我做的事情。

房子前门刻着几个字母：SALVA ME BONA CRUX，意思是“伟大的十字架，请拯救我。”

弗兰克和他的妻子莫琳已经在那儿了，同他们在一起的还有来自西洛锡安音乐世家的马里奥·马塞拉，洛琳、本尼和萨蒂。弗兰克和马里奥早在圣约翰教堂工作的时候就同大主教相识，而所有剩下的人都对这次访问非常激动，在等待有人来应门的时候，我们甚至小小地紧张了会。作为虔诚的天主教徒，与天主教会的红衣大主教共进午餐是我们从未梦想过的莫大荣耀。

大主教的助手诺拉给我们开了门，她是个可爱的红发女子，笑容灿烂，看起来有些像爱尔兰人。她把我们引入接待大厅，大主教正在苏格兰守护神圣安德鲁的塑像下等待我们的到来，大家这才安心下来。主教向每个人一一问好，说能邀请到我和我的家人真是太好了。然后，我们随着他走进了私人祈祷室。

圣贝内特的前任主人是位律师，一八七八年天主教会从他手里买下了这幢房子。同大部分维多利亚建筑一样，长廊的光线很暗，脚下铺的是地毯，两旁一扇扇大门紧闭。祈祷室是大约一百年前新搭出来的。当门被打开时，我们每个人都被眼前的美景震住了，连呼吸都几乎停止。这简直就是个小教堂的完美缩影：玫粉色的墙、白色立柱、明亮的彩色玻璃。圣坛左侧是一尊圣约翰的雕像，右侧则是一座非常精美的圣母像，看起来年轻优雅，长袍飘飘。那是个美到不可思议的地方，在那里一起做感恩祷告仪式将会是多么振奋人心！

穿着长袍的红衣大主教看起来拥有着无限力量和威严。做完弥撒后，他问我，是否愿意在教堂里唱歌，可是我实在没有勇气，又太害羞了。

这时，有个摄影师到场了，他过来拍摄我们这次会面。于是，我被允许坐在一张为教皇保罗二世几年前访问苏格兰时特别定制的椅子上。当年对他的白色教皇车弯腰鞠躬的情景我至今依然历历在目。坐在那张椅子上，身处他曾经祈福过的教堂里，这让我觉得自己的生命已经完整了。

然后，我们到餐厅里去用午餐，我坐在大主教的对面，一开始觉得自己舌头好像打了结，但很快，我放松了下来，发现他是个非常平易近人的人，总是带着微笑，还很有幽默感。

在《英国达人秀》决赛之后，大主教给我寄了第二张祝贺卡，恭喜我取得的成就，而显然，他也关注了之后新闻媒体上关于我的报道。我们就餐的时候，他告诉我，无论他去世界的哪个角落，只要对别人说他来自苏格兰，就会有人问他："你知道苏珊·博伊尔吗？她现在情况如何？"

最近他出访了爱尔兰，总统玛丽·麦卡利斯告诉他，他们全家老老小小在一起看了我的决赛。她亲自下厨做了菜，这是很长时间以来他们全家第一次聚在一起。我的歌声把大家都带到了一起。

"周六的晚间娱乐节目总有这种力量。"我说，不想把这归结为自己的功劳。

大主教问了我过去几个月的情况，我告诉他，喜怒哀乐，什么都有，但好在如今基本一切都走在正轨上了。我正在录一张唱片，根据规定，具体细节都必须保密，但是我告诉他，里面会收录一些圣歌。他听了以后很高兴，说如果发行了，他希望能够收到一张。我说，当然。我真不敢相信跟大主教谈话，会是那么简单轻松。

之后，我们又回到舒适的客厅里坐下来喝咖啡。在我家，客厅里装饰着各种各样的宗教雕塑，还有各种我们参观教堂带回来的纪念品，所以当我发现这里——大主教的客厅——居然没有一件同宗教有关的东西时，不禁感到非常吃惊。尽管从那扇大大的窗口看出去，能看到后院里另一尊圣母石雕。同大部分普通人家一样，壁炉架上放着很多照片，只不过，内容并不是什么主持婚礼、或是第一次圣餐之类的，而是大主教生活中那些重要的时刻，比如，被教皇保罗二世加冕为主教的典礼，还有在西斯廷教堂里，他作为红衣大主教选举了新教皇本笃十六世。

我很放松，还问起了这些照片的故事。壁炉上方还挂着一幅很大的油画，画中是四个法国农妇，其中一人手里抱着个婴儿。她们都在等着自己的丈夫自海上打鱼归来。在我看来，那似乎是幅非常生活化的画，并不是像会出现在大主教家里的那种传统基督教艺术品。大主教告诉我，这是一个朋友在临终前送给前任房主的，因为尺寸太大，他不知道谁家还有那么大的地方来陈列。

"你喜欢这幅画吗?"他问我。

"我觉得她们脸上的表情很令人感动。"我说。

我看得出来，这些女人心里都满揣着不安，不知道自己未来身在何处。

大主教对我微笑了一下。我也许不是什么艺术鉴赏家，不过我想他知道我要表达什么。

告辞之前，我们都一起回到那个美丽的小祈祷室，开始做祷告。此刻，我们的神经都完全放松了下来，和大主教在一起变得十分舒服，在我们沉思时，屋内一派平和的氛围。我觉得幸运极了，急不可待想要表达自己的感激，但又深知表达不尽。所有的人都还跪着，而我，则站了起来，走到圣母像前，唱起了《圣母颂》。

我的嗓音听起来纯净、虔诚，好似一束阳光透进教堂。

音符似乎在空气里凝固了几秒钟，好像要把回声留住。

大主教感谢了我，他说，这是个非常美好感人的瞬间。

回家的路上，我坐在车后，回想着这一整天，沉默了一路。我经历过那么多美好的事情，而今天这刻，是我最最希望能够和妈妈分享的。她一定会喜欢大主教。他是那么谦卑的人，你可以轻松地跟他一块大笑。我知道妈妈一定会喜欢他。

我相信母亲的灵魂就在那里，这些日子以来，我对这个想法更加深信不疑。在那些最艰难的岁月里，我几乎感到她就在看着我，关心着我，好像要给我指点，正如同她过去一直做的那样。因为她无法亲自帮我，就把那些可以帮到我的人都安排在我的人生道路上。无论何时何地，只要遇到困难，总会有些这样的人出现。我敢肯定，正是因为妈妈，我才得以一路闯过那么多难关。我也敢肯定，像今天这样美丽的日子里，她也一直与我同在。

安迪

六月，休息了几天之后，我又重新投入了排练中，开始准备参加《英国达人秀》的巡回演出。能够再次现场演唱，而无须面对头顶上那三盏灯的压力，实在是太棒了。而且，这种气氛同电视录影棚里的感觉完全不同。有些演出场所非常宽敞，比如能够容纳六千人的温布利体育场；每个买了票来看演出的人都抱着娱乐放松的态度，没有人来评头论足，也没有人批评你。观众发出的欢呼声大到不可思议，好像一道道能量热浪注入你的演出中，让人极大地振奋起来。

可是下了舞台之后，“我到底要选择怎样的人生道路”依然是个困扰着我的问题。有时我觉得自己顶着愈积愈甚的压力，连演出都开始力不从心。不过叫我自豪的是，我还是基本出席了绝大部分表演，特别是在苏格兰的格拉斯哥、爱丁堡，还有北爱尔兰的贝尔法斯特——我妈妈祖上居住的地方，举行的几场。表演都受到了极佳的反响。

后台的气氛也非常融洽，所有选手都放下了压力，每个人都开始能展现自己的所长。我最喜欢霍莉·斯蒂尔，她那么小，嗓音却已经有了成年人的力量，我非常爱听她唱歌。当然别的人也都很棒。

巡演进行途中，我们听闻了迈克尔·杰克逊的死讯，每个人都非常悲伤。那天晚上我们在俯瞰大海的伯恩茅斯会议中心演出。天气晴朗，但是场内压抑沉闷。迈克尔·杰克逊是无数年轻人的偶像，这些人如此年轻，他大概是他们第一个发自内心亲近过的逝者。他们震惊失落地到处乱走，好像僵尸。如果你认真想一想，就会发现我们的达人秀与这位伟大的音乐家息息相关：从风格独特的半决赛选手达斯·杰克逊，到多样舞团和完美无瑕舞团的舞蹈，以及霹雳舞舞者小艾丹。夏兴在节目里演唱过迈克尔·杰克逊的歌曲，传说迈克尔还邀请他加入自己即将举行的世界巡回演出“就是这样”。令人悲伤的是，现在，他只能在杰克逊的葬礼上为他献唱了。

我不认为那些热爱街舞的男孩们会相信，在化妆间里，一扇写着“苏珊·博伊尔”名字的门后，有个完全不懂太空步的中年妇女，也在抹着眼泪。长久以来我最爱的歌之一是迈克尔·杰克逊的《本》，我依然清晰地记得自己年少时，拿着把木梳全身心投入唱着这首歌的情形。

那天晚上，我们把自己的演出献给了迈克尔·杰克逊，这个给了我们那么多灵感和鼓励的人。

《英国达人秀》巡回演出的设计很巧妙，不但让所有进入决赛的人都有机会在自己的粉丝前一展歌喉，而观众每次也总会有些惊喜。最有趣的一次是，达斯·杰克逊出现在台上时，背后跟着一群《星球大战》里的帝国突击员，这是“无瑕舞团”的队员们，每个人都穿着白色的“帝国制服”。观众顿时醒悟过来，两边站着德米和莱吉，也就是达人秀里的搞笑父子组合斯塔夫诺斯·弗拉特利。这个创意让观众都乐翻了天。

回到伦敦我的临时住所时，侄女柯尔丝蒂给我介绍了一个高大的中年男人，有几分像哈里森·福特。如果还是拿《星球大战》来打比方的话，他的形象变得越来越不像汉·索罗，而是更像欧比-旺·肯诺比，因为他的耐心就同绝地武士一样好！这个男人名字叫安迪·斯蒂芬斯。

历经几番讨论之后，我终于决定，把自己的职业发展交给一个团队来打理是最好的。团队包括有着丰富管理经验的奥西·基尔肯尼和媒体律师柯尔丝蒂。他们两人的合力将会帮助我管理好那些复杂的商业事务和音乐背后的各种合同。这个世界是那么复杂，能找到让我信任的人来帮我做这些事情，让我放宽了心，可以只关心唱歌。这个团队的第三人，是一个为我打理日常事务、照顾我的人，也许也是整个拼板中最重要的那一块。此刻，安迪·斯蒂芬斯出现了。奥西问他是否愿意跟我碰次头，看看我们能不能谈得来。

那时，我刚刚经历过惨痛的修道院经历，并不愿意相信任何人。当柯尔丝蒂把安迪介绍给我的时候，我很羞怯，甚至不敢看他的眼睛。

“我不会伤害你的，”他对我说，“我只想跟你聊一聊而已。”

我觉得他是个善良又令人愉悦的人。

几天之后，他带我们出去吃饭。他聊起了自己的管理经历和对我职业发展的看法，每句话听上去都很中肯。他希望我不要太急于在世界各地开始自己的演唱会，不要急于扩大一夜间积累的声名。我现在应该做的是好好录一张唱片，一步一步循序渐进，慢慢过渡每个阶段。也就是说，像婴儿学步那样做起。我觉得这个想法很令我宽慰。

为了让自己能尽可能少受媒体无休止的干扰，我同我的个人助理朱莉娅住在伦敦北部一幢相对闭塞的房子里，她是唱片公司派过来的。除了她之外，我还有个保镖，名叫凯尔伦。那幢房子非常豪华，但是并没有家的温暖舒适，或任何我习惯了的东西，所以感觉仿佛住在一个“演出之家”。每次我出门散步的时候，总会有人陪着我。而有时，你只希望是一个人！我想，唱片公司一定觉得有责任要保护我，而这是他们认为合适的方式，但是对于我这样一个务实的人而言，完全无法理解为什么自己不能再过上同以前一样的生活。我想念那些在布莱克本的熟人。有时，我甚至觉得自己仿佛住在监狱，而不是豪华大屋里。

遇到安迪之后，我马上意识到，他是那个能帮助我重拾平衡的人，他会在我身边，而更重要的是，他会挺我。我也很高兴现在可以说，当时的这种本能感觉，被证明是正确的。

唱片

如果有人在一月份我去参加海选的时候告诉我，我会在六个月之后为西蒙·考威尔的辛科唱片公司录制一张专辑的话，我一定会笑得把房顶都掀翻。那时发生的所有事情，都让我相信一切前景只不过是场梦。成功的平台看起来始终是那么摇摇欲坠，我从未觉得自己把脚跟站稳过。这时，伊芙·伯内特出现了，她告诉我她受邀来帮我学习唱片里的几首歌。直到此刻，我才开始允许自己相信，也许一切真的要发生了。

伊芙邀请我去她家里生活一段时间，这样可以一起工作。每天早上用餐的时候，我们都会讨论那天打算学习什么歌。从上午十点到十二点，我们会攻下一首歌，经过短暂的午餐休息后，又继续赶工，把一点到五点这四个小时用来学习第二首歌。到了晚上，我们还会再继续重复打磨第一首歌。每首歌对于嗓音处理都有不同的要求，而学习新技术总是让人兴奋着迷。我觉得自己好像在不断地提升。虽然很难，但似乎我也不是学不会。你学习新歌的时候，并不仅仅是要唱出音调来，更重要的是，你得试图体会背后的情感，在歌唱中感受这种情感，这就是所谓的术语“力度变化”。你不是因为“有能力”唱得力度十足，而是因为在某个点上，感受到了激情，才唱得响亮，或是感受到了悲伤，才唱得柔和。

我们一直按照非常严格的时间表在学习，但是空闲的时间还是有的。我们常常会在用餐时聊天。伊芙嫁了个很好的先生，还有两个可爱的十多岁的孩子，他们对我都非常友善，让我很容易就融入了这个家庭。晚上，伊芙总是会去看望她的母亲莫莉，有一天，我问她能否同她一块去。我和伊芙刚开始在伦敦上课的时候，我同莫莉讲过一两次电话。她是个很有趣的人，在阿伯丁郡的梅斯利克小学教书，伊芙就在那里长大。见到她的第一眼，我就知道，能被莫莉教育的孩子是幸运的，她是个生机勃勃的人，总是洋溢着欢乐的微笑。只要一走进房间，你就会感到她已经走过来向你打起了招呼，哪怕其实，她根本起不了床。因为生病，莫莉常年瘫痪卧床，但是她的头脑依然清晰，保持着自己的才智和幽默。我们见面的时候，她给我看了一首自己喜欢的诗歌，我觉得那是对于她最好的写照。诗的名字叫做《我很好，谢谢》。

我并无大碍。
我已尽可能健康。
双腿患上了关节炎，
开口听得出哮喘病，
脉搏微弱气血不旺，
但是我依然觉得好。

我夜夜失眠，

但新的早晨又觉得自己也不坏。
记忆衰退头晕目眩，
但是我依然觉得好。

我如何得知自己已经青春不再？
别人健步如飞而我老态龙钟。
不过我并不在意，
我只会一笑而过。

有人说“年迈如金”，
但入睡前看看自己，
耳朵在抽屉里，
牙齿在杯子中，
眼睛在桌子上。
于是我决定问问自己，
还能把什么放在书架上？

年轻时我穿着小红鞋，
摆个劈叉还能把腿举过头，
中年时我改穿小蓝鞋，
但我依然能整夜跳跳舞。
老年时我换成小黑鞋，
去趟商店还得抖三抖。

每天起来我又少了点智慧，

捡起报纸读读讣告，

如果没发现自己的名字，

那么恭喜恭喜，我还活着。

于是我快乐地吃顿早餐，

面对接下来的每一天。

到底要在专辑里安排些什么歌，这是我绞尽脑汁的事情。尼克·雷蒙德是我们唱片公司艺人和曲目部负责我的项目的人，他已经为我设想了无数种可能性，终于想出了一个融合各种风格迥异歌曲的曲目单：包含了一些我曾经唱过的音乐剧，也有听众也许会期待我去试一试的歌曲。唱片公司的初衷是想以这种独特有趣的结合来给大家一个惊喜，我本人也很喜欢这些选择。其中有些是我自己的大爱，也有些是我喜欢但未曾想过要去唱的，还有一些则是原本完全陌生却很快爱上的歌曲。

近几个月来，史蒂夫·迈克的名字在我的耳边反复出现。所有提到他的人都众口一词：他是个非常厉害的家伙，一定能成为我的金牌制作人。所以，你自然能够想象，第一次去他的工作室同他见面时，我有多么紧张。

工作室坐落在伦敦西南部皇家马厩附近的街上。楼很简单实用，看起来好像是任何老城都会有的那种旧办公楼，但是当你走进去的时候就会发现，里面的装修极简而现代，还有各种各样的顶级设备。

对于口碑这般良好、同包括利昂娜·刘易斯和西城男孩在内无数顶级艺术家和乐队合作过的音乐人而言，史蒂夫·迈克比我预料的要年轻得多。他有一双深色的眼睛，身上散发着一种咄咄逼人的气势，但却总带着友好坦诚的微笑和一种了如指掌的自信。他自己也有点紧张，因为显然有人警告过他，我是个比较情绪化的人。但好在，我们几乎是一见如故。

工作室不大不小，天花板很低，除了史蒂夫的屋子之外，别的房间都没有窗户。他同一个负责伴奏和录音的工程师坐在一起。工作室里有空调，凉爽舒适，还有可以调试灯光的设备，这样就能按照唱歌的不同情绪变换灯光。

所有的东西对我来说都是崭新的，当我按下录音室门的“关闭”键，心里不由大大地紧张了起来。在这个光线幽暗的房间，我独自一人，站在麦克风前面，戴上了耳机。史蒂夫问我有没有准备好，我竖了竖大拇指，感到似乎更加跃跃欲试了。

我们录制的第一首歌是《泪流成河》。之所以先从这首开始，是因为这是专辑中唯一一首我之前录过的歌曲，这样我大概会觉得自在些。

哀婉动人的曲调一下就把我带进了歌曲的情绪。我闭上了眼睛。

而现在，你说，你爱我……

此时，距我第一次在爱丁堡的心跳录音室录制这首歌那会儿，已经可谓是沧海桑田。但是这一刻，站在伦敦的这间高级录音棚里，我找回了相同的情感：被爱情拒绝的伤痛和报复成功后的空虚。

音符一个个仿佛呼吸般自然地迸了出来。音乐本身给我带来了一种满足感，好像我终于找到了穷尽一生寻觅的东西。

录音棚成了我的避风港。为了住得更近些，我搬出了那幢偏僻的大房子，在伦敦西面找了个不错的小公寓。每天早晨，会有辆小车来接我去录音室，从十一点到下午四点，我们都会在那儿工作。我依然盼望着能有机会独自去散步，因为新公寓就在皇家植物园附近。我想看看那些色彩斑斓的花朵，还有棕榈室里充满异域风情的热带植物。但是现在，录音室是我逃离这个世界的途径。

对我而言，录音室仿佛是一道珍稀的彩虹，高高飘浮在我人生所有忧虑不安的涡轮之上。在那里，只剩下我和音乐。我喜欢这种与歌曲之间纯净相连的感觉，只要一戴上耳机，我就觉得自己回到了一个安全的家，一切平静如水，我成了一个知道自己价值何在的人，一个能够全身心做着自己、并相信能做到最好的人，不受任何干扰。唯一同我对话的，是音乐。

接下来，我们录制的是《我曾有梦》。这首歌已经成为了我的代表作，但是，我在海选时之所以选择这首歌，是因为梦想要回到失去母亲前那种充满安全感的生活。如今，我已经站在了一条全新的道路上——我知道，这也一定是她希望我去走的道路，所以这首歌现在对我也有了不同的意味。

史蒂夫是个聪明的人，他完全知道如何从我身上引出他想要的那些东西。有时，他会要求我尝试一些略有不同的表达方式，这样在他最后给专辑混音的时候便能多些选择。我觉得这种挑战既有趣又新鲜。我一直喜欢表演，所以有时史蒂夫就会说："现在想象一下，你年轻了十岁，然后试试再唱这首歌。"我就用这种机会进入了自己的角色。看到我愿意去尝试任何事情，史蒂夫也感到很欣慰。他是个天生会鼓励别人的人，如果你表现得好，他会很积极地表扬你，如果你搞砸的话，他也会毫不留情。这种中肯坦白的方式让我对他有了完全的信任感。当他说："这完全就是我想要的!"我知道他说的是真话，就会为自己感到自豪。同样的，我觉得自己日益增长的自信也回馈到了他的身上，我们的个人才华得以进一步发挥。我们之间建立起了一种能碰撞出火花又彼此尊重的工作气氛。史蒂夫的工作节奏很快，跟着他干活也很辛苦，但是我觉得自己能跟得上，录音过程催人奋进。

戴着耳机，站在一个录音棚里，而不是作为教堂唱诗班一员去唱赞美诗是件滑稽的事情，但是无论身处哪里，唱起赞美诗的时候我总会觉得自己离上帝又近了些许，因为是他首先赐予了我歌唱的天赋。我坚持要把《你真伟大》("How Great Thou Art")这一曲纳入新专辑里，因为这是我的良师益友、给了我无限支持的弗兰克·奎因最喜欢的一首歌。这些赞美之词导常纯净，传递了朴素却又真实的情感。

《奇异恩典》("Amazing Grace")是另外一首对我而言很有力量的圣歌，因为它那么优美地表达出：上帝永远与我们同在，尤其是当我们感到畏惧的时刻。

前我失散今被寻回，

瞎眼今得看见。

这首赞美诗在我人生后期对我的确有着特殊的含义。

《天生达人》（“Who I Was Born to Be”）则是一首为我度身而作的歌，描写的是我的人生。这似乎是大多数粉丝最喜欢的一首，每次唱起它，都觉得好像唱响了战斗口号。

在翻唱麦当娜的名曲《等着瞧》时，我的嗓音里充满了愤怒，这种愤怒并非是让你苦涩掉泪的沮丧，而是一种强烈积极的愤怒。录的时候，我觉得自己不仅仅是要唱给那些学校里恃强凌弱的小阿飞听，在某种程度上，我还要唱给那些给我压力的媒体听。我并不惧怕媒体，这是我工作的一部分，踏入这个圈子的一部分，我也知道艺人需要媒体。但是我只不过是个人而已。我可以被高高地捧起，又被重重地摔下，但是无论如何我都不会变。当我唱起《等着瞧》时，我觉得似乎自己复原了，获得了能够继续走下去的力量。

《高高的山冈上》（“Up to the Mountain”）的原唱是凯丽·克拉克森。他们为我选了这首歌，我自己也非常喜欢。《白日梦信徒》（“Daydream Believer”）则让我回想起了自己还是小孩时，看“顽童合唱团”在电视上表演的好时光。专辑里收录的是个慢版，所以你能听清每句歌词，过去我从没好好关注过这些歌词，不过现在它们对我有了意义。我盼望着，不用很久，我就能回到布莱克本。我会成为“返校节女王”吗？可得走着瞧！

有一天去了录音棚之后，史蒂夫说他想给我听一首歌，名字叫做《自豪》（“Proud”），他是作者之一。歌写的是一对父子之间的冲突，非常能打动人心。

每个人都曾在人生的某些阶段与父母发生过冲突，我也不例外。我成长的过程中，遇到过很多困难，尽管大家都是那么爱我，但我常常会觉得，自己也许是个累赘。那时父母已经不再打算要孩子，所以我会横行霸道，根本不是个容易应付的小孩子。

长大以后，我还是依附着父母，当然，也学会了如何讨好他们。我并没有给自己太多的空间发展个性，我以为，不全心全意照顾父母是一件错误的事情，会因此一辈子后悔。所以那时的大部分时间，我都在和自己的心打架。

这种想法带来的另一大影响是，我做每件事都会习惯性地经过他们批准。而一旦如今他们不再给我指导，我就害怕了起来。

歌词里有一句话，大意是说，你应该是自己的主人，是独一无二的个人。这正是自母亲逝世以来我一直努力的方向。

对我而言，这首歌还意味着悔恨。我努力了，但是我真的不以为父母在世时，我给过他们任何值得让他们自豪的东西。妈妈一直信任我的能力，但她也一定很担心自己过世后，她的小女儿苏珊到底要怎么办。如果她知道接下来发生的事情，一定就不会那么忧虑，她会有多么替我自豪啊。

开始几次试唱《自豪》，我根本无法唱下来，每次都哭成了个泪人。

专辑里最出人意料的歌曲大概是《野马》，那也是我们最后录制的一首歌。西蒙·考威尔为我选了那个版本，我本人也很喜欢。我从小就知道这首歌，因为哥哥们都是滚石乐队的忠实歌迷。第一段里的某些歌词也总会让我想起过去住过的那个公房，勾起我好些孩提时代的回忆。

唱那首歌的时候，我总是觉得自己是在用母亲的视角唱，似乎是她在诉说，而我只是倾听，那是种很令人伤感的经历。

我过去的唱歌风格是，总喜欢在第一个小高潮的时候用很大的力，但是后来，我发现如果你轻轻地唱，其实更有感染力。技巧上这是很难的事，所以意味着你必须很好很好地掌控。一旦你学会了掌控，就能学会如何从轻柔到洪亮再转回轻柔。我觉得，人们是在第一次听到我唱《野马》这首歌的时候，开始真正把我当作歌手。美国的唱片公司对我翻唱《野马》兴奋坏了，而这首歌也成为了我作为真正歌手登台亮相的第一首献唱曲目。

勇敢者之家

对于大多数人而言，一次头等舱的飞行，五个在洛杉矶豪华五星级酒店的夜晚，一次迪斯尼畅游，将会是永生难忘、一生难得的度假。但是对我而言，度假意味着放松，而我只要能在西洛锡安布莱克本的那个苏格兰小房子里待着，就足够放松了。

我和史蒂夫工作非常顺利，新专辑在六周内就基本完成，我也因此有了空闲，高高兴兴地从伦敦豪华公寓搬回了自己的灰泥小石房，身边的人也从如影随形的助理和保镖换回了邻居、家人和朋友。我又能够去卢尔德圣母堂做礼拜，去惠特本教堂坐坐，而且，我还能吃上我最爱的节日大餐：鱼和炸薯条！

布莱克本那些熟悉的人和事又回来了，我又一次知道了自己是谁，也知道自己在做什么。在整个成名过程中，我从未希望时间倒流，但是我也从不理解，为什么走上今天的这条路，自己就要变成一个不同的人。我以为，我还是过去的我，只是成长了，开始探索更大的潜能，这种潜能本就存在，只是早些时候我还没能发挥出来。我完全清楚，自己有这样的机会是多么幸运，我也异常感激所有那些随同名声而来的礼物和奢侈生活，但是说到底，其实我根本不在乎那些物质。只要能穿得暖，吃得饱，有歌唱，我就很高兴了。从小父母就教育我们，不要伸手要东西，他们还告诉我们，最好的礼物并不存在于这个世界。

“我们能把窗打开吗?”当飞往洛杉矶的飞机开始在跑道上滑翔时，我问。

保镖凯尔伦紧张地看着我，看到我的脸时，他意识到我其实是在开玩笑。人们从来不知道我到底是个什么样的人，会有些什么样奇怪的想法。

我唯一能掩饰自己陷入巨大恐慌的方式就是大笑。我们坐在英国航空公司的头等舱里，宽敞的空间和一流的服务稍微减轻了些长途飞行的压力。但是一想到要在空中待上整整九个小时——我此生最长的飞行，我就紧张得要命。

这次旅行的目的是让我作为独立职业歌手第一次公开亮相，所有问题的谜底都得留到我上台面对观众唱起歌的刹那才能揭晓。我要上的是美国最火的电视节目，《美国达人秀》的总决赛。而我想的主要问题则是：我能做好吗?

我不停地告诉自己，还有两天才唱，所以现在就恐慌可没什么意义。也许没准，我到时还会挺自得其乐呢。好吧，不怎么管用。我只好开始回想过去那些登台面对观众的瞬间，唱得不是也还不错么。这倒是有些帮助，但是你知道神经紧张这种东西根本就没什么理性可言。哪怕你再有逻辑再正确不过，心里乱撞起来也无人可挡。逻辑上，你演出得越多，就越不紧张，但事实上并不是这样的。我知道不是只有我一个人这么想，因为曾经有人同我说，很多有着多年演出经验的艺人依然会在上台前呼吸困难。哪怕周围所有的人都告诉你，一定没问题，也不管用。他们又不是要登台唱歌的人！但是我也知道在这种情况下，不管他们嘴上说什么，心里都还会觉得这是件大事情。

我的新生活里最大的快乐是，我发现自己能让人变得更快乐，虽然我也不明白究竟是为什么，但是感觉很好。所以我决定还是不要多想，只要尽情享受便好。我们降落在洛杉矶机场的时候，外面大概至少有两千余歌迷在等着欢迎我。还是个小女孩的时候，我曾经在电视里看过披头士乐队抵达机场的新闻，到处是粉丝，拼命尖叫，拼命伸出手去想触摸他们一下。我还记得自己当时想，这些人究竟是如何得知披头士要来的呢？他们的父母怎么会同意他们去机场？我的歌迷大多不是小姑娘了，但我还是不明白，他们究竟是如何得知我要来的呢？他们又怎么不用上班呢？钻进车里花了无数时间，最后还是靠着警车把我们送到了酒店。我觉得自己简直不是个歌手，而是个政府首脑什么的了。我很感谢歌迷付出那么大的努力来欢迎我，可是那实在是很令人手足无措。

我住在著名的君悦酒店。离开之后不久他们就停业开始翻新整修，但我实在不能想象，怎么才能把它翻修得更好一些，因为它已经足够美了：到处是小小的西班牙风格的房子，漆成粉色的墙，红砖砌成的屋顶，美轮美奂的花园和游泳池。那是个炎热的晴天，即使对于我这种从未学过游泳的人来说，蓝色的椭圆形泳池看起来也格外诱人。当我穿过走廊走进房间时，一切好像昔日重温，因为出现在眼前的情景，我曾在电影里看到过无数次。这叫我不禁开始幻想一位身材修长、晒成古铜色的女人，从长廊尽头走来，拿下墨镜，露出一张年轻的脸：伊丽莎白·泰勒！或者是加里·格兰特放下他手中的报纸，对我眨一眨眼。我的名字现在和这家酒店的其他宾客排在一起：格蕾丝·凯莉、玛丽莲·梦露等等。我想说，哪怕你有再多学识，在这间布置豪华的客厅里都不可能好好地放松下来——我希望这听来不是太过冒犯。

我一直梦想着去迪斯尼乐园玩，它也的确跟我想象中一样神奇。但是要在那种地方玩得开心，你得和自己的家人，或是熟悉的朋友在一起，那样你才能让自己放纵成孩子。可如果你坐在小飞象的背上时，身边是同事和一名保镖的话，一切都不是那么回事。你会提醒自己，任何一张尖叫或是傻乎乎的脸都会被拍下来。所以尽管他们是为了我能好好放松而安排了这次活动，我却丝毫放松不下来。

参加《美国达人秀》演出穿的裙子是苏珊娜·内维尔设计的。去洛杉矶前几天，我在伦敦最后量了一次尺寸。那是件很简单的黑色丝绒长裙，上面点缀着几颗水钻，但是合体的裁剪把我衬托得非常漂亮。演出服必须要同我一起上飞机，它坐不上座位，但是我们从不托运，因为担心行李丢失或是延误。这种情况下，我的经纪人安迪就会带着它登机。

“你穿起来一定超美！”登机的时候我跟他开玩笑。

安迪表情自若，要让他觉得窘迫可不是件容易的事。那次去纽约旅行是我第一次真正意义上认识他，因为旅游的时候你们会有大把时间在一起。在一次长途飞行中，你会看到大家无所事事、表情困倦、还能听到打鼾，想躲都没法躲。捉弄安迪是件很有趣的事情，我们会将大把大把的时间用在玩“猜音乐”，或是“猜艺人”

游戏上。这么多年听广播的习惯让我掌握了不少这类知识，从六十年代到八十年代的流行音乐我都很熟悉，但是安迪也不是好惹的对手，他可是六十年代就进入音乐界的人。

有安迪在，我就放下心来。他打理的艺人包括非常出名的乔治·迈克尔和杰瑞·哈莉维尔，他在音乐圈里无人不知。当我们抵达《美国达人秀》录影棚时，我想，至少我们之中有一个人知道自己要干什么。

你大概会以为穿上那条裙子是件容易的事情。去他的大头鬼！要想把身体套进那种紧紧绷住的衣服里，就好比是试图把香槟木塞塞回酒瓶口一样。所以在裙子下面，你必须穿那种紧身塑形内衣，先把自己“收紧”。我从来不知道自己身上有那么多肉！绝不骗你！而穿上那些塑形内衣的过程就同杀猪差不多，必须有两个人伺候着你把它们拉上去。那还只是开始，接下来你要试着穿上演出服，得有人用脚一直顶着你的背部，拉链才可能拉得上。尽管应该成熟地来看待这个问题，可我还是常常觉得，自己好像是走进了默剧里的灰姑娘。我不知道还能不能呼吸，更不用提唱歌了。想要走几步的时候，就会觉得自己是只便秘了的企鹅。这就是要看起来优雅付出的代价！或者最起码，是个很大的干扰！

我选择在《美国达人秀》初次亮相的好处是，尽管不在自己国家，周围的人我都认识。伊芙是达人秀的声乐教练，所以她已经到那儿了。正式排练前我们得以先一起热身。到观众都来的那天，皮尔斯·摩根也会到场，他是三大评委之一。

登台之前，我紧张得不得了。皮尔斯和莎朗·奥斯本到后台来看望我，说了很多鼓励的话。每个人都对我说，哪怕我搞砸了也没什么大不了，反正那只是录影，不是直播。我顶多会在几百个观众面前出丑，而不是上百万人面前。在我听来，好像是在说，如果不变成超级灾难的话，也只不过是个灾难。我花了很久，才鼓足勇气迈出了上台的步子。音乐响起的那一刹那似乎打开了个开关，我开始唱歌，所有的一切都随之而散。

我们录了两遍，然后会有人把DVD送到西蒙·考威尔家里让他看应该播哪一个。就这么简单！突然，全部担心不再，因为我的部分完成了！我唱了首从未有人听过的歌。现在，本年度美国收视率冠军节目将会播出我首度演唱的《野马》。这时我才意识到，这初次登台究竟意味着什么。感觉好极了！事实上，感觉好到我简直想再唱一次！

第二次去美国，我还是紧张，不过事情好办了许多，因为当时我成功地说服了外甥女乔安娜作为我的个人助理，同我一起去。乔安娜住在巴斯盖特，从布莱克本一路下去就到，母亲去世之后，她一直很照顾我，在媒体把我围困在尤尔街的时候，她也帮了我很多。她是个做事利落绝不啰嗦的人，而且像她妈妈布莱迪一样，富有幽默感。我是看着她长大的，所以到了要处理个人事务，比如挤进演出服这种时候，心里一点障碍也没有。因为她是家庭成员，我自然信任她，也不用担心自己的一言一行。乔安娜本身是个很时髦的人，所以能帮我选择适合我的日常着装。只有一个问题：我让她别再叫我苏珊阿姨，因为听起来实在太不专业。

我们第二次去洛杉矶的时候，住在半岛酒店。本次的“放松项目”是去好莱坞环球影城，我玩得很开心，因为乔安娜和安迪都去了。我们进入了不少熟悉的电影场景，比如《世界之战》、《达·芬奇密码》，还有《大白鲨》。《大白鲨》尤其滑稽，因为当我们路过一个当年拍摄某些动作场景的池子时，一头硕大的鲨鱼突然跳出水面，把我们洒得一身水！我尖叫起来，一蹦三尺高，还差点一屁股坐在安迪的腿上！

抵达《星随舞动》（*Dancing with the Stars*）的录影棚时，还有个小小的惊喜：电梯门打开时，出现在面前的是评委之一莱恩·古德曼。我在看《舞动奇迹》，也就是英国版的《星随舞动》时，见过他无数次，真是有些不真实的感觉！

“啊，你好！”我像个老朋友似的跟他打了个招呼。

好笑的是，当你遇到名人时，因为有时你会觉得自己跟他们已经熟得不行，你根本就忘记了其实自己从来没有真的见过他们。幸好，莱恩也是我的歌迷，他喜欢我的歌声。

我那天唱的是《我曾有梦》，比起《野马》来，要感觉稍微轻松些，因为这首歌我已经在大庭广众下唱了很多遍。唯一有点麻烦的是，舞者出现在我面前时，他们会做起各种各样看起来极其危险的动作，还有匪夷所思的托举。我知道，如果我看着他们，一定会忍不住要喊：“天哪，你可千万别让她掉下来！”所以我尽量更努力地集中注意力，只唱好自己的歌。

老实说，旅行初期那段我都有些记不得了，这都是因为接下来发生的事情。

其实也不算完全是个惊讶，因为已经有人预先告诉我，将有个“神秘人物”会来看我。但是直到开门，他出现在眼前时，我才敢相信自己的眼睛：唐尼·奥斯蒙德！捧着一束花，站在酒店房间的门口！其实，我还是不敢相信自己的眼睛。我的天哪！唐尼·奥斯蒙德在我的脸颊上亲了一下！我不得不去摸摸自己的脸，看看这到底是不是真的。

我迷恋唐尼已经整整三十五年了。如今，他看起来还是那么英俊，大大的迷死人的眼睛，灿烂的笑容，以及与之相称的幽默感。我想告诉你的是，他真的需要这种幽默，因为刚开始跟他说话的时候，我激动得完全语无伦次。一开始，除了格格笑几声之外，我什么都不会说。事实上，我还在偷偷地捏自己的大腿，想知道这究竟是不是一场梦。

唐尼就跟我幻想中的一模一样：英俊迷人，举手投足又很自然。当我终于能够平静下来时，我们开始讨论如何看待声名。对我们两人来说，与家人保持紧密的关系都是非常重要的事。他也理解我想要保持头脑清醒的那种需求，这正是我为什么要待在苏格兰老家的原因，他对此深有体会。

我们会面的部分过程被拍了下来，这会在圣诞期间一档关于我的特别节目中播出。看过节目的人曾经问我，我和唐尼到底笑什么笑得那么疯，现在我来告诉你。

我们一起坐在沙发上，有个工作人员递给我一支麦克风，让我别在胸口。我手抖得厉害，麦克风卡在了拉链里。

“你要我帮你一把吗？”唐尼问我，漂亮的眼睛里闪着光芒。

“你不能伸进我的外衣里！”我不假思索地回答。

曾经有无数个夜晚，我都在家里，盯着满墙壁唐尼·奥斯蒙德的照片。杀了我我也不会相信有一天，我会和他坐在沙发上开这种玩笑。

我们笑得腰都直不起来了。

回顾起这美好的一年，同唐尼·奥斯蒙德的会面一定是我人生中最大的亮点，我会永远永远珍惜这段回忆。

再下一次去美国，是为了又一次“人生中最重要的演出”。一旦完成一件大事，就总会有另外一件在前头等待着你。也许这也是为什么我永远没法彻底相信自己取得了成功。也许有一天，我终究会知道自己到底在干些什么，也不再惧怕，但是现在，每次面对新的挑战我还是感觉压力重重。比如这次，在全美电视台献唱自己的处女专辑，还能有比这更大的事儿吗？

十一月已经是个忙到不得了的月份。我先是去了洛杉矶，见到了唐尼·奥斯蒙德，然后回到苏格兰，只在家里待了两天，稍稍回味了一下，不久就又马不停蹄去了伦敦，再是巴黎，到那儿去出席一个电视节目。那次上台的时候，我的高跟鞋绊在了裙子里，虽然成功地拔了出来，但是听到了一下裙子撕裂的声音。我别无选择，只好继续往前走，还能怎么办？又再次回到伦敦，在那里裁剪了裙子，跟着伊芙做了声乐训练。因为《英国偶像》要播出了，她也回到了伦敦。接着，我为《英国偶像》录了《野马》。之后，我就飞去了纽约，准备第二天一早去《今日秀》录直播，还要在洛克菲勒露天广场唱三首歌。

通常，在为上节目作准备时，我会在几周前就开始紧张发抖，我会试着对自己说：“行了，苏珊，还有好些日子呢！”如果我还有些别的事情可以忙，那还过得去。但是离上台越近，感觉就越糟，哪怕我再拼命和自己以及周围的人开玩笑，拼命大笑，暗示自己一切都好，神经还是会变得越来越紧张，好像是压力锅里的那股蒸气。而奇怪的是，离演出真的越来越近了，我反而不再紧张了。此时占了上风的是另外一种惧怕，就好像是人生中所有的不安全感和所有还未能解决的问题一起将我吞噬。我不知道为什么会这样，但是我希望自己能学会控制这种情形，因为这无论是对我，还是对周围的人，都是很糟糕的感觉。

在纽约的时候，我几乎没有什么机会感到这种上台前的紧张，因为实在是太忙了。早在我开始感觉紧张前，已经累得够呛了。所以一切似乎都在一刹那袭来——就好像泥石流顿时将我淹没。演出前的那个晚上，我躺在酒店的床上，一秒钟也没能睡着。整晚，恐惧排山倒海，到了清晨，我已经觉得自己绝不可能有勇气去征服这种恐惧感了。我无法面对这个世界，决定就此逃避。乔安娜早上五点来叫我起床时，发现门被锁上了，我怎么也不肯让她进来。乔安娜警醒地去找了安迪。可不管安迪怎么在门外用他的平静声音宽慰我，我就是不愿开门。幸好安迪是个神通广大的人，他从清洁工那里搞到了一把钥匙。他闯进来，发现我依然穿着衬衣和牛仔裤，那是昨天晚上我们道别时我的打扮，而我的脸因为哭泣变得通通红。

安迪非常小心，也很平静，但时间已经所剩无几，所以他不得不把所有选择摊在我的面前。按照计划，我应该在早上八点半去录直播节目，而现在已经快七点了。

“苏珊，没有人会用枪指着你的头，你可以做任何自己想做的事情。但是，你要记得，你的整个人生都在等着这个瞬间。这是你的选择。我们可以出去散散步，我们也可以现在回到飞机场，直接飞回家，当作什么事情都没有发生过。或者，我们也可以从这儿走出去，告诉他们你究竟有几斤几两。”

他又加了一句让我彻底下了决心的话：“还有你别忘了，今天外面有很多女士从美国各地飞来支持你。她们从早上四点半就等在那儿了。要是你让她们失望的话，这是多大的耻辱……”

我不想让这些人失望，不想让安迪失望，不想让周围所有付出努力帮助过我的人失望。这是我的新专辑发布会，他们都需要我。如果我不好好干的话，所有一切都会烟消云散。

这时，我又想起了一个声音：我的母亲。她会用另外一种说法：

“听着，苏珊，不要让这些人难做。振作起来，否则我可要打你屁股了！”

那是个冰天雪地的纽约早晨，我走出门，因为害怕而浑身发抖。已经习惯了录影棚和人造灯光的我，在这种清晨灰暗的光线下感觉分外陌生。周围全部是曼哈顿的摩天大厦，站在洛克菲勒广场上就仿佛是站在井底，抬头看看都觉得畏惧。这是我常常在电影中见到的景象，但是我从来没有想过有朝一日自己也会站在那里。空气是那么清冷，我的呼吸变成了白色雾气。在我面前，是成百上千正在为我欢呼、挥舞着红色围巾的人们。我从未觉得自己这样独自暴露在人群前过。我用尽最后所有的力气控制住自己，不要再次逃下台去。然而，当音乐总监按下了“开始”键之后，我神奇般地从一个被吓坏了的小女孩变成了艺人苏珊·博伊尔。见过我在后台发抖的那些人总是告诉我，见证我上台后的转变是件完全不可思议的事情。那些歌迷给我的爱突然就让我全身温暖了起来。我在做的，是我天生要做的事情。

接下来，一群歌迷送了我一条她们特意为我缝制的被子：镶着五十二块大多为红色的方块，全部绣着感人的支持语句，还制作了四十九个新颖的贴花，缝在蓝色、绿色、白色和红色的方块上，每块都点缀着全世界参与缝制这条被子的人提供的名言警句。每个花样也都是不同的，有天使，有企鹅。还有太多太多可以描述的地方，总之每一块都独一无二，代表着我人生中某个重要的东西。最中间那个方块里，是句简单的话，绣在白色布面上："苏珊，我们爱你。"

我从来没有收到过什么为我特别定制的东西，更不用说是那么美的艺术品了！她们在这条被子上倾注了无限的想象力和心血，无限的好意和关怀，就好像象征着人们对于我的信仰。我不知道自己是否担当得起，唯一能做的就是拼命控制住自己的情感。但是当她们又递给我一块小小的被子，说送给"鹅卵石"的时候，巨大的感激淹没了我，我再也抑制不住哭了起来。这次，是欢乐的眼泪。

欧洲

成为职业歌手之前，有件事我是从来没有概念的，那就是舞台上或者电视上的一个瞬间，会牵扯到多少人的心。作为这张专辑宣传活动的一部分，我被要求去欧洲各地演出。我已经去过法国、德国、意大利、丹麦、西班牙和荷兰。每一次，哪怕仅仅是为了我在舞台上表演两分钟，都需要动用大量的人力物力。

除了始终与我同行的安迪和乔安娜外，索尼和辛科公司通常也会派出几个人，比如梅利莎和亚历克斯，他们有本事用一只眼睛随时关注事态变化，另一只眼睛则永远不离开自己的黑莓手机。有时我会有个保镖，还总会带着一群技术人员，比如音响师约翰森，他总是先我一步到达演出场所，把所有的音乐部分都正确无误地安排好。偶尔，还有个唱片公司的制作人跟着我。除了我上述提到的这些人物外，电视台这边还会有一大批人需要见面、打招呼以及处理各种各样的事情。有时，当地索尼公司的老板也会露个脸。这对我来说有些压力，通常，我只喜欢和两个人待在化妆间里：乔安娜，还有我的发型师和化妆师米歇尔。

第一次遇到米歇尔，是在来苏格兰的时候，那时我们正在洛蒙德湖附近的一个酒店里拍摄一档特别电视节目。她费了九牛二虎之力才到了那儿。米歇尔总是随身带着一个装满了化妆品和各种弄头发设备的小箱子。可那天在飞机大巴上，她只顾着发短信，没看到有个老太太错拿了她的箱子，并且在三号航站楼下了车。所以当米歇尔在五号航站楼下车的时候，那里只剩下一个贴着泰国航空黏纸的箱子。她尽力回想推理后，又飞奔回三号航站楼，找到泰国航空的登机处，可是他们也无能为力，只好让她报警。她照做了，可是她的飞机快要起飞了。那是她第一次跟我合作，所以无论如何她都不想迟到。所以米歇尔决定暂时不找箱子，先回到航站楼，在那里的免税店里买了所有她能买到的化妆品。然而就在她赶到那里的时候，电话响了，警察告诉她他们在三号航站楼找到了她的箱子，她又飞奔回去，最后在十万火急的情况下赶上了飞机。她跟我合作了很久以后，米歇尔才告诉了我这个故事。我从来没有想过在我们第一次见面前，她竟然遇到了这么多事情。因为那时，以及之后每一天，她都看起来新鲜得好像一朵小雏菊，毫无慌乱之情。米歇尔告诉我，一点点彩妆能带给你意想不到的改变！

你需要有一群可爱的人在你身边，因为如果没有朋友让你平静下来的话，待在化妆间的等待时间长到会让你想去爬墙。我觉得洗头发、做发型以及化妆这个过程是非常让人放松的，我们总是尽可能地化得自然，我依然是我，只不过看起来更加精致。我唯一不能习惯的是那些假指甲。我和米歇尔把这叫做是《英国爪子秀》。哪怕是就快要上台了，我还会紧张地想把它们全都剥下来。

登台前半小时，我们开始穿演出服，但是在此之前，我得先套进那紧得要命的塑形内衣里，乔安娜在前，米歇尔在后，一起拼命往上提，三个人都会笑得几乎倒地。我一共有三条裙子，都是苏珊娜·内维尔为我设计的。第一条是漂亮的绛红色丝绸裙，层层叠叠从上至下；第二条是深蓝色的，满身镶着宝石；还有一条则是镶着几颗小水钻的黑色丝质裙子，也就是我在《美国达人秀》上穿过的那条。我们还得记得戴上首饰，这时就差不多是跟着伊芙做点热身的时候了。

在欧洲到处飞的时候，伊芙不可能每次都陪着我，但是最起码，我们会在电话里做一下热身。从我这头来说，在化妆间的话，事情会非常简单。我们发出V的音，然后做各种呼吸练习，她先起首唱，然后我跟着唱。我常常会利用这段时间穿鞋，或者乔安娜会迅速地帮我套上一根项链。不过起码所有事情都在一间房间里进行。而对另一头的伊芙来说，事情就不那么容易了。欧洲大陆同英国有一个小时的时差，常常在我要登台的时候，伊芙正在回家的路上。她不得不经常躲在某个车站的咖啡吧后面，背景声音是各种火车站广播。有时甚至她坐在火车上，还得同我做声音练习。当她终于同我做完练习坐下来的时候，周围的人全都用奇怪的眼光看着她。除此之外，伊芙还曾经在其他奇怪的地方替我做热身：商店门口、加油站便利店里、在自己的车上（开着手机扬声器）、甚至在莫莉的疗养院里。那里很多女士都觉得有趣极了！

旅游和表演带给我一种未曾预料到的快乐，那就是每一个你将遇到的人。当你变成名人之后，就仿佛拥有了一张通行证，让你能够同那些做梦也未曾想到能碰上的人聊天，比如安妮·罗宾逊。我是在希思罗机场的头等舱休息室里碰到她的。生活里她是个非常容易相处的人，一点也不像她在《智者生存》（*The Weakest Link*）里那样严肃。我还遇到过拉·托娅·杰克逊，她与我在德国的某场演出同台。三月份在阿姆斯特丹，有人敲了敲化妆间的门。除了德米——《英国达人秀》里踢踏舞组合中的爸爸，还有谁会把刺着如此熟悉的文身的手臂伸进门里呢？我们好好地叙了会旧，聊了聊巡演结束后各自都在做些什么。他和儿子莱吉满世界跑，还写了一本关于自己的书。

成为名人的一个坏处是，你去哪儿都不会有机会体验那些真正精彩的地方。游览一个城市最好的方法是自己到处晃悠，感知所有的美景、声音和气味，在商店里、小饭店里和公园里观察人们每天上演的戏码。但是，我的脸太容易被人认出来了，自己本身成了“戏码”，不能再做一个游离在外的观察者，反而成为了焦点中心。有时我真希望自己能拥有一件哈利·波特的隐形衣，这样我就能再次不受任何关注地乱跑了。

如果表演前需要等上几个小时的话，我通常最想做的事情是去散散步，释放自己已经积累起来的压力，但是不管去到哪儿，人们总会认出我，我根本不可能走得太远，因为会不断地被拦下来要求合影。唯一另外可选的方案便是坐在酒店房间里，凝视窗外。我运气很好，总能住在那些拥有无敌景观的豪华酒店里。但有时，我也会觉得自己好像是被抽空密封后塞进了一个无菌环境里。

只有一次是美妙的例外，那是我的朋友弗兰克安排我去巴黎的时候。一辆车把我和安迪接到巴克大街圣文森特·德·保罗修女会的总部。尽管有很多狗仔队跟在车的后面，我一踩上马路，无数摩托车就开始发动，但他们都没法进入修道院。一个叫罗兰托的爱尔兰修女把我们带了进去，帮我躲开所有的狗仔。有一刹那，在看到所有狗仔队记者都高举着照相机伸过铁栅栏时，我想起了《音乐之声》里那个躲避追赶的家庭寻找避难所的场景。

浅金色的石质修道院是典型的巴黎老式优雅建筑，有个非常安静的庭院。罗兰托修女向我们介绍了它的来历，一六三三年，为了帮助穷人和病人，一位名叫圣文森特·德·保罗的法国牧师和一位叫做马里亚克的圣露易斯的寡妇一起建立了这座修道院。我对圣文森特·德·保罗修女会在苏格兰帮助残疾人的事业向来很感兴趣。我前面提到过，罗斯维尔的圣约瑟夫教堂是教皇保罗二世一九八二年去苏格兰时访问的地方，弗兰克·奎因也是在那儿见到了他。如今，修女会里的主要工作都在社区里开展，但是巴克大街的修道院依然是这个修女会的总部。穿着蓝灰色长袍的修女们都住在那里的一个社区里，过着宗教生活。

我和罗兰托修女走进祈祷室，一起做了礼拜。跪在一片冷冷的静默中，我又一次找回了所有重要的东西：在这个喧闹的城市中，心中重拾宁静。

特别制作

对于一个一生都在看电视，并且从某种角度讲，被电视所创造的女人来说，自己的故事成为圣诞档电视特别节目的内容，是这古怪却美好的人生中又一件不可思议的事情。当他们告诉我皮尔斯·摩根将主持那个节目时，我欣喜若狂，不仅仅是因为我一直很喜欢他，还因为，我觉得他自始至终都在尽可能地支持我。当我遇到困难的时候，他总会挺身而出，为我说话，从一开始就是如此。所以，对我而言，他莫过于是这场节目最合适的主持人了。

皮尔斯最棒的一点是，你总能和他一块大笑。在一些未被播出的幕后花絮里，有些颇为有趣的东西，比如有一次，观众中有个人大叫："你能给我们扭两下吗？"于是我转向皮尔斯说："你能给我们扭两下吗？"好吧，也许皮尔斯几乎无所不能，不过我还是得告诉你，他扭得可真是毫无美感。所以我决定教教他，什么才叫扭得好！后来，在我唱某首歌的时候，他们用上了烟雾机，一些白色烟雾在舞台上弥漫了开来。我看看皮尔斯，问他："天哪，那是什么啊？"

"什么？"他问。

“你是不是放屁了?!”

“才没有!”他说。

“好吧，一定是别的什么人放屁了，你看这一团!”

同时我马上自我提醒：不要开这种玩笑，做个淑女，苏珊!

观众似乎很喜欢我的笑话，全都笑得前俯后仰。

如果说节目中的“唐尼篇”是我个人最爱的部分的话，那么“忆莲·佩姬篇”就是音乐最高峰。我们合唱了音乐剧《棋王》中的《我是如此了解他》(“I know Him So Well”)，忆莲·佩姬和芭芭拉·狄克森在一九八五年凭借这首歌登上了排行榜首位。我依然清晰地记得她们在《流行天王》的录像里一起唱歌的样子，两个人都顶着大大的八十年代发型，忆莲·佩姬穿的是件白色的丝绸衬衫，还有黑色打底裤，站在一个类似棋盘的演播室里。几年后，我在布莱克本马场酒吧的卡拉OK之夜上唱了忆莲·佩姬的部分，当然差距还是非常大。

这是一个我崇拜了她嗓音多少年的女人！我梦里都想成为她，而今天，我和她同台唱歌。演播室里的气氛无疑令人激动到了极点，而我则兴奋到不得不录了好几遍才成。这种能与自己偶像合唱的感觉，无与伦比，难以置信。我实在太感激上天能给我这样的机会，这是一段会永远放进我记忆宝库里的回忆，不管未来如何，它将永远永远被我珍藏。

电视节目的中途，还有个小小的惊喜。皮尔斯给我的新专辑颁发了三白金销量奖。在写这本书的时候，我已经在世界各地售出了九百万张唱片，人们告诉我这创下了某个纪录。有时我会想象，在各个人家的客厅里，摆放着这张唱片，但是这实在是想得过多了。

我现在唯一确实知道的是：我制作了这样一张专辑，世界上的人们，无论国籍，无论信仰，都在聆听。这一成就已经超越了我最大胆的想象，让我不由得也为自己感到自豪起来。

我几乎用尽自己的一生来向人们证明，我是可以完成些大事情的。这是我对母亲作出的承诺，也是对自己的承诺。我要把这张专辑，还有这本自传，献给我最爱的母亲。我知道她一定会为我骄傲。我还知道，她一定会觉得整件事情实在是很滑稽。她大概会因为其中某些部分太好笑而把肚皮笑破的！尽管母亲的人生充满了坎坷，但她总会微笑，这是她最最爱做的事情。

声名

过去这年，我开始渐渐体会到声名的本质是自相矛盾的。它带来欢乐的同时，也带来压力；带来自由的同时，也带来限制。有时，一方会占了上风，所以总得尽可能地保持平衡。我一直在学习。因为我有太多时间在旅途上，“鹅卵石”现在得待在伦敦，一位很善良的女士在照顾它。我很想念“鹅卵石”，但是她已经有点上了年纪，不再适合跟我一起旅行了。

在布莱克本，我可以完全回复自己的本来模样。如果我去乐购买东西，人们会过来打个招呼，但依然会留给我足够的个人空间。我们都有各自的生活。现代科技，比如手机、YouTube、还有推特，都曾在一年前为我的成名推波助澜，而如今，要想完全只靠自己本身的力量去走得更远，早已变得格外困难。

一月，我决定打破常规，做一段时间的正常人。于是我坐车去巴斯盖特火车站，在那里搭火车去了爱丁堡。巴斯盖特站人并不多，所以我以为自己不会遇上什么问题。上了车之后，车厢里开始有几个人同我打招呼。他们肯定是马上就发消息给自己的朋友，因为下一站，就有十来个人上来对我说你好，再下一站，是二十来个人。我到爱丁堡的时候，已经有整整一个站台的人在那儿等着欢迎我。我觉得自己似乎是个花衣魔笛手，身后始终跟着一大群人。我想躲到一家百货店里，可是所有的人都跟了过来。我问经理能不能帮下忙让我脱身，可是他自己也想跟我合影！我坐车去马瑟尔堡看望哥哥杰拉德时，情况更糟！那简直好比是捧着一棵硕大的圣诞树坐在车上，引起了一场浩劫！

安迪第二天在报纸上看到我的小旅行时，他说："你去坐了长途汽车？你怎么不搭出租啊！"

"搭出租车的话可要五十镑呢！"我对他说。

这并不仅仅是钱的问题。我喜欢在新鲜空气下活动。如果能坐火车的话，我就不爱坐汽车。我想做个正常人，就同过去自己一直习惯的那样。但是现在这变得越来越难，我开始不情愿地接受一个事实：要像平常人一样做某些事情对我而言已经不现实了。

硬币的另一面是各种各样随之而来的机会，如果没有成名，一些大门永远都不可能向我敞开。安迪最近帮我弄到了斯潘道芭蕾乐队（Spandau Ballet）重聚巡回演唱会格拉斯哥站的票子。我带了些朋友一块过去，苏格兰会展中心的门卫认出了在那里参加过海选的我，一路把我们护送进去，让我们享受了五星级贵宾的待遇。之后我们还去了后台，在那里见到了托尼·哈德利（Tony Hadley）和肯普兄弟（Kemp Brothers），他们真人看起来比电视上更帅！每次我碰到自己曾经迷恋过的偶像，就会变回一个小粉丝。也许这也是为什么我总是愿意给歌迷签名或是同他们合影。回家路上，我和朋友都饥肠辘辘，就去了肯德基。那里有两个正在用餐的老太太过来要合影，又问我们是否可以打个电话告诉别人，自己遇见了谁。我当然并不介意，这没什么过分的。

另外一件好笑的事情是圣诞之前，洛琳的女儿带着孩子去爱丁堡的国王剧院看哑剧，里面某个角色是非常有名的苏格兰电视明星艾伦·斯图尔特饰演的。他在剧中有一段明显是在模仿我。当他们把这件事情告诉我时，我迫不及待地去弄了票子，因为我可崇拜了艾伦·斯图尔特好多年！

我们去看了最后一场演出，经理同我见了面，问我是不是愿意上台去给艾伦个惊喜。好吧，可能你也看出来了，我内心是有点小恶魔情结的，于是我说："当然，我去！"他们决定在五点半的时候下来接我。我看了哑剧的第一部分，非常有趣。之后就按照事先安排好的，我去了后台。

当我插着一对翅膀站在那儿的时候，不由自主地想起了自己曾经在这个剧院里看过的每部戏，还有曾经为了训练自己登台，在表演课程中付出过的那么多努力。而此刻，我竟然看着苏格兰最有名的演员之一在台上扮演我。他唱了一首叫做《我曾有个关于野马的梦》的歌，戴着假发，穿着一条金色裙子，看起来活脱脱就是我。不过，他的腿看起来比我美，但是我并不介意！

他唱完歌，开始噼里啪啦跑来跑去，这时，我走上台，夸张地皱着眉头，摆出非常愤怒的样子，大步冲向他。我在那儿站了几秒钟，上下打量了他一番，然后给了他一个大大的拥抱。整个剧院顿时爆发出雷鸣般的掌声。

我说："你穿这套衣服似乎比我穿起来好看，但是你不会扭屁股吧？"

他回答："我当然会！"

然后他试了一下，可是我说："不不不，这才不叫扭。你应该这样做，懂吗？"

我又当众"出丑"了一次。

那其实有点冒险，因为我跟艾伦并不熟，不知道他到底会怎么反应，不过他显得再自然不过，我们都笑得弯下了腰。

圣诞前后我有几周假期，于是布莱迪邀请我去和她一起过圣诞节。除了哥哥乔不在之外，所有家人都到齐了，就和过去每个圣诞节一样。尽管我的情况已经和过去大大不同，但是大家并没有对我另眼相看。和所有普通家庭一样，我们吃了火鸡大餐，喝了点葡萄酒。我必须要说，那真是太太太棒了！

每年年末总是反思的日子，你会回顾过去发生的一切，并对新的未来有所期待。二〇〇九的圣诞感觉似乎格外"圣诞"，因为外面下着大雪。一月份的第一周，我受邀去爱丁堡的大主教家参加一个新年派对。在我们抵达有围墙的前花园时，刚下过一场雪。屋里透出的灯光投射在白色外墙上，映出温暖而有魔力的光晕来。花园里有着雪刚停时的寂静。我一脚深一脚浅地踩着白雪，走向圣母像，在那里做了祈祷。

房间里温暖狂欢的气氛与外面冰雪之安宁形成了鲜明的对照，我可以感到自己的脸颊变成了粉红色。我认出了那里各种各样的名人，包括后来成为苏格兰事务大臣的吉姆·墨菲、首席检察官、苏格兰教会领袖、还有修女会的帕特里夏·法伦修女，她刚刚庆祝了自己入会七十周年。如果不是身边还有弗兰克、莫琳、马里奥和洛琳这些朋友陪着我的话，我一定会觉得自己在这个场合实在过于渺小。然而，我在大主教的客厅里发现了一把舒适的座椅，而且也不用担心不认识别的人，因为不断有人过来同我握手，跟我道恭喜。最棒的是，当我扫到大主教的壁炉架时，发现除了摆放着他的那些私人照片外，竟然还有一张我的专辑，上面是我微笑的照片。

我很幸运地得到了好多奖项，其中包括二〇〇九杰出苏格兰人奖和二〇〇九格兰菲迪苏格兰精神奖。

我突然就成为了各种派对竞相邀请的对象，而这些派对，我之前只在 *Hello*! 杂志上读到过。三月，我在格拉斯哥的希斯尔酒店与汤米·格默尔共度了一个难忘的夜晚，他是著名的足球运动员，曾经在一九六七年欧洲杯中代表凯尔特人为里斯本雄狮攻入扳平比分的一球，里斯本雄狮最后还获得了那届欧洲杯冠军。遇见他的时候，我真希望父亲能跟我一块在那儿。如果他知道我遇到了大主教，一定会很高兴；如果他知道我出了一张销量位于排行榜榜首的专辑，他会很震惊；但是如果他知道我跟汤米·格默尔握了手，那才真的叫做大事！

我希望自己永远都不会忘记，拥有这些机会是多么幸运的事情，但是我最喜欢的还是那些可以利用自己的名气帮到一些人的活动。圣诞前，我参观了一所天主教小学，马里奥的女儿丽莎·玛丽亚是那里的校长。按照原先的计划，我们应该去当地的教会大礼堂看一出圣诞剧，但是由于天气关系，演出被取消了，所以孩子们都很失望。他们都不知道我也会去，所以当我出现的时候，大家都疯狂了起来。我立刻被他们推了进去，加入了大家的游戏和舞蹈。我从来没有觉得学校那么有趣过！但是，我看到有一个男孩，伤心地坐在一角，于是我问丽莎这个小家伙怎么了，她告诉我他几个月前刚刚失去了父亲，还在悲恸中。我的心被他牵了过去，因为我完全知道他的心情。所以我走过去，在他的旁边坐了下来，对他说：“我今天到这儿来是看望大家的，但是最重要的是，我是为你而来。”他的眼睛亮了起来。即使哪怕仅仅是几分钟，他不再为父亲感到悲伤，而是有少许盼头。正是这些瞬间，让你觉得你做了一点点有价值的事情。

奇异恩典

如果你到了我这个年纪，通常来说，已经不会因为人们不记得你的生日而感到烦恼。有时，你甚至希望大家都把它忘记。所以当安迪打电话问我，是不是愿意到日本去庆祝生日时，我吃了一惊。

我曾经去东京参加过一次新年节目，还为专辑的日本版多录制了一首叫做《展翅高飞》（“Wings to Fly”）的歌。专辑发行以来，已经在日本达到了白金销量，所以索尼公司非常希望我能再去那里一次。我以为他们是准备让我再做一次宣传，去上个电视唱首歌什么的。

“不是，这次不一样。”

安迪对我说，在日本，四月一日是个非常重要的日子。这是他们财政年的开端，也是所有学生从大学毕业的日子。而《展翅高飞》有着特殊含义，传统上，那天应该给学生唱这首歌。

“他们想让我在一个毕业典礼上唱这首歌?”我揣测。

“不完全是这样，”安迪说，“他们打算在武道馆弄一个八十人的交响乐团。你知道武道馆是哪里吗?”

我的思路还停在那个“八十人交响乐团”上。

“那是披头士乐队以前表演过的地方，”安迪继续说着，“大约能坐九千人……”

我一下子打断了他：“你开玩笑吧。”

“我没有……”

“你觉得我够格吗？”最后，我对着电话小声嘟囔。

“当然够格！”他说，“但是这不取决于我或者别人怎么想，取决于你自己怎么想。如果你拒绝，没有人会说一个字。但是如果你决定去试试的话，我觉得你一定会高兴的。”

我的老天哪！我可从来没有同现场交响乐团合作过！放下电话以后，我情不自禁地在原地蹦了好几下。这想法听起来真不错，可是我的肚子已经开始释放泡沫了，那似乎是一种当你又紧张又激动时才会产生的奇怪的化学反应。你吐出了那么多气泡，好像觉得自己都已经能飞起来一般，但是同时，你又因为害怕而冷到极点。

接下来的几天，我一直尝试着理性思考这件事情。这只是人生旅途中的又一小步，不是吗？成为职业歌手以后就会踏上这步，不是吗？这是我一直宣称自己想要的生活，不是吗？当伊芙·伯内特答应过来帮我时，我开始相信，自己能够去做这件事。我甚至开始期盼了，乔安娜和我还约定要去为这趟旅行买点衣服呢。

在我们准备出发前一周，伊芙打电话给我。我立刻从她的声音里听出有些什么不对。果然，她告诉我，她最爱的母亲，莫莉，去世了。

我的脑海里涌起了对莫莉的各种思念：她的勇敢，她在病床上依旧保持着的超级幽默感……我难过极了，不仅仅是因为莫莉，还因为伊芙那听起来快乐又一本正经的声音里充满了寂寥。我听得出来，我想帮她，可是我也知道，失去母亲是非常孤独的事情，没有人能帮你变得好受些。

“你能帮我个忙。”伊芙告诉我，然后她问我能不能在莫莉的葬礼上唱首歌。

伊芙认识很多歌手，但是她开口要我做这件事情，我想那是因为她知道，我能够体会那种与母亲紧密相连的感觉，我也能感觉到她现在心里莫大的悲恸。

乔安娜和我按照计划一起去购物了，但是我们买回来的是一件能在葬礼上穿的黑色礼服。周六，一辆车带我们北上，去往阿伯丁郡。那是个寒冷的冬天，路的两旁都是脏兮兮的小山丘，覆盖着冻住了的烂泥。树上还剩下些叶子，紧紧地包在花蕾之外，为他们抵挡寒霜。天空灰冷，好似整个苏格兰都沉浸在悲痛中。

梅斯利克村的石头小教堂里，每个座位上插着一本印有莫莉笑脸的仪式程序。小册子反面印的则是她最喜欢的那首诗：《我很好，谢谢》。想到我们再也不能见到她的微笑，或是听到她的大笑，我顿时悲从心来。

众人一起唱了《旧约·诗篇》第二十三篇《耶和华是我的牧者》。牧师发表了演讲，但是我什么都没听进去，因为接下来我就要唱歌了。

我告诉自己，一定不能崩溃。这一次，我必须是能够坚强的那个人。我想起了每一次我们排练这首歌的情景，但是我浑身发抖，不得不蹲了下去。

唱出第一个音符似乎是给自己注入了一丝信心。在上帝的帮助下，我唱道：

奇异恩典，何等甘甜

我罪已得赦免。

前我失丧，今被寻回

瞎眼今得看见。

我的声音也随着唱出每句歌词而变得越发坚强起来。

我们没法在葬礼之后待太长时间，因为回家还有很长的路。我跟伊芙拥抱道别，并且承诺，无论白天夜晚，只要她想聊天，随时都可以打电话给我。我想要她知道，她拥有一个人的支持，而这个人也曾经经历过丧母之痛。

“我知道。”她说，捏了捏我的手，“谢谢。我们周一见。”

她的意思不是说，她还打算跟我一起去日本吧？

“这是我的工作，”伊芙安慰我说，“而且，如果我能把精力集中在别的事情上的话，也许对我还更好些。”

我知道伊芙是个多么敬业的人，感动地又一次流下了眼泪。

在这个小小的教堂后院紧紧拥抱告别后三十六个小时，我与伊芙又拥抱在了一起，这次是在希思罗机场豪华的维京航空候机室里。

事实上，当所有工作人员都聚在一起时，气氛相当不错。加上乔安娜、米歇尔和辛科、索尼唱片的人，我们一共有七个女人，再加安迪。他把我们称作是他的“篮网球”之队。米歇尔很兴奋，因为这是她第一次坐上头等舱。而我还是有点小小的飞行恐惧症，为了缓解紧张，又本能地开始与大家开起玩笑。当我们走在乘客通道上时，脚步突然一致了起来，不知为何，大家都开始哼唱起《森林王子》里的《上校哈蒂进行曲》。乘务员们一定都在崩溃地想，这迎来得究竟都是些什么人哪！

早上九点，我们到达成田机场。日本索尼公司的工作人员在机场迎接我们，随后把我们送到东京。当车子渐渐驶进工业化痕迹明显的城市时，乡间景象迅速地消失，眼力所及都是高楼，马路歪歪扭扭地穿行在城市森林中。在高速公路上飞驰的感觉就仿佛处于一部科幻电影里。偶然，眼前会出现一个公园，映射出夕阳下的湖面，缀满花骨朵的大树，看起来好像是沙漠里的一片绿洲。索尼公司的人员很兴奋，因为樱花随时有可能开放，甚至也许就在我们待在那里的时候。听一群在钢筋水泥大楼里工作的高层管理人员自豪地谈着他们的樱花树，这感觉还挺不错。我们毫无困难地看到了远处白雪覆顶的富士山。工作人员说这是个非常好的预兆。

我们下榻的丽思卡尔顿酒店位于东京最高的建筑上。电梯从前台一下子串到四十五楼时，我的眼睛都瞪圆了。酒店长廊里铺着豪华地毯，感觉和我住过的其他高档酒店大同小异，但是当我打开房门的一瞬间，眼前的景色让我顿时屏住了呼吸。对面那堵墙，整整一堵墙，是一扇窗，就好似一个巨大的电视屏幕，整个城市在眼前伸展开来。

调整时差是非常困难的事，我几乎没怎么睡着过。我拼命尝试着让自己平静下来，不要太过紧张，可是第二天，按计划应该去和整个交响乐团排练，我却突然又陷入了自我怀疑的阴云中。

我不知道怎么在管弦乐团伴奏下唱歌！

这可不是一般的乐队，这是世界上最好的乐队之一！

想到要去排练，我都觉得这是件疯狂的事。

我不能理解，为什么世界上会有人认为我能做好，当人们这样告诉我的时候，我甚至觉得很愤怒。伊芙试图对我严格一点，告诉我如果我再这么哭下去，嗓子会哭坏的。但即使如此，我也没法控制住自己。把嗓子弄坏了又怎么样？我可不打算去那儿唱歌！

安迪用无尽的耐心把我劝去了音乐厅。他保证说，我不用唱。甚至不用跟任何人说话。我可以就坐在那儿，或者如果我想，也可以躲在一根柱子后面，我只要听乐队是如何演奏的就可以了。这能有多坏？我们这么一路大老远来了，如果连听也不去听的话，会是多么遗憾的事情。

我们来到了东京艺术剧场，这是一个很大的音乐厅，日本读卖交响乐团在此排练。即使是在后台，他们听起来也极其出色。我不由自主伸出头去偷看了一眼音乐厅。那里只有一些制作人员零星地坐在前排。上面两层座位全部空着。伊芙就站在乐队的下方，一边听着他们演奏一边在谱子上做着笔记，偶尔也和指挥商量几句。指挥穿得很随便，奶黄色的 Polo 衫，黑色长裤，看起来一点也不可怕。

我和安迪偷偷溜到后排座位上。乐团开始演奏起《天生达人》，当音乐回荡在耳边的时候，我所有的愤怒都平息了下来。这调子是那么熟悉，但是被一群职业小提琴手、大提琴手、打击乐手以及木管乐器、铜管乐器、甚至一把竖琴共同演绎起来的时候，听起来又是那么陌生。

我小声地在安迪耳边说："这是我的歌。"

我开始轻轻地哼唱起来，似乎根本身不由己。

“别对着我唱!”安迪嘘了一下，被激怒了，“你给我上台去唱!”

“好吧好吧，”我鼓起了所有的勇气对他说，“我去试试。”

舞台相当高，安迪不得不把我举上去。用这种方式同指挥打招呼实在算不上太礼貌，不过他是个很好的人，礼貌地对我微笑了一下。没有多说一句话，他举起了自己的指挥棒。

听到背后的乐团开始奏响序曲时，我深吸了一口气，仿佛刚刚我还是一片片碎片，现在却又拼成了一个整体。我能唱好！当乐团开始最后的合奏时，彻底放下了包袱的我不禁兴奋地跳了起来。把歌唱完的时候，乐队向我鼓起了掌，这感觉可真棒！我们随即开始排练《我曾有梦》，然后是《展翅高飞》这首对日本人民有着特殊意义的歌曲。最后，我甚至有种幻觉：自己其实一直都是同交响乐团这般合作的。

“我以后还要这样唱!”回酒店的路上，我兴奋地对大家大叫。我还完全沉浸在刚才表演的气氛中，可是当转过头去看他们的时候，却发现每个人都因为刚才想方设法把我弄去排练，已经累到不行。

“你就是个卷发小女孩，对吧?”伊芙微笑着对我说。

每位艺人都会感激自己的粉丝，但是对我而言，如果没有他们，我真的永远都不会有今天的成就。不错，我能唱那么几句。不错，我冒着被人当作傻瓜嘲弄的危险去参加了《英国达人秀》，但是所有的传奇故事都始于那好几百万在 YouTube 上看了我海选视频的那些人，打破了各种纪录，让我的脸变得人人皆知。甚至当我和安迪在日本的小面馆里吃午饭时，两个岁数很大的日本老太太都叫得出我的名字，还要了合影。

给自己的提醒：如果你有假牙，并且有人还盯着你看的话，最好不要点乌冬面吃！

那天下午，我同一群非常铁杆的歌迷在一块，他们专程从美国、加拿大、澳大利亚赶过来看我的东京演唱会。辛科唱片在论坛上看到这群歌迷的计划后，决定让我跟他们见见面，安排我们一起在酒店里喝个下午茶。

这是一群多么可爱的人啊！当我走进那间可以看到城市全景的房间时，他们热情地欢迎了我。每个人都别着为这次聚会特制的粉红色袖章，上面印着我的头像、武道馆和樱花。他们还都戴着红色围巾，就像上次我在洛克菲勒广场唱歌时一样。他们中的某些人甚至参加过那个寒冷十一月早晨的新专辑发布会。事实上，其中有两个女士就是那天在洛克菲勒广场初次相遇的，尽管她们都住在佐治亚州亚特兰大，距离彼此只有三条马路。听到这些人因为我而成为了朋友是件很温暖的事情。

我向每个人都问了好，听了一点他们的故事。有些人已经退休了，比如组织这次活动的琳达。她看起来不像已经到了退休的年龄，但是她告诉我，成为我的粉丝让她的退休生活变得有了盼头。有些人还在工作，他们不得不请假飞来东京。有个女士说，向经理请假非常不容易，不过她无论如何都要来。

我开始慢慢意识到，看到我勇敢参加海选这件事情也给了这些女人很大的勇气。我努力让这个想法在脑海里生根，这样每次参加演出的时候我就会变得更勇敢一点。

把自己称为是我最铁杆歌迷的丽莎也在那里。她的丈夫和四个孩子当时都在开曼群岛度假，但她却决定跑来日本看我。我有点担心她的先生会怎么想，丽莎向我保证他能理解。显然他说："那个女孩比任何人都有种，如果这个世界上有哪个明星值得支持的话，那就是她了。"

我还是不太明白"有种"是什么意思，不过我想大概是件好事。

大家精心挑选了很多礼物送给我，还有一束非常美丽的红玫瑰。然后，一个硕大的蛋糕被推了进来，上面全是草莓和奶油，大家一起唱起了《生日快乐》，这时，我唯一还能做的就是让自己怎么都不能哭出来。

蛋糕上插满了多到可怕的蜡烛，不过我的呼吸练习此时发挥了作用，一下把它们全部吹灭了。

"许个愿吧！"大家异口同声地说，但是那时我觉得自己已经幸运到了极点，再贪心要更多东西一定是错误的。

我很早便醒了过来，用了一秒钟辨认了一下周围。这究竟是哪儿？一张巨大的床。我究竟在哪里？东京。我为什么会在这里？这是我的生日……天哪！我转过身去，拉过被子盖住自己的头，想要假装自己又睡了过去。当然这不管用。

我躺在床上，看着朝阳慢慢升起，想起了上一个生日：二〇〇九年四月一日。我在自己从小到大住着的房间里醒来，对这一天毫无计划。我都不记得那天是否见到过任何人。唯一特别的事情是，我心里知道一个秘密：自己要出现在《英国达人秀》里了。那时我还没看过自己海选的录像，也不知道它究竟什么样。

吃早饭时，安迪告诉我有一张寄给我的支票。我没有问数额，因为钱是我现在最不愿意去想的事情，但是他说那绝对够我买一架一直盼望拥有的白色钢琴。下一个惊喜是辛科唱片的亚历克斯过来祝我生日快乐，还带了一件西蒙·考威尔送给我的礼物：一个漂亮的白金镶钻手镯。

“我永远不会把它从手上取下来了!”我告诉她。

“那可是太好了!”她说。

“因为我可不想它被人偷走，”我说，“谁想要这个手镯，就把我的手臂砍下来吧!”

为了让我别再想着快要到来的演唱会，我们决定出门观光。

樱花季节已经正式开始了。对于日本人来说，樱花的绽放象征着生命的短暂和流逝。在樱花花瓣像雪片般凋落的前一周，整个城市的樱花热就会到达顶峰。人们会在缀满樱花的树枝下举办“赏樱”派对。我生日那天，似乎整个东京全城出动去了公园。在一棵粉色樱花树下，我大概同上百个人合了影。

我们还去了另外一个著名的东京景点：涉谷。这是一个六岔道口，每个人都在移动，所有的楼都在闪烁着不断变换的电子图像。这同安静到有点可怕的皇居形成了鲜明对比，不过那里似乎要更符合传统日本形象。

虽然思绪还沉浸在这种完全不同的文化传统中，上午时间感觉飞一般地过去，随着演唱会的临近，那种异常熟悉又可怕的感觉还是回来了，我的血液似乎也逐渐冰冷凝固了起来。

武道馆是一九六四年东京奥运会时期为武术比赛造的一座体育馆，至今，它依然是个武馆，但是也已经变成了摇滚演唱会的传奇场所。在那里表演过的不仅仅有披头士乐队，还有鲍勃·迪伦和大卫·鲍伊。最近，那里还举行过席琳·迪翁和犹大圣徒乐队的演唱会。武道馆与早上我们参观过的皇居御苑仅一墙之隔。美丽的樱花大道上挤满了人，我们不得不把车开得很慢。

我们下午早些时候到达了武道馆，在空旷的场馆里，我又同乐队排练了一次。直到演出开始前几个小时，一切都很顺利。就在米歇尔开始准备帮我化妆时，我又一下子被即将要面对的事情压垮了。

当你在后台化妆室的时候，即使看不到，你依然能感觉到演出场地渐渐坐满了起来。你能感觉到观众的期望值在升高。演唱会前半部分出场的是三位唱歌剧的日本明星，选的是类似《卡门》、《阿依达》和《西贡小姐》里比较流行的咏叹调。时间一分一分地流逝。米歇尔帮我化上了妆，我又哭花。米歇尔再化。此时，时间开始一秒一秒地流逝。

终于，时间到了。安迪站在化妆间门口。我知道，最后决定必须由我来作。我可以现在逃走，赶下一班飞机回家，也可以走出去，告诉所有人我苏珊是个什么人。我试着想象日本人民微笑的脸，他们对我那么尊敬和友好；我试着想象那些从世界各地赶来戴着红围巾的女士，她们正在场馆里热切地等待；我看着安迪，他为我能够来这里登台演出作了那么多努力；我再看着伊芙，她在个人承受着巨大悲哀的同时还显示了如此高的职业精神。他们两个人都在耐心地等着我作好准备，也许心里想着的是，苏珊她大概永远不会准备好了。

我深吸了一口气，然后对安迪点点头，让他把我带上舞台。

有些人也许会以为走上舞台是再简单不过的事情，但是我一边走向麦克风，一边膝盖不住打着颤。灯光很亮，我看不清体育场的远处，但是我感觉到有上千张脸正看着我。大部分人会觉得对着九千个人张开嘴开始唱歌，是很难的事情。但是当我听到音乐的一刹那，所有的恐惧和担忧都烟消云散。神奇的是，当我唱起《我曾有梦》的时候，嗓音里听不出一丝生涩。在坐满人的武道馆里，背后是气势恢弘的交响乐团，我的音乐听起来充满力量。我面对着比过去任何一次演出都要多得多的观众，他们鼓掌时爆发出来的能量也加倍感染了我。唱起《天生达人》时，我已经彻底放松了下来，并辨认出左方那些向我挥舞着的红围巾。这首歌的歌词听起来充满战斗力。这正是我生来要做的事!

我下台喝了口水，又回到台上，唱起了《奇异恩典》，但是我自己也不知道这首歌到底唱得怎么样，因为那时心里的情感已经翻江倒海。就在五天以前，我在世界的另外一头，一个小小的灰色教堂里，对着一群哀伤的人唱了同一首歌。我往台下看了一眼，伊芙坐在她通常坐的位子上，美丽的脸向上仰起，好像正在竭力控制，不让自己的眼泪落下。

唱完之后，九千名观众鼓起了掌，而我和她，交换了一个悲伤的微笑，彼此心里都知道对方的心思。

我的最后一首歌是《展翅高飞》，这首歌的音很高，感觉也很空灵，对嗓音处理有不一样的要求。那是我第一次在开头几个调子上有点跑调，但是幸好挽救了回来。我能感觉到虽然犯了点小错，可观众们喜欢我，这让我不免放松地体会起歌词来。

想要展翅高飞

飞向蓝天

我多么渴望自由

不再哀伤不再痛苦

不再愤怒不再仇恨

我多么渴望展翅高飞

最大的惊喜是在我演出结束后，主持人通过一个翻译访问我。她似乎一直在说：“叽里咕噜苏珊·博伊尔，叽里咕噜叽里咕噜苏珊·博伊尔！”

然后，身后的交响乐团突然奏起了一首曲子，我花了一会时间才听清楚调子，发现整个体育馆正在对我唱歌。

祝你生日快乐

祝你生日快乐

祝你生日快乐苏珊

祝你生日快乐！

玫瑰念珠

过去那年，我很幸运地收到了许多很棒的礼物，多到没法在这里一一列出。所有的花、气球和玩具都很漂亮；福音唱片对我来说是很大的一份礼，在我压抑的时候带来安慰。歌迷还常常会送我手制礼物，令我万分惊喜，看得出他们花了很多时间和心血，比如一幅惟妙惟肖的铅笔画，上面是我和我的母亲，这是一个残疾女孩按照自己在网上看到的一张照片画下来的。我在这里要谢谢所有想到我的人，为我祈祷的人，我要感谢你们对我的友善和慷慨。

二〇一〇年五月，我又去了一次圣贝内特，这次，我收到了一份非常特殊的礼物。大主教请一位叫做玛丽亚·道林的女士给我讲了个动听的故事，故事讲的是一串为我特制而成的玫瑰念珠。

玛丽亚在苏格兰为皮奥神父修道院工作。她是我的歌迷。去年有一天，她在我的歌迷论坛里读到一个讨论我信仰的帖子，就此同一个来自拉斯维加斯圣母信息中心的志愿者展开了讨论。那位志愿者表达了想把皮奥神父圣骨带去拉斯维加斯的想法，于是玛丽亚带着圣骨拜访了那里的很多教堂，还遇到了拉斯维加斯主教和其他教众。

在这次朝圣之旅中，来自世界各地的人们想到了苏珊·博伊尔(尽管我那时对此一无所知)。要为我做一串玫瑰念珠的想法产生了。拉斯维加斯的玛丽亚小组决定让每个成员都从自己的玫瑰念珠上取下一颗，而剩下的珠子则来自于玛丽亚自己和她在苏格兰、荷兰、加州和康涅狄格州的好朋友们。

玛丽亚还同奥布赖恩大主教联系，问他是否愿意也从自己的念珠上取下一颗。他给我的那一颗是来自于他在梵蒂冈祈祷时用的玫瑰念珠，那时他和教皇本笃十六世在一起。

一个名叫科莱特、来自内华达的女士把所有的珠子都集到一起，制成了一串精美的玫瑰念珠，上面有一个银色小坠子，里面藏着一块曾经用来包裹皮奥神父伤口的布片。十字架则来自于波黑的默主歌耶圣坛。念珠受到了皮奥神父之墓的庇护。

玛丽亚邀请大主教授予我这串念珠，除此之外，他还授予了我一本皮边本子，里面有着每个捐助者的手写赠言，承诺会在我的歌唱生涯里为我祈祷。双手捧着来自世界各地信众为我特制的礼物，我难抑心中平静。我们拿着这串独一无二又珍贵万分的玫瑰念珠，一起为圣母唱起了赞美诗。在大主教的要求下，我唱了《圣母颂》，把所有的感激和谦卑都唱进了歌中。

之后，我们一起喝了茶。在大家轻松地聊着天时，从意大利南部的皮奥神父圣祠赶来的修士吉安·玛丽亚说，上帝通常会借某些来自小地方又心怀谦卑的人之手，为世界带来影响。而我就是其中之一，我会带着大家走向上帝和圣母。

“我可什么也没做!”我抗议说。

我只是个平凡的人，但是我一直相信，自己走在一条上帝为我铺好的道路上，所以如果这条路能把大家会集到一起的话，那么我会非常高兴，也非常感激。

前进

这本回忆录即将告一段落。我现在正坐在自己的客厅里——这个从小到大我一直生活着的地方，想要积攒足够的勇气去一次我的新家。新家在布莱克本，感觉离家很近，但是在那儿，我会有足够的空间放下一架钢琴，也会觉得更加安全。年初有个家伙撬了我家，让我觉得有点寝食不安。家人和朋友也都告诉我，一个人住在那里太过危险了。

这里有着很多回忆，尤其是关于我最爱的妈妈的回忆。我常常会情不自禁地想，如果她还在世会是怎样。我想她要是知道我录了一张专辑，还在日本同交响乐团合作，一定会很为我自豪。可她一定也会为家乡人民对我的慷慨与支持感到同样高兴。六月，我被邀请去附近的村庄波必斯参加欢庆节，并为欢庆节女王加冕。欢庆节是当地的传统狂欢节日，对我来说，去那里演出是很重要的一件事。那天天空异常晴朗，我觉得好像自己从头至尾没有一秒钟不在微笑。我想，妈妈要是知道了，一定会很开心。

最近有人告诉我，在一个世界最有影响力的人的调查中，我排名第七。我很怀疑这个结果是我的狂热歌迷拼命投票搞出来的，不过你能成为候选人，还想怎么样？此刻，坐在客厅里，我几乎可以看到妈妈的眼睛因为这条新闻而发亮，我能听到她洪亮的笑声。

不过我也知道，你不能永远生活在回忆中，因为这就好像是禁锢住了一个人，不让他好好享受上帝已经为他准备好的人生。

于是我来到这里
张开手臂，准备站直
世界在我的手中
这将是我飞翔的开始
尽管也许答案未知
我终于可以叫出，我自由了
如果是那些问题把我带到这里
那么
我就是我

现在我仍有很多很多问题要问自己。我正在做的事对吗？我是否变成了一个更好的人？

从某种意义上来说，这一年是我的成长期。一开始，我头脑简单，也无人仰仗。我获得的关注也许要比绝大部分人多少年加起来的都要多得多。我知道这是工作的一部分，可有时那几乎也是不可承受的压力。

如今，我周围有了很多值得信任的人，我愿意听取他们的意见，也开始越来越自信。我希望，自己的职业水准也能不断提高。我想让自己变成一个更丰富的女人。

我依然会自我怀疑，难道不是每个人都有这种瞬间么？人都是这样的吧。我知道在自己的漫长旅途上，还有很多路要走。

我依然想要继续成长，做好一个艺人，并且能做得更好，但是我也开始探索不同的道路，比如我想看看是否能尽自己所能帮助一些并不得志的艺人，让他们能有机会实现梦想。

这一年里，最美好的几件事情莫过于我能够通过歌唱帮助到别人，比如我们录了一支为援助海地救灾的单曲，还为“运动慈善”活动表演了《野马》。我希望自己能做更多的慈善工作，帮助那些残疾人。

如果要举出一件二〇〇九年最让我愿意回味的事情，那就是我为残疾人做了一点事情。在我的字典里，“残疾”这个字眼是不存在的。“disability”这个单词的前三个字母组合“dis”意味着，你受到限制，你的周围建起了一道墙——不是因为你自己，而是因为别人看你的眼光。如果把这前三个字母去掉，剩下的那部分意思就是“能力”，大门就此敞开。

你永远都应该关注自己能够做什么，而不是自己不能做什么。并且请记住，心不要急。人们总是希望能马上获得想要的东西，随之而来的就是巨大压力，但是，有些人天生就需要更多的时间来发挥自己的潜力。

如果我的故事有什么意义的话，那就是，人们总是喜欢很快对别人下定论，有时是根据他们的外表，有时是因为他们多少有点古怪的行为。我的幽默感也许和别人不太一样，但是我确实有幽默感，我也需要它！作为一个社会，我们似乎对于“正常”这个词有着过于严格的定义。我很愿意承认自己有些困难之处，但是我也收获了很多天赐的恩典：能为人带来欢乐的嗓音和在这个充满不确定性的世界里的坚定信仰。

我希望我的故事能让人明白，你们不应该只看到几个标签，你们要看到一整个人，情感上的、身体上的、心理上的、以及灵魂上的。

现在的生活中，对我来说最难的莫过于我不知道接下来将发生什么。如果说，我过去的生活几乎是单线条的，那么现在就好像是一条充满色彩和反差的彩虹。我已经开始学会如何去接受并体会事物的不确定性，而不是被它吓倒。上几周，我接到了一个客串演员的角色，将在热播美剧《欢乐合唱团》里扮演一位监管学校用餐的女士。我还接到邀请在教皇九月访问苏格兰时为他献唱。前者会非常有趣，后者则是我连做梦都不可能想到的无上荣耀。

就像弗兰克·奎因经常说的那样：“你在写的是自己的故事，苏珊。这应该是一本关于成功和自我信念的书。”

我不知道下一章会是什么，但是我明白地知道，无论未来如何，我都满怀期待。

附言

新启之神

带着开放的心怀，伸展双臂

我来到您的面前，寻求超越自我的指引

在我遇见及为之歌唱的人们身上，发现您的博爱。

期许将您的神灵拥入我的身心

我恳求力量与耐力，以成为平和且有用的人

愿为人间的公正与尊重尽微薄之力，尤其是为那些有残缺的人们。

我愿保持节俭的生活，终身谨记

来自您的至简的信息：您对于我们所有人的爱。

您的神力助我开启全新的旅程，

我承诺，永不放弃尝试，跟随您的足迹，在您的创造中分享自己。

感谢您赋予人类的礼物，我们所有的才华，以及我个人音乐与演唱上的天分。

在相互的尊敬中，我们体验到您与我们同一。

让我紧紧跟随您，永远不要让我迷失。

让我永怀希望，成为您神力与慷慨的证明。

阿门

致谢

我想借此机会，向所有参与我的故事的人们，尤其是我所有的家人、朋友，以及支持我的粉丝们表达由衷的感谢。

特别感谢我的姐姐玛丽和布莱迪，侄女柯尔丝蒂、外甥女乔安娜、帕梅拉，为此书分享了她们的回忆。整整这一年中柯尔丝蒂和乔安娜都给予了我极大的支持，对此我想向她们致以万分的感谢。

感谢洛琳·坎贝尔和弗雷德·奥尼尔对此书作出的贡献。我也感谢查尔斯·厄尔利提供的关于西洛锡安志愿者艺术委员会的相关细节。

我还要感谢马克·卢卡斯以及 LAW 经纪公司的团队，还有道格·扬和所有翻译世界出版社的人们为这本书的出版所作的努力。

感谢奥西把这一切安排地尽善尽美。

也感谢伊芙和史蒂夫给予我的专业指导和友谊。

对于我的良师益友弗兰克·奎因一直以来给予我鼓励与启迪，我心怀的感恩与敬意难以言表。亦将这份敬意献给尊敬的主教大人基思·派特里克·奥布赖恩，感谢他对我的支持和关照。

安迪·斯蒂芬斯能够成为我的经纪人，我由衷地感到荣幸，他一直用他优秀的品位、好脾气以及无微不至的陪伴支持着我。感谢你，安迪！

最后，我想向伊莫金·帕克致以最诚挚的谢意，是她的耐心、敏锐的感受以及幽默感，让我不畏于说出自己的故事，并享受这份经历。